rororo

Inken Bartels, geboren 1974 in Eckernförde, hat viele Jahre freiberuflich für diverse Frauenzeitschriften gearbeitet und ist nun Ressortleiterin bei der *Für Sie* und *Petra*. Mit ihrem Mann und den beiden Söhnen lebt sie in Hamburg. Zum Schreiben zieht sie sich gerne in ihr Wochenendhäuschen an der Schlei zurück. Denn nirgendwo kann sie sich so gut vom Alltagstrubel erholen wie auf Spaziergängen an der Großen Breite.

Die Presse über «Der kleine Gasthof an der Schlei»:

«Ein wunderbares Buch über den Mut, den eigenen Weg zu gehen.» *Lea*

«Sehr lesenswert.» *Eckernförder Zeitung*

«Voller Lokalkolorit.» *NDR Fernsehen*

«Ein schönes Buch von einem fiktiven Ort und darin von einer fiktiven Omi ein echtes Rezept für Fischsuppe.» *NDR 1 Welle Nord*

«Ein grandioser Mutter-Tochter-Roman.» *Schöner Monat*

INKEN BARTELS

EIN SOMMER AN DER SCHLEI

Roman

Rowohlt Taschenbuch Verlag

Originalausgabe
Veröffentlicht im Rowohlt Taschenbuch Verlag,
Hamburg, Juli 2022

Redaktion Katharina Rottenbacher
Covergestaltung ZERO Werbeagentur, München
Coverabbildung mia takahara/Plainpicture; Shutterstock
Satz aus der Swift
Gesamtherstellung CPI books GmbH, Leck, Germany
ISBN 978-3-499-00767-5

Die Rowohlt Verlage haben sich zu einer nachhaltigen Buchproduktion verpflichtet. Gemeinsam mit unseren Partnern und Lieferanten setzen wir uns für eine klimaneutrale Buchproduktion ein, die den Erwerb von Klimazertifikaten zur Kompensation des CO_2-Ausstoßes einschließt. www.klimaneutralerverlag.de

MIX
Papier | Fördert gute Waldnutzung
FSC® C083411
FSC www.fsc.org

Für alle, die diesen wunderschönen Landstrich im Norden und die Menschen dort genauso in ihr Herz geschlossen haben wie ich. Und für Jens, Jonas und Gustav. Meine Felsen in der Brandung.

PROLOG

Heimat ist, wo die Wellen rauschen, die Luft nach Salz schmeckt und man am liebsten für immer ankern möchte.

UNBEKANNT

M*it siebzehn hat man noch Träume …* Manchmal höre ich das Lied heute noch. Ich meine nicht im Radio oder Fernsehen. Ich höre es in mir wie ein Echo.

Dann ist für einen Moment alles wieder da. Der Sommer, die flirrende Hitze, die Weizenfelder, die von der Abendsonne in rotgoldenes Licht getaucht sind, und das Dorffest in Asmussens Scheune.

Die Tanzkapelle kommt aus Schleswig, vier junge Männer in dunklen Anzügen mit schmalen Krawatten und Pomade in den Haaren. Ich bin noch keine 17, erst im nächsten Jahr – aber Träume habe ich viele. Ich trage das gelbe Kleid mit den großen roten Blüten, nippe an der Bowle und fächere mir mit der Hand Luft zu. Meine Oma sitzt neben mir. Sie wippt mit dem Fuß zur Musik und pfeift leise vor sich hin. Dann beugt sie sich zu mir herüber, will wissen, ob ich schon *een lütten Fründ* habe. Wir lachen beide, und ich spüre, dass ich rot werde.

Jost und ich tanzen Wange an Wange. Die Nacht bringt kaum Abkühlung. Mit den anderen gehen wir an die Schlei, schwimmen im Mondschein. Was für ein Glück wir haben, denke ich.

Am nächsten Morgen bin ich die Erste an dem kleinen Hafen vor der Werft. Unsere Sachen und den Proviant haben wir bereits am Vortag auf dem Boot verstaut. Ich liege auf dem Deck, verschränke die Arme hinter dem Kopf und genieße das sanfte Schaukeln. Die Morgensonne hat schon Kraft. Der Tag wird wieder heiß werden.

Um mich herum ist alles still. Klanxholm wirkt wie ausgestorben. So ist es immer, wenn das ganze Dorf gefeiert hat. Nur das Glucksen der kleinen Wellen, die gleichmäßig gegen den Bug plätschern, ist zu hören.

In meinem Bauch kribbelt die Vorfreude auf unseren Törn und auf das Leben, das vor uns liegt wie dieser klare Sommertag.

In meinen Gedanken sind wir schon unterwegs. Wir segeln vor dem Wind, vorbei an Gut Stubbe. In Lindaunis gleiten wir durch die aufgeklappte Brücke. Wir lassen Sieseby und Arnis hinter uns und Kappeln mit dem Heringszaun, auf dem die Möwen lauern. Allmählich nimmt der Wind zu, die Luft riecht nun salziger. Von Maasholm aus ist es nicht mehr weit. Gleich hinter der Lotseninsel mit dem Leuchtturm, dort, wo die Schlei zur Ostsee wird, segeln wir in die Freiheit.

«Wer döst denn da so faul in der Sonne?»

Josts Stimme reißt mich aus meinen Gedanken. Ich richte mich auf und stütze mich auf die Ellenbogen. Mit seinen grünen Augen strahlt er mich an. Die anderen sind nun auch in Sichtweite.

«Da seid ihr ja endlich», rufe ich lachend. «Los, los, antreten, Matrosen, das Abenteuer wartet!» Und in dem Moment wünsche ich mir, dass dieser Sommer niemals enden möge.

1.

Wenn man nicht weiß, welchen Hafen man ansteuert, ist kein Wind günstig.

SENECA

Sie haben Ihr Ziel erreicht, wiederholte die Uschi aus dem Handy nun schon zum dritten Mal. So ein Quatsch, dachte Hanna genervt und machte es endgültig aus. Sie hatte noch einige Kilometer auf der Landstraße vor sich. Warum sie vorm Losfahren die Route überhaupt eingegeben hatte, wusste sie selbst nicht. Schließlich kannte sie den Weg ganz genau, auch wenn sie ihn lange nicht mehr gefahren war.

Hanna blickte in den Rückspiegel. Balu wurde immer unruhiger. Zum x-ten Mal versuchte er sich mit seinem großen, altersschwachen Körper auf der engen Rückbank zu drehen. Es war entsetzlich heiß. Die Klimaanlage in Hannas uraltem Mini pustete längst nur noch warme Luft ins Auto.

Seit fast drei Stunden waren die beiden nun schon unterwegs. Dabei lagen zwischen ihrer Haustür in Hamburg-Ottensen und dem Örtchen Klanxholm nur etwa 130 Kilometer. Doch der Ferienverkehr auf der A7 war mehr als schleppend gewesen. Es war Samstag, und das hieß Bettenwechsel in Dänemark. Dicht an dicht bahnte sich die Blechkolonne ihren Weg gen Norden. Ab der Rader Hochbrücke war es dann nur noch im Schneckentempo vorangegangen. Statt dort den Blick über die Landschaft schweifen zu lassen und die Segel- und Containerschiffe auf dem Nord-Ostsee-Kanal zu beobachten, hatte Hanna wehmütig in die vollgepackten Familienkutschen gestarrt, die links an ihr vorbeikrochen. Selbst bei dem Anblick plärrender Kinder, die sich ums Tablet stritten, wurde ihr warm ums Herz. Wie gern wäre sie auch in diesem Jahr mit Lena in die Bretagne gefahren. Doch ihre Tochter hatte es vorgezogen, mit ihrer Clique Inselhopping in Griechenland zu machen. Und das ausgerechnet in diesem Sommer, nach allem, was passiert war.

Im Rückspiegel sah Hanna, wie Balu sich die Lefzen leckte und einfach nicht zur Ruhe kam. Die Hitze machte ihn fertig. Nach einem eher verregneten Juni gab der Sommer seit einigen Tagen alles. Fast so, als wollte er sich für den holprigen Start entschuldigen. Dabei hatte Hanna kein Problem mit dem Grau-in-grau der letzten Wochen gehabt. Es passte wesentlich besser zu ihrer Stimmung als das unendliche Blau, das sich nun über ihr wölbte. Eben, auf der kleinen Fähre in Missunde, mit der sie die Schlei überquert hatten, hatte für einen kurzen Moment ein angenehmes Lüftchen geweht. Doch längst war es im Auto wieder heiß und stickig. Wenigstens, dachte Hanna, waren die Schweißperlen, die ihr gerade die Wirbelsäule hinunterliefen, einzig und allein der Temperatur geschuldet und hatten nichts mit den Hitzewellen zu tun, die sie seit Kurzem von Zeit zu Zeit ergriffen.

Balu begann zu winseln. Es nützte nichts, ihr alter Golden Retriever brauchte eine Pause. Hanna fuhr rechts ran auf den Grünstreifen. Sie machte den Motor aus, schloss für einen Moment die Augen und lauschte dem rhythmischen Klicken der Warnblinkanlage. Dann schnallte sie sich ab und drehte sich zu Balu, der mitbekommen hatte, dass sie angehalten hatten, und nun aufrecht saß und hechelte.

Hanna stieg aus. Der Jerseystoff ihres gelb-weiß geringelten Sommerkleides klebte an Po und Oberschenkeln. Sie reckte die Arme in die Höhe, ging ins Hohlkreuz und gähnte einmal herzhaft. Dann zog sie das Haargummi aus ihrem Pferdeschwanz, schüttelte den Kopf hin und her und band sich anschließend ihr dunkelblondes Haar wieder zusammen. Die Strähnen, die nicht halten wollten, klemmte sie hinter die Ohren.

Hanna sah sich um. Auf der Landstraße war trotz der Hochsaison jetzt nicht viel Verkehr. Hier hatte sich nichts verändert, dachte sie. Nur ein paar Windräder und Maisfelder waren dazugekommen. Sie ging ums Auto auf die Beifahrerseite und öffnete die Tür. Nachdem sie den Sitz vorgeklappt hatte und Balus verschwitzten Rücken tätschelte, zwängte er sich schwerfällig aus dem Wagen. Längere Strecken mit ihm war sie sonst immer mit Bens Kombi gefahren. Darin hatte Balu jede Menge Platz, die Klimaanlage funktionierte einwandfrei, und auch sonst war im Gegensatz zu ihrem Oldtimer alles in Schuss. Doch nie und nimmer hätte sie Ben um Hilfe gebeten und ihn gefragt, ob sie für die nächsten Wochen die Autos tauschen könnten. Eher wäre sie mit Balu per Anhalter an die Schlei gefahren.

Neben dem Grünstreifen war ein Knick. Dahinter erstreckte sich ein riesiges Weizenfeld. Balu stand völlig regungslos an der Autotür und starrte vor sich hin. Er war jetzt 13, hatte Arthrose in der Hüfte, und in letzter Zeit fraß er nicht mehr viel. Bereits Anfang des Jahres hatte der Tierarzt zu Hanna gesagt, sie solle sich mit dem Gedanken auseinandersetzen, dass Balu nicht ewig leben würde. Da war gerade die Sache mit ihrem Vater passiert. Hanna war in der Praxis in Tränen ausgebrochen und hatte den Arzt schluchzend angefleht, ihrem Hund irgendwelche Vitamine und Aufbaukuren zu verschreiben.

«Komm, alter Junge, hier ist ein bisschen Schatten, setz dich dahin.» Hanna sah Balu an und machte eine Kopfbewegung Richtung Knick. «Ich hol dir was zu trinken.» Sie ging hinters Auto und öffnete den winzigen Kofferraum. Sie steckte den Kopf hinein und kramte in einer IKEA-Tasche nach Balus Napf.

Dann ging alles ganz schnell. Hanna hörte quietschende Reifen, ein Jaulen. Ihr Herz fing an zu rasen. Sie stieß sich den Kopf, fluchte laut, und als sie endlich wieder aufrecht stand, sah sie vor sich auf der Fahrbahn einen lindgrünen Landrover Defender, vor dem Balu lag. Die Fahrertür stand offen, und ein Mann in ihrem Alter kniete vor dem Hund, der leise winselte. Hanna ließ den Napf fallen und lief zu den beiden.

«Er war plötzlich da», sagte der Mann. «Es tut mir so leid.»

Hanna hörte kaum, was er sagte. Sie kniete sich hin und streichelte vorsichtig über Balus Kopf. Tränen liefen ihr über ihre Wangen. «Hey, was ist passiert, alter Freund … ganz ruhig, alles ist gut.»

«Nicht weit von hier wohnt eine Tierärztin», sagte der Mann. «Ich fahre euch hin.»

Hanna blickte ihn kurz an, blieb aber stumm und

wandte sich wieder ihrem Hund zu. Unter ihren Händen spürte sie, dass Balu aufstehen wollte. «Langsam, mach langsam.» Es dauerte einen Moment, bis er sein Hinterteil hochgehievt hatte. Schließlich stand er mit zittrigen Beinen vor Hanna, humpelte Richtung Grünstreifen und legte sich dort in den Schatten. Hanna und der Landrover-Fahrer folgten ihm.

«Ich kann mich nur entschuldigen», wiederholte der Mann. «Ich habe ihn einfach nicht gesehen.»

Hannas Herz schlug ihr immer noch bis zum Hals. Sie atmete tief durch und versuchte, einen klaren Gedanken zu fassen. «Es ist nicht Ihre Schuld», sagte sie mit brüchiger Stimme und hob den Napf auf. «Ich hätte besser aufpassen müssen.»

«Kommen Sie, ich helfe Ihnen.» Der Fahrer nahm Hanna den Napf ab. «Wo haben Sie Wasser?»

Hanna deutete auf den offen stehenden Kofferraum.

«Mein Angebot steht.» Er stellte Balu den gefüllten Napf vor die Nase, der langsam zu trinken begann. «Ich fahre Sie und Balu gern zur Tierärztin.»

Hanna hatte sich zu Balu gekniet. Sie tastete vorsichtig seinen Körper ab, zwischendurch wischte sie sich mit dem Handrücken immer wieder Tränen von ihren Wangen. «Ich weiß nicht … ja, vielleicht ist das eine gute Idee … Ich …» Sie wollte noch etwas sagen, verlor aber den Faden, als plötzlich ein Polizeiwagen mit geräuschlosem Blaulicht hinter dem Landrover hielt. Ein Beamter mit verspiegelter Pilotensonnenbrille und lichtem Haar stieg aus.

«Moin, Thies», krähte der Polizist in breitem Norddeutsch und ging auf die drei zu. «Wat ist denn hier passiert? Du stehst ja mitten auf der Straße und hast nicht mal Warnblinker an!»

«Moin, Sheriff, ich bin auch gleich wieder weg. Es gab einen kleinen Unfall. Aber wir regeln das gerade.»

Als der Polizist den Grünstreifen erreicht hatte, nahm er seine Sonnenbrille ab und musterte Hanna, die inzwischen aufgestanden war und sich eine Haarsträhne aus dem Gesicht strich. Dann blickte er zwischen ihr und ihrem Mini mit Hamburger Kennzeichen hin und her und schüttelte schweigend den Kopf.

«Mein Hund brauchte eine kurze Pause», versuchte Hanna die ganze Sache rasch zu erklären. «Und dabei ist er blöderweise auf die Straße gelaufen.»

«Soso, und weil dem Hündchen heiß war, dachten wir uns: Och, macht ja nix, halt ich mal schnell direkt an der Straße an.» Nun lächelte der Beamte süffisant. «Wissen Sie, gute Frau, hier nennen mich zwar alle Sheriff, aber wir sind hier weiß Gott nicht im Wilden Westen. Solche Sperenzien können Sie sich vielleicht in Hamburch erlauben, aber hier garantiert nicht.» Er machte mit der Hand eine Trinkbewegung. «Haben wir vielleicht schon einen Lütten gezwitschert? So einen schönen Aperol Spritz auf der Terrasse vom Ferienhäuschen?»

«Haben wir nicht!», sagte Hanna entschieden, der die Sache allmählich zu bunt wurde. «Ich habe keinen Tropfen Alkohol im Blut und würde jetzt gern zum Tierarzt fahren.»

«Nun lass doch gut sein, Sheriff», mischte sich der Fahrer ein.

«Nee, Thies, Augenblick noch.» Er drehte sich zu dessen Auto. «Hast du einen Schaden am Wagen?»

«Nein, nein, es ist gar nichts passiert.»

«Gut. Dann hätte ich von Ihnen, gute Frau, gerne Führerschein und Fahrzeugpapiere.»

Ich zeig dir gleich ’ne gute Frau, dachte Hanna und hätte ihrem Ärger über die Kleingeistigkeit dieses Dorfpolizisten am liebsten lauthals Luft gemacht. Doch statt ihre Wut rauszubrüllen, atmete sie tief durch, holte ihre Handtasche vom Beifahrersitz und kramte nach ihren Papieren, mit denen der Sheriff dann zu seinem Auto marschierte.

«Sicher ist die Sache schnell erledigt», sagte der Landrover-Fahrer.

«Hoffentlich», erwiderte Hanna tonlos.

«Machen Sie und Balu hier Urlaub?»

Das war eine gute Frage, dachte Hanna. Sie sehnte sich so sehr nach Erholung und hoffte, dass sie sie nach all den aufreibenden Monaten endlich finden würde. «Nicht direkt», sagte sie schließlich zögerlich. «Mein Vater hat in Klanxholm ein Haus. Dort gibt es ein paar Dinge zu sortieren.»

Der Mann sah Hanna überrascht an. «Ich wohne auch in Klanxholm. Wer ist denn Ihr Vater?»

Hanna erschrak ein wenig. Obwohl ihr Vater aus dieser Gegend stammte und in den letzten Jahren immer mal wieder länger hier im Norden gewesen war, gehörten er und sein Leben für sie nach Hamburg. Es fühlte sich komisch an, hier über ihn zu sprechen. «Er … er ist im Januar gestorben. Sein Name ist Jost Hinrichsen.»

«Ach, Jost …?! Ja, ich habe gehört, dass er tot ist. Das tut mir wirklich leid. Wissen Sie, ich lebe noch gar nicht so lange hier, aber Ihren Vater kannte ich ganz gut.» Der

Fahrer streckte Hanna seine Hand entgegen. «Thies Meiners. Mir gehört die Werft in Klanxholm.»

Hanna überlegte, ob ihr Vater diesen Namen mal erwähnt hatte, aber er sagte ihr nichts. «Hanna Bruns.» Die beiden schüttelten sich die Hände.

Thies blickte auf die Straße. «Da kommt der Sheriff mit Ihren Papieren. Lassen Sie uns zum Arzt fahren. Ich fahre vor. Und wenn Sie in Klanxholm richtig angekommen sind, würde ich in den nächsten Tagen gern etwas mit Ihnen besprechen. Es geht um Ihren Vater.»

Hanna wunderte sich für einen Moment, war dann aber mit ihren Gedanken schon wieder bei Balu.

2.

Das Herz des Menschen ist sehr ähnlich wie das Meer, es hat seine Stürme, es hat seine Gezeiten, und in seinen Tiefen hat es auch seine Perlen.

VINCENT VAN GOGH

Das Haus ihres Vaters lag etwas abseits am Ende des Dorfes. Hinter der Kirche bog Hanna rechts ab. Es war ein seltsames Gefühl, diesen Weg zu fahren und zu wissen, dass niemand sie in der alten Kate erwartete. Längst bereute sie es, sich überhaupt auf den Weg gemacht zu haben. Erst die verstopfte Autobahn und dann auch noch die Sache mit Balu. Vielleicht, dachte Hanna, hätte sie einfach in Hamburg bleiben sollen. Sicher wäre sie auch dort zur Ruhe gekommen, schließlich war die Stadt im Sommer meist angenehm leer.

Die Tierärztin hatte Gott sei Dank Entwarnung gegeben. Balu hatte nur ein paar Prellungen. Sie riet Hanna jedoch aufgrund seines Alters, es mit ihm die nächsten Tage ruhig angehen zu lassen. Der Schreck, die Prellungen und die Hitze seien für ihn nicht ohne. Thies Meiners hatte Hanna wie versprochen zu der Praxis in Süderbrarup begleitet und sich dann verabschiedet.

Hanna fuhr um eine Linkskurve vorbei an Weiden, auf denen Schwarzbunte gelassen vor sich hin kauten und Pferde grasten. Dann rollte sie auf das weiße Reetdachhaus zu, das einsam auf der rechten Seite lag. Sie zog die

Handbremse, ließ den Motor laufen, stieg aus, löste die Kette, die vor der Kiesauffahrt hing, und sah sich um. Das Grundstück war von Heckenrosen eingefasst, die nun blühten und ihren süßlichen Duft verströmten. Im vorderen Teil des Gartens stand wie eh und je die alte Kastanie. Sie wirkte stark und verlässlich und machte auf Hanna den Eindruck, als würde sie Wache stehen. Hinterm Haus ragten zwei riesige Linden in den Himmel, die in der Sommerbrise leise rauschten. Hanna konnte sich nicht erinnern, wann sie zum letzten Mal hier gewesen war. Ein seltsames Gefühl durchströmte sie, eine Mischung aus Trauer, Heimweh und Sehnsucht.

Der Garten sah gepflegt aus, fast so, als würde er Hanna erwarten. Irgendjemand schien sich um das Grundstück zu kümmern, schließlich war ihr Vater schon seit fast sieben Monaten tot. Er war in Hamburg gestorben, in seiner Wohnung. An Silvester hatten er und Hanna sich noch getroffen. Sie waren zusammen essen gegangen und hatten bei ihm auf dem Balkon aufs neue Jahr angestoßen. Als Hanna ihn am nächsten Tag stundenlang nicht erreichen konnte, wurde sie unruhig und fuhr zu Josts Wohnung. Da saß er in seinem Ledersessel am Fenster, von dem aus er die Elbe sehen konnte. Er sah aus, als ob er schliefe. Auf den Knien ein Bildband von der Schlei mit historischen Aufnahmen. Nur die Brille war verrutscht. Sein Herz hatte einfach aufgehört zu schlagen.

Hanna parkte in der Auffahrt, ließ Balu aus dem Wagen und stellte ihr Gepäck auf den Rasen. «Fein, alter Junge, jetzt haben wir es geschafft», flüsterte sie und kraulte Balus Hals.

Aus ihrer Handtasche fischte sie den Hausschlüssel, zögerte dann aber und blieb im Schatten der Kastanie stehen. Sie blickte auf die dunkelrote Haustür mit der Häkelgardine hinter dem kleinen Fenster, die noch von ihrer Oma stammte. Eigentlich müsste sich die Tür jetzt öffnen und ihr Vater heraustreten. Lächelnd würde er auf Hanna zugehen und sie fest in den Arm nehmen. «Da bist du ja, meine Kleine.» Oder er würde von hinten von der Terrasse ums Haus kommen, mit seinem alten Strohhut auf dem Kopf, und nach Sonnencreme riechen.

Hanna sank ins Gras und lehnte sich gegen den Baum. Sie sah sich als Kind hier durch den Garten laufen. Ihr Vater reparierte die Schaukel, ihre Mutter saß auf der Terrasse und las. Viele Jahre später war Hanna hin und wieder mit Ben hier gewesen. Schließlich kam Lena dazu, die hier auf den Schultern ihres Großvaters durch den Garten ritt und vor Freude juchzte. Wie lange all das her war …

Balu war zu Hanna in den Schatten getrottet und ließ sich neben ihr nieder. «Na, alter Junge», Hanna nahm seinen Kopf in beide Hände und drückte zärtlich ihre Stirn gegen seine. «Kannst du mir mal verraten, wieso im Leben nicht einfach alles so bleiben kann, wie es war?» Sie spürte, wie sich ihre Augen mit Tränen füllten, und legte ihren Kopf in den Nacken in der Hoffnung, die Tränen würden auf diese Weise einfach dahin verschwinden, wo sie hergekommen waren. Sie blickte in die Baumkrone und wischte sich mit dem Handrücken über die Wangen.

Das Leben hatte Hanna durchgeschüttelt wie im Schleudergang. Alles, was sie sich so schön aufgebaut hatte, war ihr Stück für Stück abhandengekommen, und sie hatte nichts dagegen tun können. Sie hatte eine Tochter, die sie nicht mehr brauchte, einen Mann, der sie nicht mehr wollte, einen Job, in dem sie nicht mehr funktionierte, und mitten in diesem Chaos hatte ihr Vater sie auch noch einfach allein gelassen.

Letzten Sommer war er noch da gewesen, hatte ihr beigestanden, als Ben seine Sachen aus der Wohnung holte, um mit seiner Kollegin Kristin zusammenzuziehen. Kristin war 16 Jahre jünger als Hanna, der immer noch bei dem Gedanken schlecht wurde, dass Ben sie nach 22 gemeinsamen Jahren einfach ausgetauscht hatte.

Am Tag seines Auszugs hatte ihr Vater morgens überraschend geklingelt. «Komm, meine Kleine, heute machen wir es uns schön», hatte er gesagt und keinen Widerspruch geduldet. Erst ging es zum Frühstück ins Café Paris am Rathaus. Dann jagte Jost seine Tochter im Michel die 452 Stufen rauf. Bewegung und ein Perspektivwechsel, hatte er damals zu Hanna gesagt, seien nicht zu unterschätzende Glücksfaktoren. Wirklich geholfen hatte die Plackerei zwar nicht, aber wenigstens für einen Moment hatte Hanna den «schönsten Ausblick der Stadt», wie Jost fand, wirklich genießen können. Zum Abendessen hatte er sie dann ins feine Louis C. Jacob eingeladen, wo sie auf der Lindenterrasse bei Wein und gebratenem Steinbuttfilet die Segel- und Containerschiffe auf der Elbe beobachteten.

Er fehlte Hanna entsetzlich. Es verging kein Tag, an dem sie nicht an ihn dachte.

Unter der Kastanie schien Balu Hannas Traurigkeit zu spüren und stupste sie aufmunternd an. «Auf dich ist wenigstens Verlass, du lässt mich nicht allein.»

Nach einer Weile stand Hanna auf. Dabei fiel ihr Blick auf das Dach mit den Fledermausgauben. Als Kind hatte sie immer gefunden, dass das Haus durch die beiden geschwungenen Einbuchtungen im Reet aussah, als hätte es Augen. Aber es waren keine lachenden Augen. Und auch heute fand Hanna, dass das Geburtshaus ihres Vaters irgendwie traurig wirkte.

Nun gehörte es ihr. Was sollte sie bloß damit anfangen? Sie war in den letzten Jahren kaum hier gewesen. Und daran würde sich wohl auch in Zukunft nicht viel ändern. Es war schon schön hier, keine Frage, aber allein, ohne Ben und vor allem ohne ihren Vater, auch ziemlich trostlos. Und auf ihre Tochter konnte sie auch nicht mehr zählen. Kommendes Jahr machte Lena ihr Abi, und sie träumte davon, anschließend länger ins Ausland zu gehen.

«Hüt is Dans op de Deel!» Hanna fuhr zusammen. Von der Straße her hörte sie plötzlich eine krächzende Stimme. Sie drehte sich um. Ein Mann, den sie allerdings nur noch von hinten sehen konnte, rief immer wieder diesen plattdeutschen Satz, von dem Hanna nur irgendwas mit *tanzen* verstand. Gestützt auf einen Rollator, schlurfte er den Weg entlang. Er trug ein Unterhemd, kurze Hosen, Gummistiefel und auf dem Kopf eine Prinz-Heinrich-Mütze. Komische Vögel hier, dachte Hanna, erst dieser Wichtigtuer-Sheriff und jetzt der hier.

Sie griff nach ihrer Reisetasche, atmete tief durch und blickte zu Balu. «Komm, wir gehen mal rein.»

Sie schloss die Haustür hinter sich. Trotz der Nachmittagshitze war es drinnen kühl und so still, dass Hanna ihren

Herzschlag hören konnte. Sie stellte ihre Tasche auf den eckigen Hocker neben der Tür und sah sich zögerlich im Windfang um. Unter der kleinen Heizung standen Pantoffeln. An der Garderobe hing der Strohhut ihres Vaters, seine Wollmütze und die alte Wachsjacke. Es schien, als sei Jost nur kurz im Garten oder beim Kaufmann. Hanna hatte einen Kloß im Hals. Sie wusste schon, warum sie es so lange hinausgezögert hatte, hierherzukommen.

Nachdem sie die Wohnung ihres Vaters in Hamburg aufgelöst hatte, fehlte ihr die Kraft, sich gleich den nächsten Haushalt vorzunehmen. Sie hatte sich ja selbst mit dem in Hamburg ordentlich Zeit gelassen. Wochenlang war sie immer wieder in Josts Wohnung gekommen, ohne irgendetwas anzurühren oder zu verändern. Es ging nicht. Sie hatte einfach nur dagesessen und aus dem Fenster gestarrt. Vielleicht hatte sie sich dadurch, dass sie die Dinge an ihrem Platz ließ, unbewusst versucht vorzugaukeln, ihr Vater wäre noch da. In Klanxholm hatte sie dann die letzten Monate erst einmal alles weiterlaufen lassen und die Nebenkosten übernommen.

Hanna ging durch den kleinen Flur in die Küche. Die Kühlschranktür war nur angelehnt. Sie zog sie auf. Der Kühlschrank war ausgestellt und bis auf eine Flasche Riesling, den Lieblingswein ihres Vaters, komplett leer. Hanna machte ihn an, auch wenn sie nichts hatte, was sie hätte hineinlegen wollen. Eigentlich hatte sie unterwegs noch irgendwo einkaufen wollen, aber das hatte sie, nachdem sie bei der Tierärztin gewesen war, total vergessen. Sie lehnte sich mit dem Rücken gegen die Arbeitszeile und ließ ihren Blick schweifen. Alles war wie immer. Die Essecke unter dem Fenster. Daneben die Küchenhexe, der alte Ofen, der aber schon lange nicht mehr benutzt wurde. Auf ihr standen einige Steingutschalen in verschiedenen Größen. So lange Hanna zurückdenken konnte, war das hier für sie immer ein sicherer Ort gewesen, einer, den sie mit Sommerferien, frischen Erdbeeren und Faulenzen verband. Jetzt war alles anders. Sosehr Hanna auch versuchte, dieses Gefühl von früher heraufzubeschwören, es gelang ihr nicht.

Sie ging in den Wohnbereich, öffnete die Fenster und die Terrassentür. Doch so richtig kam die Wärme nicht bei ihr an. Auf dem Couchtisch lag ein SPIEGEL vom November des vergangenen Jahres. Hanna setzte sich aufs Sofa und blätterte ihn durch. Statt auf das Geschriebene zu achten, dachte sie daran, dass sie in diesem Haus noch nie allein gewesen war. Sie legte das Magazin zurück, stand auf und ging zu der Anrichte, auf der gerahmte Fotos standen und Donnerkeile, Seeigel und andere Millionen Jahre alte Versteinerungen lagen, die ihr Vater hier in der Gegend gefunden hatte. Alles war mit einem leichten Staubfilm bedeckt. Dennoch sah auch das Haus aus, als würde sich jemand darum kümmern. Komisch, dachte Hanna, dass sie über diesen Teil des Lebens ihres Vaters kaum etwas wusste, dabei hatte er hier, seit er Rentner war, jedes Jahr viele Wochen verbracht. Aber er hatte nie viel erzählt, und Hanna hatte nicht gefragt. Sie war zu sehr mit ihrem Leben beschäftigt gewesen. Das Kind, der Mann, der Job. Seit Jahren hetzte sie durch den Tag, wühlte sich durch Wäscheberge, langweilte sich auf Elternabenden und Sportveranstaltungen und versuchte auf allen Hochzeiten gleichzeitig zu tanzen, statt sich um die wirklich wesentlichen Dinge zu kümmern. Hanna durchfuhr ein tiefes Bedauern. Sie hätte ihren Vater viel häufiger in Klanxholm besuchen und Anteil nehmen sollen an seinem Leben hier. Immerhin lagen hier seine Wurzeln und damit ja irgendwie auch ihre.

Hanna griff nach dem Foto, das ihre Eltern einige Monate vor dem Tod ihrer Mutter zeigte. Die Krankheit war ihr bereits anzusehen. Vor 12 Jahren war bei ihr Bauchspeicheldrüsenkrebs diagnostiziert worden. Sie hatte den Kampf tapfer angenommen mit der festen Absicht, den Krebs zu besiegen, doch die Chemo setzte ihr zu, und dann ging alles ganz schnell. Hannas Vater zerriss sich damals fast, damit es seiner Frau an nichts fehlte. Zu Hause bezog er ihr Bett jeden Tag frisch, besorgte Ranunkeln, ihre Lieblingsblumen. Und wenn sie in der Klinik war, saß er stundenlang bei ihr, brachte ihr Zeitschriften und Bücher, auch als sie längst zu schwach zum Lesen war. Jost litt entsetzlich, das spürte Hanna, auch wenn er kein Wort darüber verlor. Er war immer so ein starker Mann gewesen, für alle der Fels in der Brandung. Aber er war auch jemand, der sich selbst viel abverlangte, der immer beherrscht und kontrolliert gewesen war. Über seine Gefühle, seine Sorgen und Ängste hatte er so gut wie nie gesprochen. Bei der Beerdigung von Hannas Mutter, als die Urne in das dunkle Loch gelassen wurde, hatte sie ihren Vater zum ersten und einzigen Mal in ihrem Leben weinen sehen. Und in dem Moment hatte sie nicht gewusst, was mehr schmerzte, der Verlust der Mutter oder den eigenen Vater so traurig zu erleben.

Sie stellte das Foto zurück und blickte zu Balu, der sich neben dem Couchtisch niedergelassen hatte und immer wieder nach einer Fliege schnappte, die um seinen Kopf herumschwirrte. «Ich geh mal hoch, duschen. Du wartest hier, okay, mein Süßer?»

Nach der Dusche fühlte Hanna sich wenigstens ein bisschen erfrischt. Ihre Sachen hatte sie in ihr altes Zimmer gebracht, wobei es sich irgendwie nicht richtig anfühlte, es als *ihr* Zimmer zu bezeichnen. Sie hatte in diesem Zimmer immer geschlafen, wenn sie hier war. Aber *ihr* Zimmer, das war in Hamburg gewesen, in dem alten Kapitänshäuschen im Blankeneser Treppenviertel, in dem sie aufgewachsen war. Nach dem Tod der Mutter hatte ihr Vater es verkauft und war in eine kleine Wohnung in Altona ganz in Hannas Nähe gezogen.

Gegenüber von Hannas Zimmer lag das Gästezimmer und daneben das Schlafzimmer ihres Vaters. Hanna war ein wenig mulmig zumute, als sie nun davorstand und die Klinke hinunterdrückte. Abgestandene Luft kroch ihr entgegen. Alles war aufgeräumt und genauso, wie Hanna es in Erinnerung hatte: das Bücherregal, das Bett unter der Gaube, bei dem nur die rechte Seite bezogen war, und auf dem Nachttisch daneben der kleine ovale Silberrahmen mit einem Foto von Hannas Mutter, das sie als junge Frau zeigte. Hanna wusste, dass im Kleiderschrank noch Sachen von ihrem Vater hingen, die sie durchsehen und weggeben musste. Aber dazu hatte sie jetzt keine Kraft. Rasch zog sie die Tür wieder zu.

Als sie das Gästezimmer betrat, war sie überrascht. Auf dem Bett stapelten sich Fotoalben und Kartons. Daneben auf dem Schreibtisch lag ein Bausatz für ein Buddelschiff. Auf der Kommode gegenüber vom Schreibtisch erblickte Hanna bereits einige fertige Buddelschiffe. Sie ging näher und hob vorsichtig eines hoch, um es genauer zu betrachten. Was für eine filigrane Arbeit das war. Ihr Vater hatte offensichtlich ein neues Hobby gehabt. Hanna stellte es zurück und ließ ihren Blick noch einmal über die Kartons schweifen. Sie stemmte die Arme in die Hüften und atmete laut aus. Irgendwann in den nächsten Tagen würde sie anfangen, alles zu sichten und zu sortieren. Aber jetzt nicht. Jetzt fehlte ihr dazu die Lust und auch die Kraft, außerdem spürte sie auf einmal, dass sie ziemlich hungrig war.

Sie ging runter in die Küche und suchte in dem alten Bauernschrank, in dem sich das Geschirr mit dem blauen Zwiebelmuster stapelte, nach etwas Essbarem. Sie hatte Glück und fand Nudeln, ein Glas dunkle Oliven und Kekse. Olivenöl, Salz und getrocknete Kräuter standen neben dem Herd.

Der Riesling war inzwischen angenehm kühl. Hanna schenkte sich ein Glas ein und begann zu kochen. Zum Essen setzte sie sich auf die Terrasse. Dort blieb sie mit Balu zu ihren Füßen lange sitzen, lauschte dem Wind, der durch die Linden fuhr, und sah dem Blau des Himmels zu, wie es immer dunkler wurde.

3.

*Lerne von der Geschwindigkeit der Natur:
Ihr Geheimnis ist Geduld.*

RALPH WALDO EMERSON

Hanna zog sich die Bettdecke über den Kopf und kniff die Augen zusammen. Sie wünschte sich so sehr, einfach weiterschlafen zu können. Doch es war zu spät. Durch ihren Kopf tobten schon wieder tausend Gedanken, die sich einfach nicht vertreiben ließen.

Während sie hörte, wie die Vögel vor ihrem gekippten Fenster fröhlich zwitscherten, überlegte sie, wann sie sich morgens das letzte Mal leicht und frei gefühlt hatte. Oft gab es nach dem Aufwachen noch ein paar gnädige Sekunden, einen kurzen Moment, in denen die Konturen zwischen nächtlicher Traumwelt und Wirklichkeit verschwammen und sich das Leben anfühlte, als sei alles okay. Doch dann – bäm – traf sie die Realität wie ein Stromschlag, und alles Geschehene war plötzlich und mit voller Wucht wieder da.

Balu schnarchte leise. Hanna schlug die Decke zurück. Das Bett knarrte bei jeder Bewegung entsetzlich. Sie kannte dieses Knarren ganz genau. Als Kind hatte sie es unheimlich gemütlich gefunden. Später, als sie Ben schon kannte und hier hin und wieder mit ihm und ihren Eltern ein Wochenende verbrachte, hatte sie es verflucht. Jeder im Haus wusste Bescheid, sobald man sich nur einmal umdrehte. Wenn Ben und sie miteinander schliefen, kicherten sie und versuchten sich so wenig wie möglich zu bewegen. Doch manchmal hielten sie es nicht aus. Dann hievten sie die schwere Matratze aus dem Bett und legten sie auf den Boden. Wenn Hannas Mutter sie dann beim Frühstück fragte, ob sie gut geschlafen hatten, nickten beide lächelnd und warfen sich vielsagende Blicke zu.

Hanna fragte sich, wann all das aufhören würde. Wann würde sie nicht mehr jedes noch so kleine Detail in ihrem Leben mit Ben in Verbindung bringen und dabei jedes Mal, zumindest innerlich, in Tränen ausbrechen.

Balu erhob schwerfällig seinen alten Körper von seiner Decke, die Hanna gestern Abend vor ihrem Bett ausgebreitet hatte, und starrte Hanna an. Unter dem Knarren des Bettes richtete sie sich auf.

«Was?», fragte sie. «Was guckst du mich so streng an?» Hanna überlegte kurz, ob es wohl bedenklich war, dass sie in letzter Zeit mehr mit ihrem Hund als mit Menschen sprach, schob den Gedanken aber rasch beiseite. Sie griff nach ihrem Handy, das auf dem Nachttisch lag. Es war erst kurz vor halb sieben. In ihr Zimmer schien die Morgensonne und tauchte den Raum in ein freundliches Licht. Da sie sowieso nicht mehr schlafen konnte, beschloss sie aufzustehen. Sie schlüpfte in ihre Flipflops, band sich einen Pferdeschwanz und ging runter in die Küche. Im Schrank hatte sie gestern Kaffee entdeckt und eine Tüte H-Milch.

Erst gab sie Balu etwas zu fressen. Dann löffelte sie Kaffeepulver in das kleine Sieb, stellte die silberne Espressokanne auf eine Herdplatte und drehte sie an. Hanna ging ans Fenster und blickte in den Garten. Was Ben jetzt wohl machte? Ob er auch schon wach war? Sie konnte nichts dagegen tun. Die Gedanken kamen einfach, auch wenn sie sie so dermaßen leid war. Ob er morgens auch manchmal an sie dachte, an ihr gemeinsames Leben, das doch auch so viele schöne Momente gehabt hatte?

Das letzte Mal hatten sie kurz vor der Trennung, im Bretagne-Urlaub, miteinander geschlafen. Hanna hatte die Initiative ergriffen. Seit Ben ausgezogen war, hatte sie den Urlaub, aber vor allem diese eine Nacht, immer und immer wieder Revue passieren lassen. Gab es Anzeichen? Hätte sie nicht merken müssen, dass er sein Herz längst an eine andere verschenkt hatte? Sicher hatte er Hannas Berührungen nur noch über sich ergehen lassen, hatte dabei insgeheim an Kristin gedacht, an ihr Wiedersehen.

Jeder dieser Gedanken zog Hanna ein Stück weiter runter, und das Brennen in ihrem Bauch wurde immer stärker.

Die Kanne auf dem Herd hatte zu brodeln begonnen, und in der Küche breitete sich der Duft von frischem Kaffee aus. Hanna goss Milch in den kleinen Topf mit dem Stil und stellte ihn auf die heiße Platte. Sie holte einen Becher aus dem Bauernschrank, schenkte sich Kaffee und Milch ein und ging ins Wohnzimmer. Dort öffnete sie die Terrassentür und trat in den Garten. Balu humpelte hinter ihr her. Das Dorf war noch still. Bis auf das Vogelgezwitscher war kein Mucks zu hören. Die Sonne hatte schon ordentlich Kraft. Tatsächlich überkam Hanna auf einmal eine regelrechte Hitzewelle. Die hatte allerdings nichts mit dem Wetter und auch nicht mit ihren beginnenden Wechseljahren zu tun. Es war vielmehr der Rosenbusch neben der Terrasse, der Hannas Blut so richtig in Wallung brachte.

Ohne weiter nachzudenken, marschierte sie zu dem kleinen Schuppen in der hinteren Gartenecke. An der Gattertür hing ein Vorhängeschloss, an dem Hanna ungeduldig herumzerrte. Als sich nichts tat, machte sie kehrt und eilte zurück ins Haus. In der Küche hing an einem Haken neben der Tür genau wie früher ein kleiner Schlüssel. Sie schnappte ihn sich und marschierte erneut Richtung Schuppen. Balu lag unterm Gartentisch im Schatten und beobachtete sein Frauchen.

Hanna öffnete das Schloss, zog die Tür auf und sah sich in dem kleinen Raum um. An der Wand lehnten zusammengeklappte Sonnenliegen und ein altes Fahrrad. Daneben stand ein Sack mit Blumenerde, auf der anderen Seite stapelten sich Pflanzenkübel aus Ton, und neben dem Regal in der Ecke entdeckte Hanna endlich, was sie suchte. Mit einem Spaten bewaffnet, ging sie schnurstracks zu dem Rosenbusch und fing an zu buddeln. «Du kannst hier nicht bleiben!», zischte Hanna. «Es sind meine Ferien und mein Haus, und du störst hier!»

Ben hatte Hanna diese Rose zum zweiten Hochzeitstag geschenkt. Sie war mit Lena für ein paar Tage nach Klanxholm gefahren, wo ihre Eltern zwei Wochen Urlaub machten. Ben musste arbeiten und war in Hamburg geblieben. Doch dann überraschte er Hanna und kam für einen Tag. Und im Gepäck hatte er diese Rose als Symbol seiner unendlichen Liebe, wie er damals sagte. Zusammen pflanzten sie sie hier ein, damit sie wachsen und sich entfalten konnte, genau wie ihre Liebe. Noch so ein

Spruch von Ben, der Hanna jetzt so dermaßen verlogen vorkam. Auf ihrem kleinen Balkon in Hamburg, hatte Ben gemeint, könnte sie ja gar nicht ihre volle Schönheit zeigen.

Auf Hannas Stirn hatten sich Schweißperlen gebildet, doch sie buddelte tapfer weiter. Als sie allerdings nach weiteren zehn Minuten auf noch mehr verzweigtes Wurzelwerk stieß, wurde sie immer wütender und begriff allmählich, dass sie diese Rose nicht mal eben ausgraben konnte. Sie trat einen Schritt zurück und rang nach Luft. Vor Wut kamen ihr die Tränen, und sie überlegte, wie sie dem Problem anders Herr werden konnte. Schließlich ließ sie den Spaten fallen, marschierte noch einmal zum Schuppen und kam mit einer Heckenschere wieder. Balu war inzwischen ebenfalls zum Ort des Geschehens getrottet, schnupperte kurz am Spaten und setzte sich.

Hanna war jetzt richtig in Fahrt. Sie löste die Sicherung des Geräts und schnitt beherzt hinein in das Gewächs. Dann noch einmal und noch einmal. Dunkelgrüne Blätter und weiße Blüten fielen zu Boden, und Hanna spürte zufrieden, wie ihr jeder Schnitt ein wenig mehr Erleichterung verschaffte.

«Mensch, min Deern, nun lass doch die arme Alba in Ruhe. Sie kann doch auch nichts dafür.» Balu hatte die Besucherin nicht bemerkt, erst jetzt bellte er einmal zaghaft.

Hanna drehte sich überrascht um, pustete sich eine Haarsträhne aus ihrem verschwitzten und verheulten Gesicht und starrte die schlanke ältere Frau an, die wie aus dem Nichts plötzlich vor ihr stand.

Hanna brauchte einen Moment, um wieder einigermaßen im Hier und Jetzt zu sein. Als sie ein paarmal durchgeatmet hatte, wusste sie nicht, was sie mehr irritierte: die Tatsache, dass sie in Schlafshirt und Flipflops mit einer altmodischen Heckenschere herumfuchtelte, oder dass eine fremde Frau in einem lilafarbenen Frottee-Bademantel in ihrem Garten stand und sie *Deern*, also Mädchen, nannte, obwohl sie in vier Jahren ihren 50. feierte. In diesem Augenblick zumindest erschien ihr an dieser Szene alles ziemlich absurd.

«Wusstest du», fragte die Fremde und hob eine der Blüten auf, «dass die Alba zu einer der ältesten Rosenarten gehört?» Sie hielt sich die Blüte unter die Nase und schnupperte daran. Hanna beobachtete sie, war aber nicht in der Lage, irgendetwas zu sagen. Ihr langes weißes Haar hatte sie im Nacken zusammengebunden. Es war nass, und unter ihrem Arm klemmte ein zusammengerolltes Handtuch.

Hanna kam die Frau bekannt vor. Sie wusste nur nicht genau, woher.

«Schon die alten Griechen und Römer haben diese besonders robuste Bauernrose kultiviert.» Die Frau lächelte Hanna an. «Obwohl sie so zart wirkt, haut sie so schnell nichts um, keine Stürme, kein Frost.» Dann schien die vermeintliche Rosenkennerin für einen Moment nachdenklich, und Hanna hatte das Gefühl, als würde die weißhaarige Frau durch sie hindurchgucken. «Sind wir nicht alle viel stärker, als wir glauben?», sagte sie und sah Hanna nun wieder fest in die Augen.

«Woher kennen wir uns?», fragte Hanna.

«Ich bin Ella. Früher, als du noch ein Kind warst, sind wir uns hier häufiger über den Weg gelaufen.»

Das konnte natürlich gut sein, dachte Hanna. Aber es war Ellas heutiges Gesicht, das ihr bekannt vorkam. Das letzte Jahr lag in Hannas Erinnerung zwar irgendwie im Nebel, trotzdem versuchte sie es in Gedanken durchzugehen. Und plötzlich wusste sie, wann sie Ella zuletzt gesehen hatte: «Sie waren auf der Beerdigung meines Vaters.»

Ella zog den Kragen ihres Bademantels ein wenig enger zusammen, fast so, als würde sie frieren. «Ja, das stimmt.»

«Ich erinnere mich», sagte Hanna. «Sie waren dann aber plötzlich weg und sind nicht mit zur anschließenden Kaffeetafel gekommen.»

«Wollen wir nicht Du sagen?», fragte Ella und streckte Hanna ihre Hand entgegen. «Ella Janssen, ich stamme von hier wie dein Vater und kannte ihn praktisch mein ganzes Leben lang.»

Hanna gab ihr die Hand. «Haben Sie sich … hast du dich hier die letzten Monate um alles gekümmert?»

«Ich habe hin und wieder Unkraut gezupft. Beim Rasenmähen hatte ich Hilfe.» Ella machte eine Kopfbewegung und deutete mit dem Kinn Richtung Rose. «Hat sie was mit deinem Mann zu tun? Jost hatte mir erzählt, dass er weg ist.»

Hanna nickte. Gleichzeitig wunderte sie sich, dass ihr Vater einfach so über ihr Privatleben geplaudert hatte.

«Leg das Ding weg», sagte Ella. «Das ändert doch nichts. Das Leben hat nun mal seine eigenen Regeln und fragt nicht, was wir wollen. Leb es einfach, lache, so viel es geht, und vor allem, genieße so herrliche Tage wie diesen. Ab an die Schlei, da komme ich auch gerade her.

Einmal untertauchen, und schon sieht die Welt wieder anders aus, glaub mir.» Sie machte einen Schritt auf Balu zu und kraulte ihm den Kopf. «Und du, mein Hübscher, passt schön auf dein Frauchen auf.» Dann lächelte sie Hanna aufmunternd zu. «Mach dir einen schönen Sonntag. Beim Kaufmann gibt's bis 12 Uhr frische Brötchen. Tschüss, ihr zwei.» Im Gehen drehte sie sich noch einmal um: «Übrigens, Hanna, wusstest du, dass man unter Wasser nicht weinen kann?» Sie zwinkerte ihr zu und verschwand durchs Gartentor.

Hanna sah ihr nach. Dann atmete sie tief durch, brachte Heckenschere und Spaten zurück in den Schuppen und holte ihren Badeanzug.

4.

Wer den Weg zur Natur findet,
findet auch den Weg zu sich selbst.

KLAUS ENDER

Der Weg zur Badestelle führte durch eine uralte Buchenallee. Im Schatten der Bäume war es angenehm kühl. Die Luft roch nach Waldboden und Strand. Eine ungewöhnliche Mischung, fand Hanna und fragte sich, wieso ihr das früher nie aufgefallen war.

In ihrer Kindheit war sie diesen Weg häufiger mit ihren Eltern gegangen. Anders als an einigen Ostseestränden in der Umgebung war es hier selbst im Hochsommer nie überfüllt gewesen. «Den langen Arm der Ostsee» hatte ihr Vater die Schlei immer genannt und Hanna Geschichten von Wikingern und Freibeutern erzählt.

«Komm, alter Junge, gleich geschafft.» Balu humpelte langsam hinter Hanna her. Die Allee mündete in eine kleine Sackgasse, eine Art Halbkreis, der als Parkplatz genutzt wurde, noch aber leer war. Durch den Knick konnte Hanna das Wasser sehen, auf dem Sonnenstrahlen tanzten. Ein paar Segelboote ankerten in der Bucht. An dieser Stelle war die Schlei recht schmal. Auf der gegenüberliegenden Seite erstreckten sich Wiesen und Eichenwälder.

Durch den Knick führte ein Trampelpfad ein paar Schritte bergab. Dann hatte Hanna die Badestelle erreicht. Auf dem Rasen standen robuste Holzbänke und ein gemauerter Grill. Vorn im Sand gab es eine Wippe für Kinder und eine Schaukel, an der ein Autoreifen hing. Außer ihr war niemand zu sehen. Wie friedlich es hier war, dachte sie.

Rasch zog sie ihren Badeanzug an. Das Wasser war ganz ruhig. Es war angenehm warm und trotzdem erfrischend. Hanna musste ein Stück hinauswaten, bis es zum Schwimmen tief genug war. Sie spürte den schlickigen Boden unter den Füßen und drehte sich nach Balu um. Er schwamm auch eine kleine Runde, schien aber noch Schmerzen zu haben und blieb nur kurz im Wasser. Zurück am Strand, schüttelte er sich ordentlich und legte sich in den Sand.

Hanna ging das Wasser nun bis zum Bauchnabel. Sie atmete tief ein und tauchte mit einem kleinen Vorwärtssprung unter. Nach zwei Schwimmzügen kam sie wieder hoch und tauchte gleich noch einmal ab. Als sie wieder oben war, drehte sie sich auf den Rücken und ließ sich treiben. Sie blickte in den wolkenlosen Himmel, und für einen kurzen Augenblick fühlte sie sich ganz leicht, fast schwerelos, frei von Vergangenheit und Zukunft.

Doch das Gefühl hielt nur ein paar Sekunden an, dann drängelte sich das Leben wieder in Hannas Gedanken. Sie musste an Ella denken und daran, dass sie irgendwie genau im richtigen Moment gekommen war. Wer weiß, was sie sonst noch mit der Rose angestellt hätte. Ella hatte ja recht, die konnte am allerwenigsten etwas dafür, dass Ben offensichtlich in einer schweren Midlife-Crisis steckte. Und dafür, dass Hanna ihren Vater und auch Lena, seit sie in Klanxholm angekommen war, noch mehr vermisste als ohnehin schon, konnte die Rose auch nichts, das war mal sicher.

Nach einer Weile drehte Hanna sich wieder in die Bauchlage und schwamm zurück Richtung Ufer. Sie dachte an den Satz, den Ella zum Abschied gesagt hatte, und fragte sich, ob man unter Wasser wirklich nicht weinen konnte. Sie atmete noch einmal tief ein, dann tauchte sie unter.

Auf dem Rückweg knurrte Hannas Magen. Sie fühlte sich erfrischt und ein wenig besser als nach dem Aufwachen. Balu taperte schnurstracks in den Garten ihres Vaters. Doch Hanna wollte gleich weiter zum Kaufmann, um Brötchen zu besorgen. «Komm, Balu, hier lang.» Sie schlenderten vorbei an Wiesen, auf denen Pferde grasten, und an der Kirche, vor der ein paar Menschen standen und wohl zum Gottesdienst wollten. «Moin», riefen sie in Hannas Richtung und unterhielten sich dann weiter. Hanna grüßte zurück. Hinter der Kirche bog sie auf die Dorfstraße mit ihren Einfamilienhäusern und gepflegten Vorgärten. An einem charmanten weißen Haus mit vielen Hortensien davor hing ein Schild *Bed & Breakfast*. Daneben lag der kleine Dorfladen, den Hanna noch von früher kannte.

«Warte hier, Balu.» Sie zeigte auf einen Schattenplatz neben der Tür, und ihr Hund setzte sich brav hin.

Als Hanna den Laden betrat, fühlte sie sich schlagartig in die Sommer ihrer Kindheit zurückversetzt. Hier hatte sich kaum etwas verändert, vor allem der Geruch war derselbe, diese Mischung aus Waschmittel und Backwaren. Sie nahm sich einen Einkaufskorb. Links vom Eingang war die einzige Kasse des Ladens, daneben ein Verkaufsstand, an dem es Brot, Brötchen und Kuchen gab. Davor standen zwei Stehtische. An einem der beiden lehnte ein älterer Mann und las Zeitung. Als er Hanna bemerkt hatte, blickte er kurz auf, stieß ein tonloses «Moin» hervor und widmete sich dann wieder seiner Lektüre. Von dem *Moin* offenbar auf den Plan gerufen, erschien eine rundliche ältere Frau in der Tür, die hinter dem Bäckerstand lag. Sie trug einen grauen Kittel, ihre Arme und ihr Gesicht waren mit Sommersprossen übersät.

Hanna ging rechts rum, wo die Obst- und Gemüse-Ecke war. Das Angebot war überschaubar, aber sie fand, was sie suchte. Sie legte eine Schale Erdbeeren in den Korb, einen Salatkopf, eine Gurke und Tomaten. Aus der Kühlung ein paar Schritte weiter nahm sie Milch, Butter, ein Stück Käse und ein Glas rote Grütze. Sie kaufte noch drei Flaschen Mineralwasser und eine Tüte Orangensaft. Dann hatte sie ihre Runde beendet und stand vor dem Bäckertresen.

«Moin», sagte die Verkäuferin dahinter und lächelte Hanna freundlich an.

«Moin.» Hanna überlegte, wonach ihr der Sinn stand. Croissants konnte sie keine entdecken. Sie entschied sich für zwei Roggenbrötchen und ein halbes Vollkornbrot.

Die Verkäuferin reichte ihr die Tüten über den Tresen und nahm dann ein paar Schritte weiter an der Kasse Platz. Als Hanna gerade dabei war, alles aufs Laufband zu legen, fiel ihr siedend heiß ein, dass sie gar kein Portemonnaie dabeihatte. Sie war nach dem Schwimmen direkt hierhergegangen. Ihr Handtuch mit dem eingewickelten Badeanzug klemmte unter ihrem Arm, und mehr hatte sie nicht mitgenommen, als sie zum Strand aufgebrochen war.

«Entschuldigung», sagte sie. «Kann ich meinen Einkauf hier kurz liegen lassen? Ich habe gerade gemerkt, dass ich mein Geld vergessen habe. Ich wäre in 20 Minuten zurück.»

«Nun mach man nicht sun Brimborium und nimm die Sachen mit», sagte die Verkäuferin. «Du kannst morgen bezahlen.» Sie tippte die Preise fürs Brot und die Brötchen ein. «Ich weiß ja, wer du bist.»

Hanna stutzte. «Ach ja?»

«Klar, du bist die Lütte von Jost. Stimmt doch, oder?»

Hanna nickte.

«Ist lange her, dass ich dich hier gesehen habe.» Dann verschwand das Lächeln aus dem Gesicht der Verkäuferin. «Sein Tod ist ja nun schon ’n büschen her. Trotzdem … mein Beileid.»

«Von mir auch», sagte der Mann hinter der Zeitung.

Hanna war verwirrt. Sie kramte in ihren Erinnerungen, und es dauerte einen Moment, bis sie fündig geworden war. «Sind Sie … bist du Anke?»

«Seit 65 Jahren.» Nun war Ankes Lachen zurück. «Und der da ist Willi, meine bessere Hälfte.» Sie schmunzelte. «Obwohl, eigentlich bin ich ja deine bessere Hälfte, oder, Willi?» Hinter der Zeitung war ein Grummeln zu hören. Dann wandte sich Anke wieder Hanna zu. «Hast uns wohl nicht gleich erkannt, was? Na ja, früher, als du ab und an hier warst, sahen wir auch noch ’n büschen jünger aus und waren vor allem schlanker.» Wieder lachte sie und zog eine der Mineralwasserflaschen über den Scanner.

«Willst du ’ne Papiertüte oder einen Stoffbüdel? Du hast ja gar nichts zum Tragen dabei.» Sie blickte Hanna erwartungsvoll an.

«Äh … ja, ich nehme gern einen Beutel.» Hanna begann den Einkauf einzupacken. «Dass du mich erkannt hast und sogar meinen Namen noch weißt, nach all den Jahren und den vielen Touristen, die hier ein und aus gehen.» Sie fand das ehrlich beeindruckend.

«Nee», winkte Anke ab. «Hätte ich dich jetzt so gesehen, hätte ich dich bestimmt nicht erkannt. Das war nur, weil Piet gestern hier war und erzählt hat, dass du da bist, und dabei hat er dich beschrieben.» Sie riss den Bon ab, zog einen Kuli aus der Kitteltasche, kreiste die Endsumme ein und legte den Beleg in ein Notizbuch, das neben der Kasse lag.

«Piet?» Hanna konnte Anke nicht folgen.

«Das ist unser Dorfpolizist», sagte Willi trocken, ohne hinter der Zeitung hervorzublicken.

Hanna kam dieser komische Wichtigtuer vom Vortag mit seiner albernen Sonnenbrille in den Sinn, der offensichtlich nichts Besseres zu tun hatte, als den Unfall herumzutratschen. Und sie fragte sich, ob Polizisten nicht auch so etwas wie Schweigepflicht hatten. «Verstehe …», sagte sie schließlich und packte die letzten Sachen ein.

«Hier funktionieren die Buschtrommeln noch», sagte Anke fröhlich.

«Das merke ich.» Hanna lächelte ein wenig gequält.

«Hat dein Hund den Unfall einigermaßen überstanden?», wollte Anke wissen.

«Ja, war Gott sei Dank alles halb so schlimm.» Hanna hängte sich die Tasche über die Schulter.

«Und sach mal, Hanna, was ganz anderes, wann kommt denn dein neuer Roman? Ich bin ja so was von gespannt.» Ankes Augen blitzten fröhlich. «Dein Vater hat immer so stolz erzählt und mich immer auf dem Laufenden gehalten. Ich hab sie alle verschlungen. Das mit den zerstrittenen Schwestern hat mir am besten gefallen.»

Hannas Magen zog sich abrupt zusammen. «Das ist noch nicht ganz klar, aber sicher bald», beeilte sie sich zu sagen und machte sich zum Gehen bereit. Dass sie seit Bens Auszug nicht einen brauchbaren Satz geschrieben hatte und ihr Verlag dringend auf Nachschub wartete, wollte sie mit Anke garantiert nicht besprechen. Sie machte eine halbe Drehung. «Tschüss dann, bis morgen. Und danke fürs Anschreiben.»

«Tschüss», sagte Willi tonlos und faltete seine Zeitung zusammen.

«Moment!» Anke war aufgestanden. Sie kam auf Hanna zu und fischte aus ihrer Kitteltasche ein Hundeleckerli. «Wartet dein Hund draußen? Für besondere Kunden habe ich immer was dabei.»

Die beiden Frauen verließen den Laden. Als Balu Hanna sah, stand er auf und wedelte mit dem Schwanz.

«Du bist ja ein ganz Süßer», sagte Anke. Und während sie ihm das Leckerli vor die Nase hielt, entdeckte Hanna einen Ständer mit Zeitungen und Postkarten und daneben einen mit Büchern. Als sie ihn drehte, stieß sie tatsächlich auf zwei ihrer Romane, was sie durchaus freute, gleichzeitig aber erneut an ihre Schreibblockade erinnerte. Sie drehte den Ständer weiter, zog einen Reiseführer aus einem der Fächer und blätterte darin. Dabei kam ihr der Gedanke, wie die Klanxholmer eigentlich vom Tod ihres Vaters erfahren hatten. Sie hatte lediglich im *Hamburger Abendblatt* eine Traueranzeige inseriert. Auf die Idee, auch hier oben eine aufzugeben, war sie gar nicht gekommen. Als sie ihre Frage aussprach, erklärte Anke das Ganze rasch.

«Hier in der Gegend haben viele Hamburger ihren Zweitwohnsitz, man kennt sich, und die wussten Bescheid. So was macht dann schnell die Runde.»

«Verstehe, die Buschtrommeln», sagte Hanna.

«Genau. Außerdem war Ella ja immer mit Jost in Kontakt. Sie wusste dann auch schnell Bescheid.»

Hanna wunderte sich, und genau wie heute Morgen fragte sie sich, ob ihr Vater nicht doch mal Ellas Namen erwähnt hatte. Aber sie könnte schwören, dass sie ihn noch nie gehört hatte, jedenfalls nicht bewusst. Sie zeigte Anke den Reiseführer. «Den nehme ich auch noch.»

Anke wandte sich von Balu ab und drehte sich zu Hanna.

«Alles klar, kommt mit auf die Rechnung. Tschüss dann.»

«Tschüss, Anke, bis morgen.»

5.

*Wenn die Wurzel auch nichts
von den Früchten weiß,
sie nährt sie doch.*

RAINER MARIA RILKE

In der Küche verstaute Hanna ihren kleinen Einkauf und wusch die Erdbeeren. Der Tag kam ihr schon ganz schön lang vor, dabei war es erst halb elf.

Sie kochte Kaffee und schnitt sich auf dem großen Brett neben der Spüle ein Brötchen auf. Sie musste zugeben, dass von dem erfrischten Gefühl, das sie nach dem Baden gespürt hatte, nicht mehr viel übrig war. Die Frage von Anke nach ihrem nächsten Buch drückte Hanna ordentlich aufs Gemüt. Ein Roman pro Jahr, das war normalerweise ihr Pensum. Eigentlich war sie Journalistin. Kurz nach Lenas Geburt hatte sie sich selbstständig gemacht und schrieb für verschiedene Zeitschriften und Onlinemedien mit Schwerpunkt Psychologie, Gesundheit und Familie. Wie bei so vielen aus ihrer Zunft schlummerte allerdings auch in ihr der Wunsch, mal etwas Längeres, Fiktives zu schreiben. Nach einigem Zögern hatte sie schließlich ein paar Fortbildungen in kreativem Schreiben besucht und dann einfach losgelegt. Gleich ihr erster Familienroman über zwei Schwestern, die sich nach langer Funkstille bei der Beerdigung der Mutter wiedertreffen, kam bei den Leserinnen gut an. Nach dem zweiten Buch hatte Hanna dann die journalistische Arbeit an den Nagel gehängt, um sich ganz und gar dem Bücherschreiben zu widmen. Ihr letzter Roman war inzwischen allerdings vor gut einem Jahr erschienen. Sie hatte zwar einen angefangen, bevor Ben sich aus ihrer Ehe verabschiedet hatte, doch seit er weg war, hatte sie nichts mehr zu Papier gebracht. Sie konnte einfach nicht. Und das war alles Bens Schuld!

Als dann ihr Vater starb, mischte sich zu dem Schmerz um das Ende ihrer Ehe auch noch die Trauer um Jost, und ans Schreiben war überhaupt nicht mehr zu denken.

Hanna öffnete das Fenster, um das Zwitschern der Vögel hereinzulassen. Die Stille im Haus ließ das Gefühl in ihrem Bauch nur noch schwerer werden. Während sie ihr Brötchen mit Butter bestrich und sich ein Stück Käse abschnitt, musste Hanna an ihre Lektorin denken, die ihr dringend zu der Auszeit an der Schlei geraten hatte. «Du wirst sehen», hatte sie gesagt, «die Ruhe und die Natur da oben werden dir guttun. Da kannst du mal richtig durchatmen, und dann kommt deine Kreativität auch wieder in Gang.» Hanna hoffte, dass sie recht behalten möge.

«Hüt is Dans op de Deel!» Hanna horchte auf. Durchs offene Fenster drang die gleiche krächzende Stimme, die sie bereits am Vortag gehört hatte.

«Hüt is Dans op de Deel!», rief draußen erneut jemand.

Hanna legte das Messer ab, ging zur Haustür und öffnete sie einen Spalt. Auf der Straße stand der Mann von gestern in gleicher Montur, nur dass er heute mit seinem Rollator nicht vorbeischob, sondern vorm Haus stand und es anstarrte. Ein bisschen spooky fand Hanna die ganze Sache ja schon. Schließlich hatte sie keine direkten Nachbarn, die ihr fix zur Seite eilen konnten, falls der Typ in seinen Gummistiefeln ein Messer oder sonst was versteckt hatte.

Hanna verscheuchte die Gedanken rasch und riss sich zusammen. Der Alte war so krumm und knöcherig, was konnte er ihr schon tun. Balu trottete neben ihr her, und Hanna hoffte, dass er nicht nur mit dem Schwanz wedeln würde, falls der Mann doch etwas im Schilde führen sollte. Immerhin, dachte sie, Fantasie hatte sie noch.

«Moin, kann ich Ihnen vielleicht helfen?» Der Alte rührte sich nicht, guckte Hanna noch nicht einmal an. Es schien, als würde er sie gar nicht wahrnehmen.

«Hüt is Dans op de Deel!», wiederholte er eindringlich und starrte weiterhin aufs Haus.

«Tanzen? Ja klar, das ist wirklich schön», sagte Hanna und bemühte sich, ihre Stimme fest und selbstsicher klingen zu lassen. «Aber soll ich Sie trotzdem vielleicht erst einmal nach Hause bringen? Wo wohnen Sie denn?»

«Vaddern, hier bist du schon wieder!» Von links kam eine Frau in Hannas Alter herbeigeeilt. «Du kannst doch nicht immer ausbüxen.» Bei jedem ihrer eiligen Schritte schnalzten ihre Flipflops. Die Frau trug eine abgeschnittene Jeans, ein weißes Feinripp-Top und knallroten Lippenstift. Ihr Haar hatte sie auf dem Kopf zu einem lockeren Dutt zusammengebunden.

Hanna stutzte und überlegte. Sie war sich erst nicht sicher, doch als die Frau fast vor ihr stand, hatte sie kaum noch Zweifel.

«Meike, bist du das?»

Die Frau sah Hanna einen Moment lang an, ohne etwas zu erwidern. Dann machte sie große Augen und stieß einen freudigen Schrei aus. «Hanna! Das gibt's ja gar nicht. Wie lange ist das denn bitte her?»

«Eine Ewigkeit.» Hanna machte einen Schritt auf Meike zu, und die beiden nahmen sich fest in den Arm. In Gedanken versuchte Hanna die Jahre zu zählen, die zwischen diesem überraschenden Wiedersehen und ihrer letzten Begegnung lagen. Meike stammte aus dem Dorf und hatte mit ihrer Familie auf einem Bauernhof gelebt. Immer mal wieder waren sie sich hier als Kinder über den Weg gelaufen. Als Heranwachsende hatten sie sich dann ein wenig angefreundet und waren ab und zu in der *Lila Eule* in Kappeln oder im *K7* in Eckernförde zusammen feiern gewesen. Hanna konnte sich auch an gemeinsame Runden im Riesenrad auf dem Brarup-Markt erinnern. Irgendwann war Meike zum Studieren weggegangen, und Hanna hatte nie wieder etwas von ihr gehört. Wie lange sie an all das nicht mehr gedacht hatte.

Hanna lockerte die Umarmung und sah Meike an. «Du siehst toll aus! Erzähl, was machst du in Klanxholm, lebst du wieder hier?»

Ehe Meike antworten konnte, bölkte ihr Vater erneut los. «Hüt is Dans op de Deel!» In seiner Stimme schwang jetzt etwas Vorwurfsvolles mit.

Meike wandte sich ihm zu. Sie legte ihm die Hand auf die Schulter und redete in ruhigem Tonfall auf ihn ein. «Komm, Vaddern, wir gehen nach Hause. Du hast doch noch so viel zu tun, Hühner füttern, ausmisten.»

Jetzt erkannte Hanna in dem Alten auch Meikes Vater. Was für ein Greis er war, dachte sie. Er hatte ungefähr das Alter von Jost, der dagegen allerdings noch richtig rüstig und fit gewesen war.

Meikes Vater löste seinen Blick vom Haus und guckte seine Tochter an. «Ausmisten ... Jo ..., muss ik mol wedder, wa ...»

«Ja, Vaddern, die Arbeit macht sich ja nicht von selbst. Du wirst gebraucht.»

«Jo, ik werde gebraucht.» Langsam drehte er seinen Rollator und schlurfte zurück Richtung Ortskern, ohne sich noch einmal umzudrehen.

Meike sah ihm hinterher. «Er hat gerade einen hellen Moment, das muss ich ausnutzen und ihn schnell nach Hause bringen. Aber hast du nicht Lust, heute Abend mit mir auf'n Swutsch zu gehen? Ein Bekannter hat Geburtstag und gibt 'ne Party, da könnten wir in Ruhe schnacken und unser Wiedersehen feiern.»

«Ich, äh ...» Hanna stand nicht wirklich der Sinn nach einer Party.

«Prima», rief Meike im Weggehen über die Schulter. «Ich hole dich um sieben ab. Bis später, freu mich!»

Um kurz vor sieben zog Hanna ihren A-förmigen Jeansrock an, dazu die gelbe Bluse mit den Flügelärmchen und tuschte sich die Wimpern. Die letzten Stunden war sie hin- und hergerissen gewesen, ob sie wirklich Lust hatte auf einen Abend mit lauter Fremden. Doch die Lust, Meike wiederzusehen und sich mit ihr über die letzten knapp 30 Jahre auszutauschen, überwog.

Als es klingelte, spürte Hanna tatsächlich ein leichtes Kribbeln im Bauch. Sie nahm noch schnell einen Schluck von dem Wein, den sie sich vorhin eingeschenkt hatte, schnappte sich ihren Schlüssel und öffnete die Tür.

Meike sah grandios aus. Sie trug ein grünes Seidenkleid im Asiastil. Ihr Haar hatte sie wie heute Vormittag hochgebunden, und sie trug ein rotes Bandana, das farblich perfekt zu ihrem Lippenstift passte. «Wow!», entfuhr es Hanna.

«Selber wow», sagte Meike und strahlte Hanna an. «Dann wollen wir beiden Hübschen mal los, so wie früher.»

Hanna drehte sich noch einmal zu Balu um, der im Windfang stand und sie lauernd und gleichzeitig ein wenig traurig anstarrte. «Du bleibst schön hier, mein Freund, und passt auf. Ich komme bald wieder.»

Es war ein richtig herrlicher Sommerabend. Hanna und Meike schlenderten Richtung Badestelle, bogen aber nicht rechts auf die Allee ab, sondern gingen weiter geradeaus Richtung Ortsausgang.

«Es ist nicht weit», sagte Meike. «Ungefähr zehn Minuten.» Sie hakte sich bei Hanna unter. «Erzähl erst mal, wie geht's dir? Ich habe das von Jost gehört.»

«Tja, wie geht's mir …» Hanna pustete die Backen auf. «Es fühlt sich auf jeden Fall ziemlich merkwürdig an, hier zu sein, ohne ihn.» Sie verscheuchte eine Fliege von ihrem Arm. «Und du, wie geht's dir? Seit wann bist du wieder in Klanxholm?»

«Erst seit einem knappen Jahr. Vaddern kann nicht mehr allein. Hast ihn ja gesehen. Und meine Mutter ist vor fünf Jahren gestorben.»

«Was ist mit deinem Vater, Demenz?»

Meike nickte. «Die meiste Zeit lebt er in seiner eigenen Welt, fantasiert, sieht Kühe hinterm Haus, wo längst keine mehr sind. Das Vieh ist verkauft und das Land verpachtet. Das hat er schon vor Jahren alles noch selbst geregelt, als er noch klar war.»

«Und sein Spruch mit *Dans op de Deel*», wollte Hanna wissen, «hat der was zu bedeuten?»

«Jedenfalls nicht dass ich wüsste. Er schiebt einfach durchs Dorf und sabbelt wirre Sachen vor sich hin. Manchmal ist er auch ein Kapitän auf großer Fahrt», erzählte Meike und deutete mit dem Kinn vorne links auf eine Einfahrt. «Da ist es.»

Hanna staunte nicht schlecht, als sie das Grundstück betraten. In der Auffahrt parkten ein paar schwere Motorräder. Über dem Tor der Scheune, auf die Meike nun mit Hanna zusteuerte, stand *Klanxholmer Hacienda*, und darunter prangte ein Büffelschädel mit riesigen Hörnern. In der Luft lag der Geruch von Bier und Grillfleisch, und aus einer Box, die neben dem Scheunentor stand, ertönte *Atemlos durch die Nacht*. Vor der Scheune tummelten sich schon einige Gäste, Männer mit Lederkutten und Frauen mit sehr blonden Haaren, kurzen Röcken und sehr dünnen Beinen.

Meike schien Hannas Überraschung zu spüren. «Lebst du eigentlich noch in Hamburg?»

Hanna nickte.

«Na dann, willkommen im Klanxholmer Nachtleben», sagte Meike lachend. «Das ist hier schon ein anderer Schnack als in der Großstadt. Ich habe die letzten 15 Jahre in Paris gelebt, davor in London und musste mich hier auch erst wieder eingewöhnen. Aber ich verspreche dir», sie zwinkerte Hanna zu, «der Abend wird lustig.»

Doch genau das konnte Hanna sich in diesem Moment beim besten Willen nicht vorstellen. Sie hatte den Gastgeber entdeckt, der gerade von zwei Frauen gleichzeitig geherzt wurde. Eine dritte wartete, dass sie an die Reihe kam, und stand schon mit einem Geschenk in der Hand parat. Auch ohne Uniform, dafür im kurzärmligen Karohemd und Jeans hatte Hanna den Sheriff sofort erkannt.

«Meike, ich glaube, es war keine gute Idee, mich einfach mitzubringen.» Sie hatte keine Lust auf diesen Wichtigtuer und hätte gern augenblicklich kehrtgemacht, doch dafür war es zu spät. Der Sheriff hatte die beiden entdeckt. Er straffte die Schultern, klemmte seine Daumen an seine silberne Gürtelschnalle, die ebenfalls die Form eines Büffelschädels hatte, und kam langsam auf Hanna und Meike zugeschritten. Fehlt nur noch der Cowboyhut und die Hand am Colt, dachte Hanna amüsiert.

«Alles Gute, Piet!», rief Meike und zog aus ihrer Tasche eine Flasche Schnaps, um deren Hals sie eine üppige Schleife gewickelt hatte. Der Sheriff ließ sich von ihr umarmen, was er sichtlich genoss. Dann lockerte Meike die Umarmung. «Das ist meine Freundin Hanna.» Sie zeigte auf Hanna, die ein wenig gequält lächelte.

«Wir hatten bereits das Vergnügen», sagte der Sheriff.

Meike guckte überrascht.

«Was Dienstliches», sagte er trocken und nickte Hanna zu. «Moin, wie geht's denn Ihrem Hund?»

«Danke, ganz gut … Ach ja, herzlichen Glückwunsch!» Hanna sah sich um. «Schön hier.»

Der Sheriff nickte mit stolzgeschwellter Brust. «Hab ich alles neu gemacht, als ich vor ein paar Jahren nach Klanxholm gekommen bin. Hier hab ich Platz für meine Pferde.»

«Ach», sagte Hanna, «Sie haben Pferde?»

«Jo, drei Stück, bin Westernreiter. Und dann hab ich noch jede Menge Pferdestärken auf zwei Rädern.» Er grinste und klemmte wieder die Daumen an seine Gürtelschnalle. «Harley Davidson. Soll ich sie Ihnen zeigen?»

«Oh, wow, wirklich …? Aber nein, ich …» Hanna war dankbar, als Meike nach ihrem Arm griff.

«Wir mischen uns mal unter die Leute», rief Meike Piet zu und zog Hanna mit sich. «Bier?»

«Gern.»

In der Hacienda gab es in einer Ecke eine Bar, hinter der eine junge Frau Bier zapfte und Hanna und Meike jeweils eins reichte.

«Wollen wir uns draußen in die Abendsonne setzen?», fragte Meike und führte Hanna ein paar Schritte aus dem Geschehen raus zu einem Kreis aus Strohballen.

Die beiden nahmen Platz und stießen an. «Auf unser Wiedersehen», sagte Hanna.

«Auf uns», erwiderte Meike.

Das Bier war schön kalt. Eigentlich trank Hanna ja lieber Wein, aber jetzt war es herrlich erfrischend.

«Was war mit dir und Piet?», wollte Meike wissen. «Woher kennt ihr euch?»

Nachdem Hanna ihr von dem kleinen Unfall erzählt hatte, kamen die beiden schnell auf die wesentlichen Themen zu sprechen, und Hanna hatte das Gefühl, als hätten sie sich erst gestern voneinander verabschiedet. Sie brauchten überhaupt keine Aufwärmphase mit langem Vorgeplänkel. Meike erzählte von ihrer Kunst und dass sie davon inzwischen gut leben konnte. Sie hatte schon immer malen wollen, daran konnte Hanna sich noch gut erinnern. Dass sie es dann auch durchgezogen und unter anderem in Düsseldorf und London Malerei studiert hatte, wie sie nun erzählte, beeindruckte Hanna. Außerdem erzählte Meike von ihrem Sohn, der gerade 18 geworden war und noch für ein paar Tage bei einem Freund in Frankreich war.

«Und bei dir, ist dein Mann auch hier?», fragte Meike.

Hanna stutzte. «Woher weißt du, dass ich verheiratet bin?»

Meike deutete mit einer Kopfbewegung auf Hannas linken Ringfinger, an dem immer noch ihr Ehering steckte. Hanna betrachtete den Ring einen Moment lang und drehte ihn dabei hin und her. Sie hatte ein paarmal versucht, ihn abzunehmen, doch sie bekam ihn einfach nicht über den Knöchel. Sie erzählte Meike von der überraschenden Trennung vor einem Jahr, von Kristin und davon, wie verletzt sie immer noch war. «Da ist oft dieser Wunsch, Ben abends von meinem Tag zu erzählen. Manchmal greife ich automatisch zum Handy, um ihn anzurufen, bis mir in der nächsten Sekunde einfällt, wir sind ja gar kein Paar mehr.»

«Du trauerst ihm jetzt wirklich seit einem Jahr nach?» Meike nahm einen großen Schluck und schüttelte den Kopf. «Puh … das kann ich mir gar nicht vorstellen. Hattest du in der Zeit nicht mal ein Tinder-Date?» Sie lachte, und Hanna verdrehte die Augen. «Nein, im Ernst. Du hast doch erzählt, dass du Romane schreibst. Hilft dir das Schreiben nicht in solchen Krisen? Mir hilft die Malerei immer, egal, was mich bedrückt.»

Hanna überlegte kurz, Meike von ihrer Schreibkrise zu erzählen, beschloss aber, die Sache erst einmal für sich zu behalten. «Ben und ich waren einfach eine Ewigkeit zusammen. Wir haben uns im Studium kennengelernt.» Sie trank einen Schluck. «Gleich bei unserer ersten Begegnung hatte ich das Gefühl, dass eine Art Magnetismus zwischen uns herrschte. Ich konnte überhaupt nicht mehr atmen und war mir sofort sicher, das ist der Mann, mit dem ich den Rest meines Lebens verbringen will.»

«Moin, die Damen.»

Hanna und Meike drehten sich um. «Thies!», rief Meike begeistert, stand auf und fiel dem Mann, den Hanna auch gleich wiedererkannt hatte, um den Hals. «Darf ich vorstellen …»

«Wir kennen uns», unterbrach Thies sie und streckte Hanna seine Hand entgegen. «Ich hoffe, Ihrem Hund geht's gut?»

«Ja, danke, er passt gerade aufs Haus auf.» Rasch erzählte sie Meike, dass Thies derjenige war, dem Balu vors Auto gelaufen war.

«Komm, setz dich zu uns», forderte Meike ihn auf.

«Ich will euch nicht stören.»

«Tust du nicht», sagte sie. «Oder, Hanna?»

«Nein, nein, gar nicht.»

«Na dann», sagte Thies. «Ich hole uns noch Getränke.»

Als er außer Hörweite war, wandte Hanna sich wieder Meike zu. «Netter Typ, dein Freund.»

«Ja, Thies ist echt ein feiner Kerl, aber er ist nicht mein Freund, also nicht mein Freundfreund, wir sind nicht zusammen oder so was.»

«Ach», sagte Hanna. «Ihr wärt aber schon ein hübsches Paar.»

«Quatsch!», in Meikes Stimme schwang Entrüstung mit. «Thies ist doch viel zu alt für mich!»

Hanna sah Meike fragend an. «Der ist doch höchstens so alt wie wir.»

«Eben.» Meike lachte laut und zwinkerte Hanna zu.

Als Thies mit drei Gin Tonic zurückkam, schnappte Meike sich einen und begann außerhalb des Strohballenkreises zu *Smoke on the Water* zu tanzen. Dass das außer ihr niemand tat, schien sie nicht im Geringsten zu stören.

Thies reichte Hanna ein Glas und setzte sich zu ihr. «Und», fragte er, «wie gefällt Ihnen die Party?» Er strahlte Hanna mit seinen sehr blauen Augen an, um die sich nun ein Kranz Lachfalten gebildet hatte. Er hatte einen Fünftagebart, und seine Haut sah nach Sommer aus.

«Die Musik ist auf jeden Fall ein interessanter Mix», sagte Hanna und blickte zu Meike, die inzwischen zu *Er gehört zu mir* mit einem Typen mit Stiernacken und Lederkutte Discofox tanzte.

«Ich hätte nicht gedacht, Sie hier zu treffen», sagte Thies.

«Sie meinen beim Sheriff? Ha, ich auch nicht.» Hanna trank einen großen Schluck. «Meike hat mich mitgeschleppt, ohne dass ich wusste, wo ich lande.»

In dem Moment kam Meike und zog Hanna von ihrem Strohballen. «Lass uns tanzen», rief sie. «Das tut so gut!»

Einen Moment lang sträubte Hanna sich, doch dann ließ sie sich von Meike einfach mitreißen.

«Hanna», rief Thies ihr hinterher. «Denken Sie noch daran, in den nächsten Tagen mal bei mir in der Werft vorbeizukommen?»

Da erst fiel ihr wieder ein, dass er sie ja bereits bei dem Unfall darum gebeten hatte. Hanna nickte rasch und tanzte dann mit Meike zu den Klängen von Melissa Etheridge *Like the way I do* richtig ab.

Es wurde eine lange Nacht, an deren Ende Hanna und Meike auf dem Nachhauseweg noch einmal abgebogen waren und nun müde und angetrunken an der Badestelle im Sand lagen. Die Luft war immer noch angenehm warm. Schweigend blickten beide in den klaren Sternenhimmel.

«Weißt du, woran ich gerade denken muss?», durchbrach Hanna die Stille.

Meike drehte sich zu ihr und stützte sich auf ihren Ellenbogen. «Erzähl.»

«Daran, wie oft ich in den letzten Jahren abends vor dem Fernseher eingeschlafen bin, statt mich einfach mal ins Nachtleben zu stürzen. Vielleicht hätte ich mit Ben viel öfter ausgehen sollen. Ich kann mich jedenfalls nicht erinnern, wann wir das letzte Mal tanzen waren.»

«Nicht dein Ernst!», sagte Meike mit gespieltem Entsetzen. Dann sprang sie auf, zog ihr Tuch aus den Haaren, ihr Kleid über den Kopf und rannte ins Wasser. «Und wann warst du das letzte Mal nachts schwimmen?», rief sie in Hannas Richtung und juchzte vergnügt.

«Lange her.» Hanna schwankte beim Aufstehen kurz. «Aber ich weiß, wann ich das letzte Mal morgens schwimmen war.» Sie zog ihren Rock aus. «Wusstest du eigentlich, dass man unter Wasser nicht weinen kann?», rief sie Meike hinterher, während sie sich ein wenig umständlich aus ihrer Bluse kämpfte.

6.

In 20 Jahren wirst du mehr enttäuscht sein
über die Dinge, die du nicht getan hast,
als über die Dinge, die du getan hast. Also löse
die Knoten, laufe aus dem sicheren Hafen.
Erfasse die Passatwinde mit deinen Segeln.
Erforsche. Träume.

MARK TWAIN

Am nächsten Morgen wurde Hanna von Balus hohem Winseln geweckt. Vorsichtig öffnete sie erst ein Auge, dann das zweite. Vorm Bett lag zusammengeknüllt ihre nasse Unterwäsche. Daneben saß Balu und guckte sie an. Hanna fand, dass in seinem Blick etwas Strafendes lag. Und prompt meldete sich ihr schlechtes Gewissen, dass sie ihn gestern so lange allein gelassen hatte. Und weil sie schon mal dabei war, sich selbst Vorwürfe zu machen, mahnte sie sich auch gleich noch dafür ab, gestern ein bisschen zu tief ins Glas geguckt zu haben. Als sie sich aufrichtete, spürte sie auch prompt ein deutliches Ziehen in ihrem Kopf. Das war die Strafe.

Balu trottete zur Tür. Er wartete offensichtlich darauf, dass Hanna endlich aufstand und ihn rausließ. Sicher musste er furchtbar dringend aufs Klo, dachte sie. «Na komm, mein Freund.» Sie setzte sich auf die Bettkante und schnappte sich vom Nachttisch ihr Handy. Es war erst kurz vor acht, kein Wunder, dass sie noch todmüde war.

Im Flur fiel ihr die offen stehende Tür zum Gästezimmer ins Auge. Der Alkohol gestern und überhaupt der Abend mit Meike hatten Hanna mutig und gleichzeitig sentimental werden lassen. Und so war sie, nachdem sie nach Hause gekommen war, in das Zimmer gegangen und hatte angefangen, in einem der Fotoalben zu blättern, die auf dem Bett lagen. Ihr Vater hatte sie offensichtlich alle irgendwann von Hamburg hierhergebracht. In dem Album klebten Bilder, auf denen Hanna als Kind zu sehen war. Eine Serie zeigte sie, wie sie im Garten in Hamburg dabei war, einen Schneemann zu bauen. Auf anderen waren ihre Eltern an der Elbe zu sehen und auf La Palma beim Wandern. Hanna hatte ein paarmal ordentlich schlucken müssen. Als sie das Album gerade zuklappen wollte, hatte sie ein Foto entdeckt, das ein junges Mädchen zeigte, vielleicht 15. Es wirkte neugierig und voller Lebensfreude. Hanna hatte einen Moment gebraucht, bis sie erkannte: Das Mädchen war sie.

Das Bild zu sehen, hatte sich angefühlt, wie in ein anderes Leben zu blicken. Beim Einschlafen hatte Hanna dann, benebelt, wie sie war, noch die ganz großen philosophischen Fragen rausgeholt und darüber sinniert, wo nur all die Teile und Facetten blieben, die einen Menschen einmal ausgemacht hatten.

Sie zog die Tür zu und wischte die Gedanken an die letzte Nacht beiseite.

Unten wartete Balu bereits an der Terrassentür. Der Himmel war bewölkt. Doch als Hanna die Tür öffnete und ein paar Schritte hinaus machte, spürte sie, dass es trotzdem angenehm warm war. Sie streckte die Arme in die Höhe und atmete tief ein. Ihr Kopf schmerzte immer noch ein wenig, und sie hoffte, dass es ihr nach der Dusche besser gehen würde. «Ich komme gleich, mein Süßer, dann gehen wir 'ne Runde», rief sie in Balus Richtung und musste schmunzeln, als sie sah, dass er ausgerechnet an Bens ramponiertem Rosenstrauch sein Bein hob.

Nach der Dusche gab es Kaffee und Erdbeeren, und Hanna rief Lena an. Die beiden hatten noch gar nicht gesprochen, seit sie sich in unterschiedliche Richtungen aufgemacht hatten. Lena hatte lediglich eine kurze Nachricht geschickt, um ihrer Mutter mitzuteilen, dass sie gut in Griechenland angekommen war. Das war nun aber auch schon wieder drei Tage her. Lena war mit ihrer ganzen Clique unterwegs, auch dieser Anton war dabei, der wohl seit Kurzem ihr Freund war und den Hanna ziemlich anstrengend fand.

Sie erreichte nur die Mailbox. «Meine Kleine, hier ist Mama. Ruf doch mal zurück. Ich möchte so gern wissen, wie es dir geht.» Zur Sicherheit schickte sie per WhatsApp gleich noch eine Text- und eine Sprachnachricht hinterher.

Sie sank auf einen der Küchenstühle und befahl sich, sich wegen Lena keine Sorgen zu machen. Es würde ihr schon gut gehen.

Ihr Blick blieb an dem Reiseführer hängen, den sie gestern gekauft hatte. Sie zog ihn zu sich heran. Auf dem Cover war ein Ausflugsschiff zu sehen, das in Kappeln an der Mole lag. So eine Tour, dachte Hanna, könnte sicher Spaß machen, und vielleicht würden dabei ihre Kopfschmerzen einfach davonwehen.

Sie googelte gleich verschiedene Anbieter und fand schließlich einen, der an diesem Tag von Schleswig mit einigen Zwischenstopps bis nach Schleimünde fuhr. Um 10 Uhr sollte das Schiff in Missunde sein, und Hunde durften auch an Bord. Das schaffte sie locker, dachte Hanna. Sie rief gleich an, um für sich und Balu noch einen Platz zu reservieren. Auf dem Weg würde sie noch schnell ein paar Dinge erledigen.

Hanna hielt vor Ankes Laden, um ihre Schulden zu begleichen und sich noch ein Brötchen für den Weg zu kaufen.

«Na, Hanna», begrüßte die resolute Ladeninhaberin sie lächelnd, «schön getanzt gestern?»

Hanna stutzte. «Warst du auch beim Sheriff?»

«Nee, ich hatte keine Zeit, aber Biggi von nebenan aus dem Bed & Breakfast war da und hat heute Morgen beim Brötchenholen erzählt, dass du und Meike ordentlich einen draufgemacht habt.»

Innerlich verdrehte Hanna die Augen. Die Buschtrommeln hier waren wirklich unglaublich. Eigentlich hatte sie vorgehabt, Anke zu fragen, wie sie mit dem Auto am besten zur Werft kam. Doch das ließ sie nun bleiben. Wer weiß, was es sonst für ein Gerede geben würde.

Hanna hatte eine ungefähre Ahnung, wo sie hinmusste, war sich aber nicht mehr ganz sicher. Zurück im Auto, überlegte sie kurz, *Werft* und *Klanxholm* bei Google Maps einzugeben, hielt das in diesem kleinen Ort dann aber doch für etwas übertrieben. Sie wollte die Sache nun schnell erledigt haben, auch wenn sie sich beim besten Willen nicht vorstellen konnte, was Thies mit ihr besprechen wollte, das etwas mit ihrem Vater zu tun haben sollte.

Sie fuhr noch ein Stück die Hauptstraße entlang und bog dann rechts ab Richtung Wasser. Unten fuhr sie links. Sie wusste, dass es am Ende des Weges eine kleine Marina gab, vor der ein größeres Gebäude stand, das eine Werft sein konnte. Früher, wenn sie mit ihren Eltern dort hin und wieder spazieren war, hatte sie nicht wirklich darauf geachtet.

Auf der linken Seite konnte sie das Gebäude mit der dunkelgrünen Holzfassade schon sehen. Als sie Thies' Landrover davor entdeckte, wusste sie, dass sie richtig war. Sie parkte, stieg aus und ließ Balu aus dem Wagen.

Jacht- und Bootswerft Thies Meiners stand auf dem großen Schild über dem Eingang. Genau gegenüber auf der Wasserseite lag die Klanxholmer Marina, an deren Steg vielleicht 20 Segel- und Motorboote festgemacht waren, die glucksend vor sich hin schaukelten.

Hanna öffnete die Tür. «Hallo?», rief sie ein wenig zaghaft und sah sich um. In der Halle waren Schiffe aufgebockt, und es roch nach Holz. An den Seiten und im Dach waren Fenster, durch die Licht in den hohen Raum fiel. Weiter hinten gab es eine Treppe, die zu einer zweiten Ebene führte, auf der verschiedene Geräte standen. Das Einzige, das Hanna erkannte, war eine Kreissäge.

«Hallo», rief sie erneut. Aus einer Seitentür kam ein älterer Mann in blauer Latzhose. «Kann ich Ihnen helfen?», fragte er.

«Ich suche Thies Meiners, ist er da?»

«Moment. Chef?», rief der Mann und verschwand wieder in der Tür, aus der einen Augenblick später Thies hervorlugte.

«Guten Morgen, Hanna! Schön, dass Sie da sind.»

Hanna fand, dass Thies für einen Montagmorgen ziemlich gut gelaunt klang. Balu trabte schwanzwedelnd auf ihn zu, und Hanna wunderte sich kurz darüber, wie fit ihr alter Freund auf einmal wirkte. «Moin», sagte sie.

Thies beugte sich hinunter und streichelte Balu. «War ein schönes Fest gestern, oder?» Er richtete sich auf und lächelte Hanna fröhlich an. «Sind Sie gut nach Hause gekommen?»

«Ähm, ja, ja danke … Was wollten Sie denn mit mir besprechen?»

«Möchten Sie vielleicht einen Kaffee?»

«Nein danke, ich habe gar nicht viel Zeit.» Hanna zog ihr Handy aus der Gesäßtasche ihrer Jeans. Es war kurz nach neun. Nach Missunde war es nicht weit, aber sie wollte gern noch eine kurze Runde mit Balu drehen, bevor sie an Bord gingen.

«Okay, dann kommen Sie, hier entlang.» Er hielt Hanna die Tür auf, die in eine kleinere Halle führte. Auch hier standen Boote aufgebockt. Thies führte Hanna auf die Rückseite, wo sie ins Freie traten und nach ein paar Schritten vor einem Schuppen standen. Thies zog ein Schlüsselbund aus der Tasche. Er öffnete erst das Vorhängeschloss, dann die Tür. Noch bevor er das Licht anknipste, erkannte Hanna ein zugedecktes Boot.

Thies ging hinein, stellte sich auf einen kleinen Tritt und begann von dem Boot, das auf einem Trailer stand, die Abdeckung abzunehmen. Zum Vorschein kam ein altes, ziemlich mitgenommenes Segelboot. «Ich plane eine weitere Halle als Winterlager», sagte er. «Deshalb wird der Schuppen demnächst abgerissen.»

«Aha …» Hanna fragte sich, warum er ihr das erzählte.

«Ich wollte wissen, was mit dem guten Stück passieren soll», sagte Thies und sprang von dem Tritt. «Ich könnte Ihnen helfen, es woanders hinzubringen, falls Sie es überhaupt behalten wollen.»

Hanna schwieg einen Moment. «Entschuldigung», sagte sie schließlich. «Ich glaube, ich verstehe nicht ganz.»

«Na ja, ich dachte, dass Sie vielleicht schon eine Entscheidung getroffen haben.»

Zwischen Hannas Augen hatte sich eine steile Falte gebildet. «Äh nein ... Was für eine Entscheidung soll ich denn getroffen haben?»

Thies sah sie fragend an. «Was mit dem Boot Ihres Vaters passieren soll.»

Hanna glaubte, sich verhört zu haben. Das konnte nur ein Missverständnis sein. Ihr Vater hatte zwar sein Leben lang als Prokurist einer Reederei Schiffe durch die Welt geschickt, aber er selbst hatte so gut wie nie eines betreten. Schon gar nicht so eines wie das hier. «Hören Sie, Thies, ich weiß ehrlich gesagt nicht, wie Sie darauf kommen, aber dieses Boot hat ganz sicher nicht meinem Vater gehört.» Sie zog ihren Autoschlüssel aus der Hosentasche und machte sich zum Gehen bereit.

«Warten Sie, Hanna. Jost hat es mir doch selbst erzählt.»

Hanna legte den Kopf schief und guckte Thies ungläubig an.

«Das war vor knapp zwei Jahren, gleich nachdem ich die Werft übernommen hatte. Er fragte, ob es auch weiterhin hier stehen könnte. Ab und zu kam er vorbei und ging in den Schuppen. Er hat öfter erwähnt, dass er überlegte, den alten Jollenkreuzer zu restaurieren. So richtig hat er sich aber nie dazu durchringen können. Bis er vor etwa einem Jahr auf einmal meinte, dass er nun doch damit anfangen wollte, das Boot wieder flottzumachen. Er war dann aber länger nicht hier. Erst im Herbst habe ich ihn wiedergesehen, und da sagte er, dass er im neuen Jahr mit der Restaurierung starten wollte und hoffte, es im Sommer zu Wasser lassen zu können.» Thies kratzte sich am Hinterkopf. «Möchten Sie jetzt vielleicht doch einen Kaffee?»

Hanna schüttelte abwesend den Kopf. Sie konnte nicht glauben, was sie gerade gehört hatte. Wieso hatte ihr Vater nie etwas von diesem alten Boot erzählt? Es stimmte, er war letzten Sommer so gut wie gar nicht hier gewesen. Nachdem Ben ausgezogen war, hatte er sich um Hanna und Lena gekümmert. Da hatten sie so viel Zeit miteinander verbracht, da hätte er es doch mal erwähnt.

«Segeln Sie?» Thies' Frage riss Hanna aus ihren Gedanken.

«Nein», sagte sie abwesend.

«Melden Sie sich einfach im Laufe der Woche.» Er stieg wieder auf den Tritt und begann, die Abdeckung zurück übers Boot zu ziehen. «Wie gesagt, ich kann Ihnen gern helfen, es woanders hinzubringen, oder auch, es zu verkaufen. Ist 'ne Rarität. Ich schätze, es stammt aus den 50ern. Dafür finden sich immer Liebhaber, selbst in diesem Zustand.»

Hanna atmete tief durch. «Okay … danke erst mal. Ich … ich melde mich dann.»

Auf der Fahrt nach Missunde konnte Hanna an nichts anderes denken als an das alte Segelboot. Und immer wieder stellte sie sich die Frage, wieso sie davon nichts gewusst hatte, zumal es ihrem Vater ja offensichtlich etwas bedeutet hatte. Warum sonst besaß er es überhaupt noch? Und warum sonst hatte er immer wieder überlegt, es flottzumachen? So eine Geheimniskrämerei passte gar nicht zu Jost. Klar hatte es sicher genug Dinge gegeben, die er mit sich allein abgemacht hatte. Er war weiß Gott niemand gewesen, der sein Herz auf der Zunge trug. Aber Hanna konnte sich wirklich emotionalere Dinge vorstellen als ein rottes Segelboot. Die ganze Sache war auf jeden Fall ziemlich merkwürdig.

Vor lauter Grübelei wäre sie beinahe einem Trecker hintendrauf gefahren, der mit 30 Sachen über die Landstraße tuckerte. Sie hupte ein paarmal genervt und überholte ihn schließlich. In Missunde parkte Hanna vor dem Restaurant *Missunder Fährhaus.* Vom Beifahrersitz schnappte sie sich ihre Tasche und den dunkelblauen Strickpulli, den sie zur Sicherheit mitgenommen hatte, falls es auf dem Wasser kühl werden würde. Es war immer noch bedeckt, und Hanna hoffte, dass es trocken bleiben würde.

Nachdem sie mit Balu einen kleinen Spaziergang gemacht hatte, ging sie zu dem Steg, an dem das Ausflugsschiff anlegen sollte und auf dem auch schon vier ältere Frauen warteten.

Pünktlich um 10 Uhr kam das Schiff, und Hanna und die anderen Gäste konnten zusteigen. Draußen waren die meisten Plätze bereits besetzt, aber gleich vorne auf der Backbordseite war noch etwas frei. Hanna sank auf den Sitz und nahm sich vor, das Gedankenkarussell um das Boot und um ihren Vater nun zu stoppen und den

Ausflug zu genießen. Balu hatte sich zu ihren Füßen gelegt und war sofort eingeschlafen.

Das Schiff legte ab, und Hanna bestellte bei der netten Kellnerin, die Balu unaufgefordert einen Napf mit Wasser gebracht hatte, einen Caffè Latte.

«So etwas haben wir gar nicht», sagte die Kellnerin. «Wir haben nur ganz normalen Kaffee in Kännchen, zu dem Sie gern frische Milch haben können.»

Hanna musste lächeln. *Kännchen.* Wie lange hatte sie diesen Ausdruck nicht mehr gehört. «Na dann eben ein Kännchen.»

Die fröhliche Frauenrunde, die mit ihr eingestiegen war, bestellte viermal Ponysekt. «Für'n Kreislauf», sagte eine der Seniorinnen zur Kellnerin, und alle lachten.

«Wollen Sie auch einen, junge Frau?», fragte die, die gerade die Bestellung aufgegeben hatte, und blickte in Hannas Richtung. «Sie sehen ein büschen blass aus.»

«Oh, nein danke», Hanna hob abwehrend die Hände. «Das ist wirklich nett, aber ich brauche gerade nichts für meinen Kreislauf. Und ehrlich gesagt weiß ich gar nicht genau, was ein Ponysekt ist.»

«Das ist einfach ein kleiner Sekt, ein Piccolo», erklärte die ältere Frau. «Aber bei uns hier an der Schlei hieß das früher immer Ponysekt.»

Hanna fand es bemerkenswert, dass offensichtlich nicht nur Touristen diese Tour buchten, und ließ ihren Blick schweifen. Es war aber auch wirklich schön hier. Der dichte Schilfgürtel, die hügelige Landschaft, aus der vereinzelt ein Hof oder eine Reetdachkate auftauchten. Eben bei Missunde war die Schlei ganz schmal gewesen. Jetzt wurde sie wieder breiter, und Hanna erfuhr vom

Kapitän, der sich immer wieder per Durchsagen als Fremdenführer betätigte, dass Buchten hier Noore genannt werden.

Sie trank ihren Kaffee und machte mit dem Handy ein paar Fotos, die sie Lena schickte. Schon schön, auf dem Wasser zu sein, dachte sie und zog ihren Pulli an. Der Wind hatte aufgefrischt und ihre Kopfschmerzen tatsächlich davongejagt. Von der Frauentruppe wehte immer wieder Gelächter zu Hanna herüber, was zusammen mit dem gleichmäßigen Gluckern des Dieselmotors und dem Rauschen des Wassers eine angenehme Geräuschkulisse bildete, und Hanna spürte, wie sich ihr ganzer Körper nach und nach entspannte.

Nach einer Weile erschien vor ihnen die aufgeklappte Lindaunisbrücke, über die Hanna früher schon ein paarmal gefahren war. Der Kapitän erklärte, dass sich die Brücke einmal pro Stunde öffnete, damit Schiffe passieren konnten, und dass sie in Kürze durch eine neue ersetzt werden sollte.

Unterwegs sah Hanna immer wieder Segel- und Motorboote. Einige der Wassersportler winkten den Ausflüglern und dem Kapitän zu, und die winkten zurück.

Trotzdem bekam Hanna das alte Boot ihres Vaters nicht wirklich aus dem Kopf. Da konnte sie noch so angestrengt in die schöne Landschaft starren und sich bemühen, an etwas anderes zu denken – immer die gleichen Fragen wirbelten durch ihren Kopf: Warum hatte ihr Vater, der mit Segeln nicht viel am Hut hatte, ein eigenes Boot? Und wieso hatte er darüber nie gesprochen? Ja, das Ganze war merkwürdig, aber Hanna musste zugeben, gleichzeitig fand sie es auch irgendwie spannend. Und dann fing es in ihrem Bauch auf einmal an zu kribbeln, und ihr kam eine Idee, von der sie selbst nicht wusste, ob sie sentimental oder einfach nur bekloppt war. Laut Thies hatte ihr Vater geplant, das Boot in diesem Jahr wieder flottzumachen. Was, wenn sie das nun an seiner Stelle übernahm? Klar, sie hatte keine Ahnung von Restaurierung und war handwerklich auch nicht besonders begabt, aber vielleicht würde ihr Thies fachmännisch zur Seite stehen. Hanna musste an das Foto von letzter Nacht denken, das eine junge, neugierige Hanna zeigte. Vielleicht schlummerte in ihr immer noch mehr von diesem Mädchen, als sie ahnte.

In diesem Moment brach ein Sonnenstrahl durch die graue Wolkendecke. Ein Lächeln huschte über Hannas Gesicht, und sie winkte noch einmal die Kellnerin heran. Jetzt hatte sie doch Lust auf einen Ponysekt.

7.

Wenn du ein Schiff bauen willst, fange nicht an,
Holz zu sammeln, Planken zu sägen und
die Arbeit zu verteilen, sondern erwecke in der
Brust der Männer die Sehnsucht nach dem
großen, weiten Meer.

ANTOINE DE SAINT-EXUPÉRY

Um halb sechs legte das Ausflugsschiff wieder in Missunde an. Hanna fror ein bisschen. Zwar war der Himmel am Mittag aufgeklart und die Sonne rausgekommen, doch auf der Rückfahrt hatte der Wind auf dem Wasser ganz schön gepustet. Hanna waren die Haare ins Gesicht geweht, und sie hatte beschlossen, den Rückenwind als Zeichen zu nehmen, dass ihre Idee, die alte Jolle wieder flottzumachen, gar nicht so verkehrt war.

Jetzt an Land war es fast windstill, und Hanna zog auf dem Weg zum Auto ihren Pulli aus. Sie öffnete die Fahrertür, ließ Balu auf den Rücksitz klettern und brauste Richtung Klanxholm. Sie wollte noch einmal zur Werft, vielleicht hatte sie Glück, und Thies war noch da. Zwar hielt sie ihr Vorhaben immer noch für ein bisschen wahnsinnig, doch je länger sie sich mit dem Gedanken befasste, desto mehr fühlte sie sich auf besondere Weise mit ihrem Vater verbunden. Außerdem, dachte Hanna, war es an der Zeit, mal wieder für ein bisschen Abwechslung in ihrem Leben zu sorgen, und dafür schien ihr die Restaurierungsaktion eine ausgezeichnete Möglichkeit.

Als sie bei der Werft ankam, war die Tür verschlossen. Hanna sah sich um und entdeckte Thies auf einem der Segelboote, die in dem kleinen Hafen lagen.

«Moin», sagte Hanna, als sie vor dem Boot stand.

Thies blickte auf und wirkte überrascht. «Moin! Alles in Ordnung? Sie sehen irgendwie …», er kniff die Augen zusammen und zögerte kurz, so als suchte er nach den richtigen Worten. «Sie sehen irgendwie zerzaust aus.»

Rasch strich Hanna sich durchs Haar. Und in dem Moment spürte sie, dass ihr Gesicht von der Sonne und dem Wind ein wenig brannte. Da es heute Morgen bedeckt gewesen war, hatte sie ganz vergessen, sich einzucremen. «Ja, alles in Ordnung», sagte sie rasch. «Ich komme gerade von einer Schleifahrt.»

«Schön.» Thies war mit einem Satz vom Boot auf den Steg gesprungen und streichelte Balu, der das sichtlich genoss.

«Ja, wirklich schön. In Maasholm, kurz vor der Schleimünde, bin ich für zwei Stunden an Land gegangen. Ich habe mir ein Matjesbrötchen gekauft, das ich fast an ein paar angriffslustige Möwen verloren hätte.» Hanna merkte selbst, dass sie ein bisschen wirr drauflosplapperte, und atmete einmal tief durch, ehe sie weitersprach. «Ich habe mir dort die vielen Schiffe in dem Sportboothafen angeguckt, schöne Schiffe, und da habe ich mich gefragt, ob man das alte Holzboot, von dem Sie sagen, dass es meinem Vater gehört hat, nicht restaurieren könnte. Also, dass man es kann, hatten Sie vorhin ja schon gesagt.

Was ich meine, ist, ob ich es nicht restaurieren könnte, mit … vielleicht mit Ihrer Hilfe?» Hanna lächelte Thies vorsichtig an und spürte das Brennen auf ihren Wangen.

Thies guckte amüsiert. «Haben Sie Lust, mir bei meinem kleinen Abendtörn Gesellschaft zu leisten? Ich will noch mal raus. Sonnencreme habe ich auch an Bord.» Er vergrub die Hände in seinen Jeanstaschen und lächelte Hanna an. «Dann können wir über Ihren Plan sprechen.»

«Danke», sagte Hanna rasch. «Aber Balu und ich waren schon den ganzen Tag unterwegs.» Obwohl sie insgeheim zugeben musste, dass sie es sich schön vorstellte, noch ein wenig in der Abendsonne zu schippern. Doch sie wollte jetzt lieber nach Hause.

«Verstehe», sagte Thies. «Also, das Boot kann man natürlich wieder flottmachen. Da gibt es aber einiges zu tun.» Er kratzte sich am Hinterkopf. «Haben Sie irgendwelche handwerklichen Erfahrungen?»

«Ehrlich gesagt … nein», gab Hanna kleinlaut zu. «Aber immerhin habe ich Zeit, und vielleicht packt ja auch Meike hin und wieder mit an. Und natürlich komme ich für alle Kosten auf, Material und was sonst noch anfällt.»

«Okay.» Thies ging zurück aufs Schiff. «Kommen Sie morgen vorbei, dann besprechen wir alles. Ich hätte tatsächlich gerade ein wenig Luft, um Ihnen zu helfen. Erst im Herbst, nach der Segelsaison, kommen wieder die ganzen Reparaturen, dann wird's stressig.»

«Danke», sagte Hanna und winkte kurz. Dabei machte sie ein paar Schritte rückwärts und wäre fast über eines der Seile gestolpert, die auf dem Steg lagen. Sie fing sich, winkte noch einmal rasch in Thies' Richtung und ging mit Balu zurück zum Auto.

Als Hanna die Hauptstraße erreichte, entschied sie sich, einen kleinen Umweg zu fahren. Sie wollte noch schnell bei Meike vorbeigucken und ihr alles erzählen. Vielleicht wusste sie etwas über das Boot, immerhin stammte sie von hier.

Am Hünengrab bog Hanna auf die schmale Straße, die zu Meikes Zuhause führte. Der Dreiseitenhof mit dem Rondell aus Kopfsteinpflaster, den alten, windschiefen Eichen und den üppigen Rhododendronsträuchern war noch genauso urig, wie Hanna ihn in Erinnerung hatte. Nur wirkte alles irgendwie stiller. Früher wären ihr jetzt schon mindestens drei Hunde und ein paar Gänse entgegengekommen. Jetzt pickten vor dem Haupthaus nur noch ein paar Hühner, die nervös aufflatterten, als Balu und sie sich näherten.

Da auf Hannas Läuten niemand öffnete, ging sie ums Haus Richtung Garten und entdeckte Meike mit ihrem Vater auf der großen Terrasse beim Abendessen.

Meike winkte schon von Weitem. «Das ist ja eine schöne Überraschung, komm, setz dich zu uns.»

«Moin, zusammen. Ich will euch gar nicht lange stören.»

«Tust du nicht. Möchtest du was essen?»

Hanna wollte sofort ablehnen, doch beim Anblick des bunten Salats, auf dem orangefarbene Kapuzinerkresseblüten leuchteten, dem frischen Mischbrot und ein paar ziemlich lecker aussehenden Käsesorten merkte sie auf einmal, wie hungrig sie war. «Das sieht wirklich toll aus», sagte sie. «Aber ich glaube, ich müsste mal Balu füttern, er ist schon den ganzen Tag mit mir unterwegs.»

«Das ist doch gar kein Problem.» Meike schob ihren Stuhl zurück, stand auf und verschwand im Haus.

Hanna sah zu Meikes Vater, der still vor sich hin kaute und noch nicht einmal von seinem Teller aufblickte, als Hanna sich neben ihn setzte.

«Guck mal, Balu, was ich für dich hab.» Meike war zurück und hielt in der einen Hand einen Napf, gefüllt mit Trockenfutter, und in der anderen einen Teller und Besteck für Hanna. «Wir haben immer Futter im Haus, auch wenn wir zurzeit keinen Hund haben. Aber das kann sich ja wieder ändern, nicht, Vaddern?» Der Alte reagierte nicht. Auch nicht, als Meike liebevoll über seine Hand streichelte und ihm mit ihrer Serviette vorsichtig den Mund abwischte.

Die Szene rührte Hanna, und sie musste zugeben, sie bewunderte Meike dafür, dass sie ihr Leben in Paris aufgegeben hatte, um sich um ihren Vater zu kümmern.

Balu taperte ein wenig schwerfällig zu dem Napf, den Meike ein paar Schritte von ihm entfernt in den Schatten gestellt hatte. Er schnupperte kurz an dem Futter, rührte es aber nicht an.

«Was?», fragte Meike mit gespielter Empörung. «Wieso verschmähst du mein Essen? Bist du etwa krüsch?»

Hanna beobachtete Balu besorgt. «Er frisst in letzter Zeit nicht gut.»

«Wie alt ist er?», wollte Meike wissen.

«13», sagte Hanna und zog es vor, rasch das Thema zu wechseln. «Weißt du, was ich heute gemacht habe?», fragte sie lächelnd und füllte sich Salat auf.

Meike guckte fragend.

«Ich habe eine Schleifahrt gemacht und Ponysekt getrunken.» Hanna lachte auf. «Und ich war in Maasholm und habe gegen Möwen gekämpft.»

«Als ob!», sagte Meike und zwinkerte Hanna zu. «Da weiß ich gar nicht, was das größere Abenteuer ist: Möwenkampf oder Ponysekt.»

«Is heute wedder Dans op de Deel?» Meikes Vater war aus seiner Welt aufgetaucht und blickte seine Tochter an, die spontan losprustete. «Guck mal, mein Vater wird bei dem Wort Ponysekt ganz wuschig.» Sie legte ihre Hand auf seine. «Nee, Vaddern, heute ist kein Tanz. Wir machen es uns hier schön.»

Sönke biss von seinem Brot ab und starrte wieder auf seinen Teller.

«Ich bin eigentlich hier, weil ich dich was fragen wollte.» Hanna legte die Gabel ab.

«Nur zu.»

«Weißt du zufällig, ob mein Vater ein Boot besaß?»

Meike stutzte. «Dein Vater? Keine Ahnung. Ich war doch selbst ewig nicht in Klanxholm. Wieso fragst du?»

«Bevor ich heute Vormittag zu meiner Tour gestartet bin, war ich kurz bei Thies in der Werft.»

«Ach guck», sagte Meike lächelnd. «Hab ich gestern beim Sheriff irgendwas verpasst?»

«Quatsch», sagt Hanna. «Jedenfalls nicht, was du denkst. Schon bei unserer ersten Begegnung, als Balu ihm vors Auto gelaufen ist und er dann wusste, wer ich bin, hat er mich gebeten, mal bei ihm vorbeizugucken. Er meinte, es ginge um meinen Vater. Wegen der Aufregung um Balu hatte ich das ehrlich gesagt total vergessen. Gestern beim Sheriff hat er mich noch einmal daran erinnert, und heute Morgen bin ich dann zu ihm.»

«Und?» Meike sah sie gespannt an.

«Er hat mir ein altes Segelboot gezeigt, das da in einem Schuppen offensichtlich seit Jahren vor sich hin rottet.»

«Das finde ich in einer Werft jetzt irgendwie wenig überraschend», sagte Meike und schnitt sich ein Stück von dem Ziegenkäse ab.

«Stimmt schon, aber das Boot gehörte meinem Vater. Das behauptet Thies zumindest.»

«Ja, und?» Meike steckte sich den Käse in den Mund. «Was ist daran jetzt so aufregend?», fragte sie kauend.

«Ganz einfach», sagte Hanna. «Er hat mir nie davon erzählt. Dabei hatte er seinen Nachlass präzise geregelt.»

«Vielleicht hatte er es vergessen, also das Boot, meine ich. Klingt doch so, wenn es da schon so lange steht.»

«Hat er nicht. Er war öfter da, hat Thies erzählt.» Hanna beugte sich ein wenig vor. «Meike, das Ding ist, mein Vater war im Grunde wasserscheu. Er ging schwimmen, das schon, aber mit Segeln, überhaupt mit Wassersport, hatte er absolut nichts am Hut. Er hat immer gesagt, er wird seekrank und fühlt sich bei dem Geschaukel einfach nicht wohl. Also, wieso hatte Jost ein Boot? Er …»

Weiter kam Hanna nicht. Plötzlich richtete Meikes Vater seinen Oberkörper auf und sah Hanna so eindringlich an, dass sie eine Gänsehaut bekam. «Ik bin der Kapitän», rief er. «Ik bring dat Boot sicher in den Hafen! Ik bring dat Boot sicher in den Hafen!» Sönkes Gesicht wurde ganz rot, und er zitterte.

«Alles ist gut, Vaddern.» Meike war aufgestanden und umarmte ihn von hinten. Sie wiegte ihn sanft hin und her wie ein Kind. «Alles ist gut … alles ist gut …»

Sönke atmete schwer, schien sich aber zu beruhigen.

Seine Körperspannung ließ nach. Er fiel wieder in sich zusammen, wie eine Marionette, bei der man die Fäden locker ließ. «Möchtest du noch was essen, Vaddern?» Meike setzte sich zurück an den Tisch.

Sönke schwieg.

Hanna wandte ihren Blick von ihm ab. Sie wollte ihn nicht so anstarren, auch wenn sie zugeben musste, dass sie über seinen kleinen Anfall erschrocken war.

Sie blickte zu Meike, die auch ein wenig mitgenommen wirkte. Hanna mochte sich kaum vorstellen, was Meike Tag für Tag leistete.

«Wenn ich eine Pause brauche, hole ich mir Unterstützung vom Pflegedienst.» Meike schien Hannas Gedanken gelesen zu haben. «Vadderns Arzt hat mir schon ein paarmal gesagt, dass er in einem Heim sehr gut aufgehoben wäre. Aber das kann ich nicht. Klanxholm und der Hof sind doch sein Zuhause. Eine neue Umgebung würde ihn sicher nur noch mehr stressen. Und hier kennen ihn alle. Wenn er ausbüxt und durchs Dorf geistert, fängt ihn immer irgendjemand ein, der Sheriff oder Anke. Das ist ein gutes Gefühl.»

Für einen kurzen Moment musste Hanna an ihre Eltern denken, und sie fragte sich, ob sie sie auch gepflegt hätte. Bei ihrer Mutter war alles so schnell gegangen. Da war es vor allem ihr Vater gewesen, der sich um alles gekümmert hatte. Wie wäre sie wohl gewesen, als alte Frau … Und ihr Vater? Auch mit über 70 hatte Hanna ihn nicht als alt empfunden. Er hatte noch ohne Probleme allein leben können. Vor Jahren hatte er mal Herzprobleme gehabt, aber die hatte er in den Griff bekommen. Er war für sie bis zum Schluss ein verlässlicher Beschützer gewesen. Dass sie es nach Bens Auszug überhaupt geschafft hatte, aus ihrer Schockstarre herauszukommen, hatte sie im Grunde Jost zu verdanken. Anfangs hatte er sie und Lena jeden Morgen besucht. Er brachte Croissants, kochte Kaffee und redete Hanna so lange gut zu, bis sie sich schließlich aus dem Bett schälte, um mit ihm zu frühstücken und danach mit ihm und Balu einen Spaziergang zu machen. Lena war dann längst in der Schule gewesen. Sie ging mit der neuen Situation relativ entspannt um, fand Hanna. Rund zwei Monate später, als Hanna ihrem Vater einigermaßen glaubhaft versichern konnte, dass sie ihr Leben von nun an wieder allein auf die Reihe kriegen würde, kam er nicht mehr täglich. Hanna hatte zwar gewusst, dass sie ihn anlog, als sie ihm sagte, dass sie angefangen hatte, an einem neuen Buch zu arbeiten, und ihr die Arbeit guttat. Doch die Lüge war ihr leicht über die Lippen gegangen, da sie gespürt hatte, wie gern Jost mal wieder an die Schlei wollte.

Hanna schob die Erinnerungen beiseite und stand auf. «Weißt du was, Meike», sie bückte sich und griff nach dem Tablett, das neben Meikes Stuhl lag. «Du kümmerst dich jetzt in Ruhe um deinen Vater. Ich räume den Tisch ab und mache in der Küche klar Schiff.»

8.

In das weite Meer zu blicken, wird den matten Geist erquicken und die Brust von Angst befreyn.

FRIEDRICH WILHELM GOTTER

Am nächsten Morgen war Hanna früh aufgewacht. Sie hatte schon eine kurze Runde mit Balu gedreht – wobei er derjenige war, der entschieden hatte, dass es nur eine kurze geworden war. Hanna wäre gern bis zur Badestelle gegangen, doch schon bevor sie die Allee erreicht hatten, hatte Balu sich mitten auf den Weg gesetzt und sich geweigert, weiterzugehen. Da hatte auch Hannas gutes Zureden und ihre Bestechungsversuche in Form von Leckerlis nicht geholfen.

Nun trank Hanna auf der Terrasse unter tiefblauem Sommerhimmel ihren Kaffee und lauschte dem aufgeregten Geschimpfe der Amseln, die offensichtlich irgendeinen Zwist auszutragen hatten. Hanna hatte beschlossen, nicht zu früh in der Werft aufzutauchen, und so hatte sie noch etwas Zeit.

Balu lag unterm Tisch im Schatten und zuckte im Schlaf. Hanna dachte gerade darüber nach, mit ihm noch einmal zu der netten Tierärztin nach Süderbrarup zu fahren und ihm ein paar Vitamine verschreiben zu lassen, als das Piepen ihres Handys sie aus ihren Gedanken riss.

Na endlich! Ihr Herz hüpfte, als sie sah, dass die Nachricht von Lena war. *Kaliméra, Mama. Hier ist es meeegaaa!!! Ich drück dich*

Kürzer ging's wohl nicht, dachte Hanna enttäuscht, aber immerhin ein Lebenszeichen. Sie schickte gleich eine Nachricht mit der Frage hinterher, ob sie nicht kurz telefonieren wollten, sie wäre jetzt gut zu erreichen. Doch sosehr sie ihr Handy auch anstarrte und es beschwor, doch bitte, bitte zu klingeln, es blieb stumm. Schließlich war Hanna diejenige, die anrief, doch sie erreichte mal wieder nur Lenas Mailbox.

Sie musste an früher denken, als Lena klein und anhänglich gewesen war und Hanna zwischen Kind und Job und Haushalt kaum Zeit zum Luftholen blieb. Wie oft hatte sie sich damals gewünscht, einfach mal auszusteigen aus dem Hamsterrad und nur das zu tun, wonach ihr gerade der Sinn stand, und mal nicht fremdbestimmt zu sein. Doch jetzt, da Lena sie kaum noch brauchte und Hanna wieder jede Menge Zeit für sich hatte, fühlte sich das überhaupt nicht toll an. Irgendwie war das auch so unerwartet gekommen. Hanna war sich sicher gewesen, dass die beiden bis zu Lenas Abi noch viel zusammen unternehmen würden. Doch da hatte ihre Tochter eindeutig andere Pläne.

«Mach bloß kein Drama», hatte Lena gesagt, als sie im Frühsommer eines Abends mit blauen Haaren und diesem Anton im Schlepptau nach Hause gekommen war und er zum ersten Mal bei ihr übernachtete. Hatte Hanna auch nicht. Genauso wenig, als kurz darauf Lenas Geburtstagsparty total aus dem Ruder gelaufen war, überall Schnapsleichen herumlagen und irgendjemand in Lenas Gitarre gekotzt hatte. Als ihre Tochter allerdings verkündet hatte, dass sie nicht mit ihr in die Bretagne fahren würde, da hatte Hanna ein Drama gemacht. Erst hatte Ben sie sitzen lassen und nun auch noch ihre Tochter. Gebracht hatte ihr tagelanges Gemecker und Geschmolle allerdings nichts. Natürlich nicht. Was hätte Hanna auch tun sollen? Lena zwingen, sie gefesselt und geknebelt ins Auto schubsen und dann ab dafür? Das wären dann sicher sehr erholsame drei Wochen geworden.

Hanna hatte darüber gestern noch kurz mit Meike gesprochen. Nachdem sie es ihrem Vater vor dem Fernseher gemütlich gemacht und Hanna den Abwasch erledigt hatte, hatten die beiden Frauen sich noch einen Moment in den Garten gesetzt. Hanna hatte von ihrer Idee erzählt, das alte Boot wieder fit zu machen. Meike fand die Sache super und meinte, das wäre für Hanna sicher genau das Richtige. «Gestern hast du fast nur von deiner Tochter und deinem untreuen Gatten erzählt», hatte Meike gesagt. «Da hilft nur krasse Beschäftigungstherapie. Die Arbeit am Boot wird dich bestimmt auf andere Gedanken bringen und dir beim Loslassen helfen. Sieh's doch mal so», hatte sie weiter ausgeführt, «du kannst jetzt Ballast abwerfen. Dein Kind braucht dich kaum noch, na ja, und dein Mann … Es gibt schließlich auch noch andere. Nun hast du endlich Zeit für dich. Kein Müssen mehr, nur noch Wollen, das ist doch toll!»

Hanna mochte aber nun mal das Müssen. Und überhaupt, immer dieses Loslassen … Verdammt! Sie trank einen Schluck Kaffee und dachte darüber nach, wie viele Artikel sie früher als Journalistin über das Thema geschrieben hatte. *Loslassen als Schlüssel zum Glück, Loslassen in 3 Schritten, Wer loslässt, hat die Hände frei.* Das war ja alles gut und schön, doch wie sollte das bei geliebten Menschen denn bitte gehen? Als ob man einfach einen Ich-lass-dich-jetzt-ziehen-Knopf drücken könnte, und dann war alles gut und die Sache ein für alle Mal erledigt, oder was? Meike hatte Hanna gestern erzählt, dass sie es unheimlich genieße, dass ihr Sohn Paul inzwischen flügge war und eigene Wege ging. Und an Männer hatte Meike sich ohnehin noch nie gebunden.

Hanna blickte aufs Handy und schüttelte die schweren Gedanken ab. Gleich halb neun. Allmählich wollte sie sich auf den Weg machen. Sie schloss den Schuppen auf, rollte das alte Herrenrad heraus und inspizierte es. Außer dass in den Reifen Luft fehlte, schien es fahrtüchtig zu sein. Sie war sich allerdings nicht sicher, ob Balu es schaffte, den Weg bis zur Werft zu laufen. Und so entschied sie sich doch dafür, das Auto zu nehmen.

Hanna sah Thies schon von Weitem. Er saß vor der Werft an einer Art Campingtisch in der Morgensonne und trank einen Kaffee. Sie parkte und spazierte mit Balu in seine Richtung. Dabei ließ sie ihren Blick schweifen. Schön, so ein Arbeitsplatz am Wasser, dachte sie. Auf einigen Booten, die in der Marina lagen, herrschte bereits reges Treiben. Sie sah Kinder mit knallorangefarbenen Schwimmwesten, Familien, die an Deck frühstückten, und andere, die sich zum Auslaufen bereit machten.

Thies lächelte. «Guten Morgen und herzlich willkommen zu Ihrem Bootsbau-Praktikum.»

Hanna musste über die Begrüßung schmunzeln. «Guten Morgen», sagte sie und dachte an ihr letztes Praktikum, das sie nach dem Studium bei einem großen Zeitschriften-Verlag absolviert hatte und an dessen Ende sie voller Stolz einen Vertrag über eine unbefristete Festanstellung in den Händen hielt.

«Regel Nummer 1», sagte Thies und holte Hanna zurück ins Hier und Jetzt, «wir starten jeden Morgen erst einmal mit einem Frühstück. Die Gesellen sind schon durch und haben sich gerade wieder an die Arbeit gemacht.» Er trank einen Schluck Kaffee und musterte Hanna ein wenig amüsiert. «Regel Nummer 2: Flipflops sind verboten!»

Hanna guckte schuldbewusst auf ihre Füße. Dann fiel ihr ein, dass sie im Kofferraum noch ein Paar Turnschuhe hatte. «Bin gleich wieder da», sagte sie, zog ab in Richtung Auto und kam eine Minute später mit festem Schuhwerk an den Füßen zurück. Ein leicht triumphierendes Grinsen konnte sie sich nicht verkneifen.

«Geht doch», sagte Thies und schenkte Hanna einen Kaffee ein. «Milch?»

«Sehr gern.» Hanna zog ein Haargummi aus der Tasche ihrer Shorts und machte sich einen Pferdeschwanz. «Und? Gibt es vielleicht noch mehr Regeln, die ich kennen sollte?»

«Allerdings», sagte Thies. «Kommen wir zu Regel Nummer 3 – und die ist, ehrlich gesagt, die wichtigste.» Er grinste Hanna fröhlich an und reichte ihr den Kaffee.

«Oha, da bin ich aber gespannt.»

«Hier wird sich geduzt!», sagte Thies und prostete Hanna mit seinem Kaffeepott zu.

«Verstehe», Hanna lächelte und stieß mit Thies an. «Flache Hierarchien und so.»

«Genau, aber natürlich nur, solange alle das machen, was ich sage.»

«Natürlich.» Hanna stellte ihren Kaffee auf den Tisch. Sie fühlte sich wohl und war gespannt, was der Tag noch so bringen würde. «Also, Chef, was meinst du, sollen wir loslegen?»

In der großen Halle, die von der Morgensonne bereits aufgeheizt war, führte Thies Hanna erst einmal ein bisschen herum. Er zeigte ihr Masten, die auf Konsolen an den Wänden hingen. Maschinen, die so merkwürdige Namen trugen wie Dickenhobel oder Abrichter und vor denen sie ihm versprechen musste, da niemals allein ranzugehen. Feierlich hielt sie zwei Finger in die Luft und schwor.

Anschließend lernte sie Micha, den Azubi, kennen, Torben, den Tischler, und Achim und Jan, die beiden Holzbootsbauer. Nette Truppe, dachte Hanna und folgte Thies in die Halle nebenan. Er steuerte auf ein Holzboot zu, das auf einem Rollwagen stand. Es war vielleicht fünf, sechs Meter lang und erinnerte Hanna an eine Nussschale, allerdings an eine wirklich hübsche.

«Und nun ein wenig Heimatkunde», sagte Thies vergnügt und strich über das dunkle, glänzende Holz am Bug. «Das hier ist ein Schleikahn. Genau wie das Boot deines Vaters war der auch schon hier, als ich kam. Micha und ich haben ihn letztes Jahr restauriert.»

«Was ist ein Schleikahn?», fragte Hanna und sah sich das Boot genau an.

«Ein traditionelles Fischerboot, das hier in der Gegend früher überall im Einsatz war», erzählte Thies. «Die Kappelner Fischer versorgten einst ihre Heringszäune damit, die Arnisser betrieben Reusenfischerei, und die Maasholmer fuhren damit sogar auf die offene See.»

«Kommst du eigentlich von hier?», fragte Hanna.

«Nein.» Thies rieb sich über seine Bartstoppeln und wirkte für einen Moment nachdenklich. «Aus Bremen. Hierherzugehen und die Werft zu übernehmen, war ehrlich gesagt eine ziemlich spontane Aktion, die ich aber bisher keine Sekunde bereut habe. Klar, hier ist die Welt klein, manchmal auch eng, jeder kennt jeden. Aber man lässt sich auch in Ruhe. Ich hab mich hier schnell wie unter guten Freunden gefühlt.»

«Wie hast du meinen Vater überhaupt kennengelernt?» Hanna lehnte sich gegen das Boot und blickte Thies aufmerksam an.

«Das erste Mal habe ich ihn oben beim Kaufmann getroffen. Er trank mit Willi Kaffee, und Anke hatte mich am Wickel. Als sie mitbekommen hat, dass ich kein Touri bin, sondern gerade hierhergezogen war, hat sie mich mit Fragen förmlich bombardiert.» Thies lehnte sich neben Hanna. «Ich habe brav alle beantwortet und natürlich auch von der Werft erzählt. Und da sagte Jost auf einmal, dass er gern mal vorbeikommen würde, und das tat er dann auch, hab ich dir ja gestern erzählt.»

«Weißt du, was ich wirklich nicht verstehe», sagte Hanna.

Thies zog die Augenbrauen hoch. «Na?»

«Ich verstehe nicht, dass er mir nie von dem Boot erzählt hat. Ich meine, mein Vater und ich, wir standen uns wirklich nahe.»

«Hm, ein bisschen komisch ist das schon», stimmte Thies zu. «Aber ich wüsste da vielleicht jemanden, der deine Fragen beantworten kann.»

9.

Blumen sind die schönen Worte und Hieroglyphen der Natur, mit denen sie uns andeutet, wie lieb sie uns hat.

JOHANN WOLFGANG VON GOETHE

Hanna hatte sich von Thies ein Fahrrad geliehen und Balu bei ihm in der Werft gelassen. Sie radelte in den Ortskern. Da sollte sie sich links halten und dann das letzte Haus, so hatte Thies ihr den Weg beschrieben.

Als sie sich näherte, wusste Hanna sofort, was Thies gemeint hatte, als er noch sagte: «Du kannst es nicht übersehen.» Sie erinnerte sich, dass ihr dieses Haus, aber vor allem dieser Garten früher schon aufgefallen waren. Jetzt hatte Hanna allerdings das Gefühl, dass er noch schöner und noch bunter geworden war.

Nach dem, was Thies bei ihrem kurzen Gespräch am Schleikahn gesagt hatte, hatte Hanna natürlich sofort wissen wollen, um wen es sich handelte. Statt ihr eine Antwort zu geben, hatte er sie mit in sein Büro genommen und sich mit Hanna vor eine Wand gestellt, an der lauter Fotos hingen, die die fast hundertjährige Historie der Werft dokumentierten. Er hatte auf eines der neueren Bilder gedeutet, das ihn vor der Werft zusammen mit einer älteren Frau zeigte. Die beiden lächelten in die Kamera und schüttelten sich die Hände. Hanna hatte ein wenig in die Knie gehen müssen, um das Foto genau betrachten zu können. Für einen kurzen Moment war sie irritiert gewesen, sich nicht sicher. Doch dann hatte sie die Frau erkannt, noch bevor Thies ihren Namen ausgesprochen hatte.

Ella Janssen, so hatte Thies dann erklärt, war die Vorbesitzerin. Zwar hatte sie die Werft, die sie von ihrem Vater geerbt hatte, nie selbst geführt – sie hatte sie stets verpachtet –, doch vielleicht könnte sie Hanna ja trotzdem weiterhelfen.

Hanna war überrascht, irgendwie schienen alle Fäden bei Ella zusammenzulaufen. Nicht nur, dass sie immer mit ihrem Vater in Kontakt gewesen war, so hatte es zumindest Anke neulich erzählt. Sie hatte sich seit seinem Tod auch um den Garten gekümmert. Und nun hatte ausgerechnet ihr auch noch die Werft gehört, in der dieses alte Segelboot stand. Es war wirklich an der Zeit, sich mal mit ihr zu unterhalten.

«Nur zu», hatte Thies gesagt und Hanna den Weg erklärt. «Ich sorge inzwischen dafür, dass wir dein Boot aus dem kleinen Schuppen in die Halle kriegen und aufbocken, damit wir loslegen können.»

Hanna bremste, stieg vom Fahrrad und lehnte es gegen den Zaun. Dieses Grundstück war wirklich außergewöhnlich und jetzt verstand Hanna auch, warum Ella sich an jenem Morgen so um die Rose gesorgt hatte und sich so gut auskannte. Der Garten glich einem farbenprächtigen Meer aus Blumen und Sträuchern. Hortensien, Mohn, Margeriten, Schafgarbe, Löwenmäulchen, Stockmalven, Kapuzinerkresse und immer wieder Rosen in allen Farben und Wuchsformen. An der roten

Reetdachkate mit dem alten Fachwerk hangelten sich Stockrosen empor. Buschige, mannshohe Strauchrosen und Beetrosen wuchsen im gesamten Garten, genau wie Rank- und Stammrosen.

Was für ein Paradies, dachte Hanna, der bereits auf dem Bürgersteig ein unvergleichlicher, süßlicher Duft entgegenwehte. Durch den Zaun entdeckte sie Ella, die einige Frauen durch den Garten führte. Immer wieder blieb sie mit der kleinen Gruppe stehen, zeigte auf eine Rose, forderte die Frauen auf, an den Blüten zu riechen, und erzählte offenbar etwas über das Gewächs, das Hanna allerdings nicht verstehen konnte.

Sie öffnete die Holzpforte und näherte sich den Frauen auf einem der Kieselwege, die sich durch den Garten schlängelten. Als Ella sie entdeckte, sah sie kurz überrascht aus, dann lächelte sie. «Hallo, Hanna, das ist aber schön, dass du mich besuchst. Die Führung ist gleich zu Ende. Wenn du es nicht eilig hast, kannst du da vorn auf der Bank auf mich warten.»

Hanna sah sich um und entdeckte ein Gartenhäuschen, das genau wie das Wohnhaus reetgedeckt war und vor dem eine weiße Bank stand.

«Okay», sagte sie und nickte den anderen lächelnd zu.

Als sie sich gesetzt hatte, spürte sie, dass sie ein klein wenig nervös war. Würde Ella ihr etwas über ihren Vater und das Boot erzählen können? Sie hoffte es. Um sich abzulenken, lauschte Hanna dem Summen und Zirpen, das von überall zu hören war. Für Insekten war das hier wirklich ein Garten Eden.

Nach etwa zehn Minuten hatte Ella die Frauen verabschiedet und setzte sich zu Hanna. «Heiß heute.» Sie fächerte sich mit der Hand Luft zu und blickte durch ihren Garten. «Ich werde hier zum Abend hin wohl noch mal mit dem Schlauch durchgehen und meinen Süßen eine kleine Erfrischung gönnen.» Dann sah sie Hanna freundlich an, ihre blauen Augen blitzten vergnügt. «Und, wie geht es der schönen Alba?»

Hanna brauchte einen Moment, bis sie begriff, dass Ella von der Rose sprach. «Oh, ganz gut. Ich glaube, sie hat meinen kleinen Wutausbruch einigermaßen unbeschadet überstanden.»

«Dann ist es ja gut.» Ella nickte zufrieden. «Die Wut nützt ja auch nichts, sie sorgt höchstens für diese hässlichen kleinen Falten um den Mund herum.» Sie fächerte sich mit der Hand erneut Luft zu. «Ich kann dir nur raten, min Deern: Lass los, was du sowieso nicht festhalten kannst.»

Da war es wieder, dieses Loslassen, dachte Hanna und fühlte die gleiche Ratlosigkeit wie in dem Gespräch mit Meike. «Wenn es nur so einfach wäre», sagte sie. «Bist du verheiratet?»

«Gott bewahre. Ich habe meine Rosen.» Ella schmunzelte. «Und wenn du mich fragst, sind die wesentlich pflegeleichter als Männer.»

«Ha», lachte Hanna auf, «das kann gut sein. Allerdings habe ich überhaupt keinen grünen Daumen. Für mich wären Rosen wohl mindestens genauso kompliziert.»

«Ach», winkte Ella ab. «Die Blumen und Pflanzen brauchen so wenig, die wachsen auch ohne unsere Hilfe.» Sie ließ ihren Blick schweifen. «Viele Rosen, die du hier siehst, sind historische Sorten, die ich in den Gemäuern zerfallener Höfe oder in vernachlässigten Gärten entdeckt habe. Hier habe ich ihnen ein neues Zuhause gegeben. Früher hatte ich in Kappeln eine kleine Gärtnerei, mit der ich auf Rosen spezialisiert war. Damit hatte ich mir einen Namen gemacht.» Stolz schwang in Ellas Stimme mit. «Die Leute kamen von überallher. Aber vor ein paar Jahren habe ich mich zur Ruhe gesetzt. Ab und zu mache ich hier noch Führungen, so wie eben, und gebe Tipps. Ansonsten genieße ich es, meinen Rosen dabei zuzusehen, wie sie blühen und sich dabei immer dem Licht zuwenden, so als wäre der Schatten gar nicht da.» Ella schwieg und blickte gen Himmel.

Hanna zögerte. Sie wollte Ella nach dem Boot fragen, war sich aber nicht sicher, ob sie nun einfach das Thema wechseln sollte. Doch dann war es Ella selbst, die den kurzen Moment der Stille durchbrach.

«Wo ist eigentlich dein Hund?»

«Balu ist bei Thies in der Werft.»

«Ach», Ella guckte erstaunt. «Ihr kennt euch?»

Hanna erzählte von dem kleinen Unfall bei ihrer Anreise, von der Party beim Sheriff und von Meike, die sie ja von früher kannte und auch bereits getroffen hatte.

«Na, dann bist du hier ja schon richtig gut angekommen», sagte Ella. «Das freut mich.»

«Ja, auch wenn es nicht leicht ist ohne meinen Vater.» Hanna stand auf und bewunderte die dichten rosafarbenen Blüten der Kletterrose, die hinter ihr an dem Mauerwerk der Gartenlaube an einem Holzgerüst rankte und einen betörenden Duft verströmte. Sie beobachtete eine Hummel, die etwas behäbig zwischen den Blüten hin und her brummte.

«Er ist jetzt seit gut einem halben Jahr tot, und ich vermisse ihn immer noch schrecklich.» Sie setzte sich zurück auf die Bank. «Weißt du, was am meisten schmerzt?» Sie sah Ella an, die aufmerksam zuhörte. «Keine Tochter mehr zu sein. Ich werde nie wieder zu jemandem Papa sagen.» Hanna räusperte sich. «Es heißt ja immer, mit dem Tod der Eltern würde man endgültig erwachsen werden. Ich halte das für Blödsinn! Also, ich meine, ich fühle wirklich eine ganze Menge, aber erwachsen fühle ich mich ganz sicher nicht, eher klein und schutzlos.»

Einen Moment schwiegen beide. Dann hatte Hanna sich wieder berappelt, und ihr fiel noch eine Frage ein, die ihr neben der zum Boot unter den Nägeln brannte.

«Wie hast du eigentlich von Josts Tod erfahren?»

Ella atmete tief durch. «Jost und ich waren unser ganzes Leben lang befreundet. Da kümmert man sich im Alter umeinander und sorgt sich um den anderen.» Sie zögerte kurz, ehe sie weitersprach. «Als er am 4. Januar nicht wie geplant wieder anreiste und ich ihn telefonisch nicht erreichen konnte, hatte ich so ein Gefühl und habe seinen Namen im Internet eingegeben. Hätte ich nichts gefunden, hätte ich die Auskunft nach deiner Nummer gefragt. Doch ich wurde fündig. Leider.» Ella legte für einen Moment den Kopf in den Nacken, dann fuhr sie fort. «Gleich der zweite Treffer war die Todesanzeige im *Hamburger Abendblatt*. So wusste ich auch, wann die Beerdigung war.»

Hanna erinnerte sich an Ellas Gesicht auf dem Friedhof, auch wenn sie ansonsten an diesen Tag nicht viele Erinnerungen hatte. In der Kirche hatte rechts von ihr Lena gesessen, links Ben. Er war auch gekommen. Natürlich. Es war das letzte Mal, dass sie ihn gesehen hatte.

Warum sollten sie sich auch treffen, es war alles geregelt. Hanna und Lena waren in der Wohnung geblieben, für die Ben die Hälfte der Miete anstandslos weiterzahlte. Wenn es um Lena ging, verständigten sie sich per Mail oder WhatsApp.

«Alles in Ordnung?» Ella riss Hanna aus ihren Gedanken.

«Ja, ja», sie versuchte zu lächeln. «Die letzten Monate hatten es einfach ganz schön in sich. Und ehrlich, wenn ich könnte, würde ich mir die Decke über den Kopf ziehen und so lange schlafen, bis nichts mehr wehtut.»

«Ach, min Deern, wir können im Leben nun mal nicht auf Pause drücken», sagte Ella mit warmer Stimme. «Aber ich verspreche dir, irgendwann wird es leichter, und du wirst nicht mehr wütend werden, wenn du an deinen Mann denkst. Und was die Trauer um deinen Vater angeht, vielleicht wird sie nie ganz aufhören, aber nach und nach verliert der Schmerz seine Wucht. Dann hast du keine Angst mehr vor ihm. Dann ist er einfach da, wie das Rauschen der Wellen am Strand. Ich weiß, wovon ich spreche. In meinem Alter hat man so viele Verluste erlebt.»

Ellas Worte rührten Hanna, und sie konnte nicht anders, als sie in den Arm zu nehmen. Sie musste an den Tod ihrer Mutter denken, der ihr den Boden unter den Füßen weggerissen hatte. Doch damals hatten die Dinge anders gelegen. Lena war noch so klein gewesen, für sie hatte Hanna stark sein müssen und auch für ihren Vater. Und sie hatte Ben. Nun aber war sie allein. Ihr Leben war in tausend Stücke zerfallen. Und sie hatte keine Ahnung, wie sie es wieder zusammensetzen sollte.

Hanna schob die Gedanken beiseite, lockerte die Umarmung und besann sich auf den Grund ihres Besuches. «Ich wollte dich noch etwas fragen.»

«Nur zu», forderte Ella sie lächelnd auf.

«Wusstest du, dass mein Vater ein Boot besaß?»

«Bitte, was?» Ella zog die Augenbrauen hoch, und ihr Lächeln verschwand.

«Thies hat mir gestern in der Werft ein altes Segelboot gezeigt, das Jost gehört haben soll.»

«Wer sagt das?» Ella starrte Hanna an.

«Er selbst hat es Thies erzählt. Er war wohl häufiger bei ihm und hatte sogar den Plan, das Boot wieder aufs Wasser zu bringen. Ich dachte, du weißt vielleicht etwas darüber, weil dir die Werft doch … Ella?» Hanna bemerkte, wie Ellas Haltung sich plötzlich veränderte. Sie wirkte angespannt, und ihre Pupillen wanderten hin und her, als würde sie etwas suchen.

«Geht es dir nicht gut?» Hanna berührte Ellas Arm. Er fühlte sich kühl und ein wenig verschwitzt an. «Warte, ich hole dir Wasser.» Sie lief zum Haus. Eine Seitentür stand offen. Hanna drückte den Fliegenschutz auf, trat ein und fand sich in der Küche wieder. Sie griff nach einem Glas, das neben der Spüle stand, füllte es mit Leitungswasser und eilte zurück.

«Hier, trink das.»

Ella leerte das Glas in einem Zug. «Puh … Danke, das tat gut.» Sie strich sich eine Strähne aus dem Gesicht, die sich aus ihrem langen weißen Zopf gelöst hatte. «Sosehr ich die Hitze mag, aber heute schafft sie mich.» Ihre Stimme klang matt, und Hanna hatte das Gefühl, dass sie nun gehen und Ella Zeit zum Ausruhen lassen sollte.

«Komm, ich bringe dich rein», sagte Hanna, «dort ist es kühler.»

«Ja, das ist eine gute Idee, glaube ich.»

Hanna half ihr beim Aufstehen, hakte Ella unter und ging mit ihr in kleinen Schritten zum Haus. Vor der Seitentür stoppte Ella. «Nun schaffe ich es allein. Ich danke dir.»

«Okay. Soll ich später noch mal nach dir sehen?», fragte Hanna.

«Ach was, mir geht's doch schon wieder besser.»

«In Ordnung, dann bis bald.» Hanna hob lächelnd die Hand und ging Richtung Pforte.

«Ach, Hanna?»

Sie stoppte und drehte sich noch einmal um. «Ja?»

«Jost hatte ganz sicher kein Boot! Mach dir darüber keine Gedanken. Und richte Thies bitte aus, dass er alte Boote, die er nicht zuordnen kann, einfach entsorgen oder verkaufen soll!»

Hanna wunderte sich, wie fest und bestimmt Ellas Stimme auf einmal klang. Sie wollte noch etwas sagen, doch da war Ella schon im Haus verschwunden.

10.

Lebe in der Sonne, schwimme im Meer,
trinke die wilde Luft.

RALPH WALDO EMERSON

Als Hanna die kleine Halle betrat, kam Balu ihr schwanzwedelnd entgegengetapert. Es tat gut, ihn zu sehen. Hanna war es auf dem Rückweg von Ella ganz schön schwer ums Herz gewesen. Das Gespräch über Ben und ihren Vater hatte sie aufgewühlt. Jetzt, beim Anblick ihres alten Freundes, ging es ihr gleich besser.

Das Boot ihres Vaters entdeckte sie neben dem Schleikahn. Es war nun aufgebockt, und an einer der langen Seiten lehnte eine Leiter. Hanna fand es merkwürdig, dass nicht einmal Ella davon gewusst hatte. Überhaupt war ihr Verhalten irgendwie komisch gewesen. Es konnte ja gut sein, dass die Hitze ihr zu schaffen machte, trotzdem irritierte es Hanna, mit welcher Härte Ella am Ende dagestanden hatte und noch einmal auf das Boot und die Werft zu sprechen gekommen war, vor allem im Vergleich zu der Weichheit und Empathie, die sie davor umgeben hatte.

Hanna trat an das Boot heran. Sie verschränkte die Arme vor der Brust und betrachtete es aufmerksam. Sie ging um das Schiff herum. Das Holz am Rumpf sah trocken aus, teilweise auch rott und löchrig. Die Buchstaben, die mal den Namen ergeben hatten, waren abgeblättert. Hanna konnte noch ein E erkennen, und mit ein bisschen Fantasie gehörte der Strich davor zu einem T. Sie stieg die Leiter ein paar Sprossen hoch und inspizierte das Deck. Das Holz sah ebenso trocken aus wie das am Rumpf.

«Und?»

Hanna erschrak und drehte sich um. Thies stand hinter ihr und lächelte sie an. In der einen Hand hielt er einen Schrubber, in der anderen einen Eimer. «Was hat Ella gesagt?»

Hanna kletterte wieder herunter und fasste rasch den Teil des Gesprächs zusammen, in dem es um das Boot gegangen war.

«Nicht einmal sie hat also davon gewusst?», sagte Thies ungläubig. «Warum hat Jost bloß so ein Geheimnis daraus gemacht?»

«Ella lässt dir übrigens ausrichten, dass du dich mit herrenlosen Booten nicht aufhalten, sondern sie einfach verkaufen oder verschrotten sollst.»

«Komischer Kommentar», sagte Thies. «Hast du ihr erzählt, dass du das Boot wieder flottmachen willst?»

«Dazu kam ich gar nicht. Es ging ihr auf einmal nicht gut, und sie wollte sich ein bisschen hinlegen.» Hanna drehte sich wieder zum Boot und versuchte sich vorzustellen, wie es früher wohl mal ausgesehen hatte, auf dem Wasser mit Mast und vollen Segeln. Irgendwas war an der ganzen Sache komisch, das spürte sie.

«Okay», sagte Thies, stellte den Eimer ab und lehnte den Schrubber gegen einen der Böcke. «Dann wollen wir erst einmal damit anfangen, klar Schiff zu machen. Also, du fängst damit an, ich habe Wichtigeres zu tun.»

Er grinste Hanna an. «Ich muss gleich nach Arnis zum Segelmacher.»

«Angeber», erwiderte sie mit ironischem Unterton.

«Absolut. Und der Angeber erzählt dir jetzt mal ein bisschen was über dein Schiff.»

Thies erzählte, dass es sich um einen 15er Jollenkreuzer aus Mahagoni handelte. Ein Bootstyp, der für flache Gewässer konzipiert ist und keinen Kiel, sondern ein Schwert hat. «Perfekt für Touren auf der Schlei», sagte er. «So kommt man bis in die flachen Noore. Dieser hier ist aber ganz sicher schon ewig nicht mehr durchs Wasser geglitten, das sieht man am Holz. Wenn ich deinen Vater mal gefragt habe, wann er damit zum letzten Mal draußen war oder ob überhaupt, bekam ich nie eine Antwort. Er hat dann immer irgendwie rumgedruckst oder musste schnell los. Ehrlich gesagt, habe ich mir nie etwas dabei gedacht, aber jetzt finde ich es schon komisch.» Thies schnappte sich den Eimer. «Unser Tischler Torben hat auch so einen Jollenkreuzer.» Er zögerte einen Moment und kratzte sich am Hinterkopf, ehe er weitersprach. «Eigentlich wollte ich mir den heute Abend ausleihen und mit dir segeln gehen, damit du weißt, wie sich das auf so einem Boot anfühlt. Es herrscht allerdings totale Flaute, und daran soll sich in den nächsten Stunden auch nichts ändern. Ich habe aber eine andere Idee», schob er rasch hinterher. «Wie wäre es mit einer Fahrradtour? Kennst du Nordernby?»

Hanna überlegte kurz. «Liegt das nicht auf der anderen Seite der Schlei in der Nähe von Missunde? Ich glaube, ich war da als Jugendliche mal in einem Restaurant.»

«Da warst du bestimmt im *Seestern*», sagte Thies. «Ein

toller alter Dorfkrug, die ja leider immer weniger werden. Dahin würde ich dich gern einladen.»

Hanna stutzte einen Moment. Irgendwie fühlte sie sich von der Idee überrumpelt. Sie hatte sich das letzte Jahr ziemlich verkrochen und wusste jetzt auch nicht genau. Dann aber kam ihr der spontane Abend mit Meike beim Sheriff in den Sinn, und sie dachte daran, wie gut er ihr getan hatte. Also gab sie sich einen Ruck und sagte zu.

«Balu wird es allerdings mit dem Fahrrad nicht schaffen.» Hanna kraulte ihrem alten Freund den Hals und sah ihn nachdenklich an. «Aber er schläft in letzter Zeit sowieso viel, ich denke, ich kann ihn ruhig ein paar Stündchen allein lassen.» Sie wandte den Blick von Balu ab und sah Thies an, der sie freundlich anlächelte.

«Schön», sagte er. «Aber erst haben wir noch ein bisschen Arbeit vor uns.» Er ging zu dem Wasserhahn am Ende der Halle. Als er wieder zurückkam, erklärte er Hanna, dass sie die gesamte Außenhaut des Schiffes, also Rumpf und Deck, von Dreck und Spinnweben befreien müsse, damit sie im nächsten Schritt eine solide Bestandsaufnahme machen könnten.

«Aye, aye, Chef!», sagte Hanna und fing an zu schrubben. Putzen gehörte weiß Gott nicht zu ihren Lieblingsaufgaben, schon gar nicht bei der Hitze, die sich inzwischen auch in der Halle breitgemacht hatte. Aber jetzt fühlte sie sich dabei irgendwie ziemlich lebendig.

Um kurz vor sechs kam Hanna aus der Dusche und zog sich ihr gestreiftes Sommerkleid über. In einer halben Stunde wollte Thies sie abholen. Als Hanna ihr Haar zusammenband und sich die Wimpern tuschte, bemerkte sie, dass sich ihre Arme von der Schrubberei ganz schön lahm anfühlten, und wenn sie ehrlich war, hätte sie es sich jetzt auch gut mit einem Buch gemütlich machen können. Gleichzeitig aber freute sie sich auch auf den kleinen Ausflug, außerdem hatte sie wahnsinnigen Hunger.

Sie pumpte noch schnell die Reifen auf, dann schob sie das Fahrrad vors Haus. Im Windfang verabschiedete sie sich von Balu und warf noch einen Blick in den Spiegel. Dabei fiel ihr der Strohhut ihres Vaters ins Auge. Zögerlich nahm sie ihn von der Garderobe, drehte ihn in ihren Händen und betrachtete ihn. Sie hielt ihn unter die Nase. Er roch nach einer Mischung aus Stroh, Sommer und ihrem Vater. Hanna schluckte und atmete einmal tief durch. Dann blickte sie erneut in den Spiegel, setzte den Hut auf und war überrascht, wie gut er passte. Sie lächelte ihr Spiegelbild zaghaft an, und zum ersten Mal seit ihrer Ankunft durchströmte sie ein Gefühl von Sommerferien.

Als sie draußen Schritte hörte, knuddelte sie noch einmal Balu und öffnete die Tür.

«Hübscher Hut», sagte Thies und strahlte Hanna an.

Sie radelten in gemütlichem Tempo bis zur Schleifähre Missunde. Dort setzten sie über auf die andere Seite, von wo es nur noch wenige Kilometer waren. Auf der schmalen Landstraße roch es nach warmem Asphalt, und die Knicks waren so grün und so dicht, dass Hanna das Gefühl hatte, durch einen Blättertunnel zu fahren. Ihre schmerzenden Arme hatte sie vergessen. Sie legte den Kopf in den Nacken, atmete tief ein und war Thies jetzt schon dankbar für die Idee, eine Fahrradtour zu machen. Ella hatte recht gehabt mit dem, was sie heute Vormittag gesagt hatte, dachte Hanna. Wut und Frust machten nur hässlich. Ab jetzt, das nahm sie sich fest vor, wollte sie versuchen, nach vorn zu blicken.

«Da ist der *Seestern*», sagte Thies.

Der Dorfkrug war ein schönes altes Reetdachhaus aus gelbem Sandstein. Hanna war sich ziemlich sicher, früher mit ihren Eltern öfter hier gewesen zu sein.

Sie parkten die Räder neben dem Eingang, wo schon einige andere standen. Thies hielt Hanna die Tür auf und ging dann vor in die Gaststube, in der ein Mann hinterm Tresen Bier zapfte.

«Moin, Momme», sagte Thies.

«Moin», erwiderte der groß gewachsene Mann. «Du warst ja lange nicht hier.»

In dem Moment lugte eine kleine, ältere Frau um die Ecke. «Moin, Meta», sagte Thies.

«Ach, Thies, moin.» Dann wandte sie sich Momme zu. «Machst du Johan und mir noch zwei Kirschlikör?»

«Klar, Muddi, bring ich euch raus.» Anschließend blickte Momme zwischen Thies und Hanna hin und her. «Ein Tisch für zwei?»

«Sehr gern», sagte Thies. «Hast du im Biergarten noch was frei?»

«Bei dem Wetter ist viel los, aber lasst uns mal nachsehen.»

Hanna und Thies hatten Glück. Gerade war ein Tisch frei geworden.

«Kann ich euch schon was zu trinken bringen?», fragte Momme.

«Habt ihr Ponysekt?» Hanna wunderte sich kurz über sich selbst. Aber irgendwie war ihr danach.

Thies guckte sie überrascht an. «Was ist das denn?»

«Ein kleiner Sekt, was denn sonst.» Hanna grinste und war ziemlich stolz auf ihr neues Insiderwissen.

«Den Ausdruck habe ich auch lange nicht mehr gehört», sagte Momme lachend. «Aber es stimmt, früher hat man die Piccolos hier so genannt.»

«Für mich ein Bier», sagte Thies.

«Ich bring euch gleich die Speisekarte», sagte Momme und verschwand Richtung Gaststube.

Hanna ließ ihren Blick schweifen. Der Biergarten war wirklich bis auf den letzten Platz besetzt. Man hörte Gelächter und Geschirrgeklapper, richtige Urlaubsstimmung, dachte Hanna. Dann stutzte sie kurz. In einem der Strandkörbe hinten in der Ecke hatte sie Anke entdeckt.

«Thies», flüsterte sie und versuchte, seinen Namen auszusprechen, ohne dabei den Mund zu bewegen.

«Ja», flüsterte er zurück und lachte. «Was ist denn?»

«Dreh dich jetzt nicht um.» Hanna zog den Kopf ein. «Dahinten sitzt Anke. Morgen wird ganz Klanxholm wissen, dass wir zusammen essen waren.»

Inzwischen hatte Momme die Getränke gebracht.

«Na, das kann ja lustig werden», sagte Thies und erhob sein Glas. Seine Augen blitzten fröhlich. «Lass uns auf deinen ersten erfolgreichen Praktikumstag trinken.»

Hanna prustete los. «Klar, so gut wie ich hat bestimmt noch niemand den Schrubber geschwungen. Prost!»

Sie hatten gerade angestoßen, da stand Anke plötzlich neben ihrem Tisch. «Moin, ihr beiden.» Sie lächelte breit. «Was hast du für einen schicken Hut, Hanna.»

«Danke.» Hanna lächelte ein wenig gequält.

«Und? Was macht ihr hier?» Anke bemühte sich, ihre Frage beiläufig klingen zu lassen. Aber Hanna sah ihr an, dass sie vor Neugier fast platzte.

«Geschäftsessen», sagte Thies trocken.

«Ach!» Anke blickte zwischen Thies und Hanna hin und her. «Was habt ihr denn für Geschäfte? Sach bloß, Hanna, du hast ein Boot und brauchst einen Bootsbauer?»

«So was in der Art.» Hanna guckte Hilfe suchend zu Thies.

«Anke», sagte er. «Wir würden jetzt gern bestellen. Hab einen schönen Abend.»

«Tschüss dann.» Sie ging zurück zu ihrem Strandkorb. Und Hanna versuchte den Gedanken abzuschütteln, dass Anke sie nun die ganze Zeit beobachten würde.

Nach einem Blick in die Karte entschied sie sich für die gebackene Lachsforelle auf Sommergemüse. Thies nahm den gekochten Dorsch mit Senfsoße und Gurkensalat.

Nachdem Momme die Bestellung aufgenommen hatte, herrschte für einen Moment Schweigen zwischen Hanna und Thies, und Hanna war sich nicht sicher, ob sie die Stille unangenehm fand. Sie trank einen großen Schluck Sekt, genoss das bruzzelige Gefühl im Bauch und stellte Thies die Frage, die sie ihm eigentlich schon den ganzen Tag hatte stellen wollen. Irgendwie war immer etwas dazwischengekommen.

«Glaubst du eigentlich, zwischen meinem Vater und Ella war mehr als Freundschaft?»

Thies guckte überrascht. «Das glaube ich nicht. Jedenfalls habe ich davon nichts mitbekommen. Aber frag doch Anke.» Er grinste. «Die weiß bestimmt Bescheid.»

«Grandiose Idee», sagte Hanna. «Vielleicht ist es auch gar nicht so wichtig. Kommen wir lieber zum Boot.» Sie trank noch einen Schluck. «Also, ich habe es mir heute beim Schrubben genau angeguckt. Und ich würde mal sagen, so marode ist es gar nicht.»

«Die richtige Perspektive ist ja bekanntlich der Schlüssel zum Glück», sagte Thies sichtlich amüsiert. «Aber im Ernst, um es überhaupt wassertauglich zu machen, nehmen wir uns zuerst den Rumpf vor. Da gibt es einiges zu tun. Außerdem brauchst du einen neuen Mast und natürlich Segel. Das kommt aber erst zum Schluss. Dann ist da noch das Deck, und einen neuen Außenborder brauchst du auch. Und in der kleinen Kajüte müssten wir auch noch mal genau gucken, was da gemacht werden muss.»

«Okay», sagte Hanna kleinlaut. «Das klingt doch nach ein bisschen mehr Arbeit.»

Thies stützte sich auf die Unterarme, legte seinen Kopf ein wenig schief und sah Hanna an. «Wir werden wohl noch länger miteinander auskommen müssen. Da möchte ich schon gern wissen, mit wem ich es zu tun habe.» Er lächelte. «Also, Hanna Bruns, wer bist du außer Josts Tochter?»

Hanna überraschte die Frage. Das wüsste ich auch gern, hätte sie am liebsten geantwortet und war froh, als sie Momme sah, der mit zwei Tellern auf ihren Tisch zusteuerte.

«Möchtet ihr einen schönen Grauburgunder zum Fisch?»

Hanna und Thies verständigten sich mit Blicken. «Gern», sagte Hanna.

Während des Essens ließ Thies' Frage sie nicht los. Sie spürte, dass der Sekt sie ein wenig sentimental, aber auch mutig hatte werden lassen, und so erzählte sie ihm von dem überraschenden Ehe-Aus und davon, dass sie seitdem irgendwie die Orientierung verloren hatte und ihr neues Leben erst noch üben müsse. Der Tod ihres Vaters hatte sein Übriges dazu beigetragen. «Es gibt Tage», sagte Hanna, «da fühle ich mich wie eine Schauspielerin, die auf die Bühne geschubst wird, aber weder das Stück kennt noch ihren Text kann.» Sie trank einen Schluck Wein und starrte einen Moment lang auf ihren Teller. Dann blickte sie Thies an, und ihr Lächeln war zurück. «Und du, Thies Meiners, wer bist du?»

Er legte das Besteck beiseite und wischte sich mit der Serviette den Mund ab. «Ich habe viele Jahre in Bremen in einer großen Werft gearbeitet. Nach meiner Ausbildung zum Bootsbauer habe ich noch Schiffsbau studiert. Tja, aber mein Berufsleben hatte ich mir ehrlich gesagt aufregender vorgestellt. Ich saß nur im Büro und hab am Computer die Planung gemacht.» Er lehnte sich zurück und trank einen Schluck. «Das war echt nicht meins, ziemlich eintönig. Es fühlte sich an, als würde mein Leben an mir vorbeirauschen. Zu dem Job-Frust kam, dass meine Frau und ich uns auseinandergelebt haben. Ich ... ich konnte sie einfach nicht glücklich machen. Ein Freund erzählte mir von der kleinen Werft in Klanxholm und dass sie zum Verkauf stand. So bin ich hier gelandet und habe ganz neu angefangen.»

«Hast du Kinder?», fragte Hanna.

Thies schüttelte den Kopf. «Du?»

«Ja, eine Tochter, Lena. Sie ist 16 und gerade mit Freunden in Griechenland. Es ist das erste Mal, dass wir die Sommerferien nicht zusammen verbringen.»

«Und das passt dir gar nicht, stimmt's?» Thies lächelte sie mitfühlend an.

«Na ja», sagte Hanna, «hätte ich gewusst, dass sie so schnell groß wird, hätte ich das Ganze noch viel mehr genossen. Außerdem ist ihr blöder Freund auch auf der Tour dabei.»

«Verstehe …»

«Moin, Thies.» Eine blonde Frau mit hochgesteckten Locken, vielleicht ein bisschen älter als Hanna, stand auf einmal an ihrem Tisch. «Schmeckt es euch?»

«Hallo, Jette», sagte Thies. «Ja, danke. Der Dorsch ist fantastisch!»

«Das wollte ich hören.»

«Darf ich vorstellen», sagte er und wies auf Hanna. «Das ist Hanna Bruns, eine …», er zögerte einen kurzen Moment und sagte dann mit fester Stimme, «eine Freundin. Und das ist Jette Petersen, die Köchin vom *Seestern*.»

«Hanna Bruns?», fragte Jette überrascht. «Sie haben aber nichts mit der Autorin von *Die verlorenen Schwestern* zu tun, oder?»

«Doch.» Hanna lächelte und hoffte, dass jetzt nicht die Frage nach einem neuen Buch kommen würde. Sie kam nicht. Nur ein dickes Lob für das alte.

«Ich liebe Familienromane», sagte Jette. «Manchmal denke ich, meine eigene Familiengeschichte ist auch Stoff für ein Buch. Vielleicht sollten wir uns mal unterhalten. Schönen Abend euch beiden.» Dann wechselte Jette auf einen Plausch an den nächsten Tisch.

«Du schreibst?», fragte Thies. «Und bist richtig berühmt? Ist ja doll!»

«Quatsch, ich bin nicht berühmt!», stellte Hanna klar. «Und ich schreibe ehrlich gesagt schon eine Weile nicht mehr. Aber verrat es niemandem. Vor allem nicht Anke.» Sie blickte über Thies' Schulter und sah, dass sie und Willi sich gerade zum Gehen bereit machten. «Mir fehlt es momentan einfach an Ideen.» Hanna lehnte sich zurück. Sie wollte in das Thema nicht tiefer einsteigen und unterstrich das, indem sie die Arme vor der Brust verschränkte.

Es hatte angefangen zu dämmern, und Hanna beobachtete Momme dabei, wie er anfing, auf den Tischen die Kerzen anzuzünden. Dann sah sie, wie Jette sich von hinten an ihn heranschlich und ihn fest umarmte. Die beiden waren offensichtlich ein Paar. Lächelnd drückte sie ihre Wange an seinen Rücken und schloss dabei für einen Moment die Augen. Sie schien sich so wohl und sicher bei ihm zu fühlen. Als sie die Umarmung wieder gelockert hatte, drehte Momme sich um und flüsterte ihr etwas ins Ohr. Jette lachte daraufhin herzlich, guckte ihn verliebt an und streichelte ihm über die Wange. Hanna beneidete die beiden um die Innigkeit und das Glück, und sie fragte sich, ob sie so etwas wohl jemals wieder erleben würde.

Thies war Hannas Blick gefolgt, hatte sich umgedreht und die Szene mit einem Lächeln kommentiert.

«Weißt du, Hanna», sagte er, «ich glaube, es ruckelt immer ein bisschen, wenn das Leben in den nächsten Gang schaltet. Erst mal ist alles mühsam, aber irgendwann laufen die Dinge auch wieder rund, und dann kommen garantiert deine Ideen zurück.»

«Das hoffe ich», sagte Hanna und meinte, was sie sagte. Das Schreiben fehlte ihr. Abgesehen davon musste sie allmählich auch mal wieder Geld verdienen. Sie hatte von ihrem Vater etwas geerbt, aber ewig reichte es auch nicht. Außerdem hatte sie es eigentlich als Startkapital für Lena eingeplant. Früher hatte Hanna das Schreiben belebt. Wenn sie erst einmal in eine Geschichte eingetaucht war, hatte sie gar nicht gemerkt, wie die Zeit verging. Einmal war sie so sehr im Flow gewesen, dass sie sogar vergessen hatte, Lena vom Reiten abzuholen. Inzwischen aber fühlte sich allein der Gedanke an ihre Arbeit bleischwer an.

Thies zog sein Handy aus der Hosentasche und warf einen Blick darauf. «Um zehn fährt die letzte Fähre. Wenn wir die verpassen, müssen wir rüberschwimmen. Aber zum Glück ist die Schlei bei Missunde nur 135 Meter breit. Das sollten wir schaffen.» Er steckte das Handy wieder weg. «Aber im Ernst, wenn die Fähre ohne uns fährt, müssen wir einen ganz schönen Umweg radeln. Einen Nachtisch», sagte er und lächelte, «sollten wir uns allerdings trotzdem nicht entgehen lassen.»

11.

Eine Frau ohne Geheimnisse
ist wie eine Blume ohne Duft.

MAURICE CHEVALIER

Mädchenröte. Hanna lächelte, als sie in ihrem Zimmer das Fenster öffnete, um die Nachtluft hereinzulassen. Allein des Namens wegen hatte sie sich das Dessert bestellt. Was sie dann bekam, war eine Art sehr fluffiger Pudding aus Johannisbeersaft und Eischnee, der mit Vanillesoße serviert wurde und einfach himmlisch geschmeckt hatte. *Mädchenröte, Ponysekt.* Hanna gefielen diese regionalen Ausdrücke. Auch Plattdeutsch mochte sie gern hören, das hatte sie heute wieder gemerkt. Die Sprache wurde an der Schlei kaum noch gesprochen, aber in dem Biergarten-Gemurmel um sie herum hatte Hanna das ein oder andere Wort aufgeschnappt: *Schietbüdel* zum Beispiel hatte eine ältere Frau sehr freundlich zu einem kleinen Jungen gesagt. Was für ein klingendes Wort. Hanna musste an Meike denken, die sie neulich gefragt hatte, ob sie zusammen *auf'n Swutsch* wollten. Da hatte Hanna dem Ausdruck gar nicht so viel Aufmerksamkeit geschenkt. Sie kannte ihn von früher, wusste, was er bedeutete. Aber jetzt war sie richtig angetan davon, und ihr wurde ganz warm ums Herz. Was war schon ein schnödes *Lass uns ausgehen* oder *Wir gehen auf 'ne Party* gegen ein *Komm, wir gehen auf'n Swutsch.* Sie dachte auch an Ella, die Hanna an dem Morgen, als sie die Rose am Wickel hatte, *Deern* genannt hatte. *Min Deern* hatte irgendwie etwas sehr Warmherziges und Liebevolles, fand sie. Ihr Vater hatte Plattdeutsch noch gekonnt, aber er hatte es zu Hause nicht gesprochen. Schade eigentlich, dachte Hanna nun.

Vorhin im *Seestern* hatte sie von Momme noch einen lustigen Ausdruck gelernt. Als sie und Thies aufbrechen wollten, hatte er die beiden am Tresen noch zu einem Schnaps eingeladen. Nachdem Hanna die klare Flüssigkeit runtergekippt hatte, kniff sie die Augen zusammen und schüttelte sich ordentlich. Momme kommentierte das Ganze dann ziemlich trocken und mit einem Augenzwinkern mit den Worten: «Na, schmeckt wie Knüppel auf'n Kopp, wa?» Treffender, fand Hanna, hätte man es nicht formulieren können.

Als sie unter die Bettdecke schlüpfte, fühlte Hanna sich herrlich bettschwer und gleichzeitig so beschwingt und fröhlich wie lange nicht mehr. Die Arbeit am Boot und der Abend mit Thies im *Seestern* hatten ihr gutgetan.

Auf der Rückfahrt zur Fähre hatten die beiden ganz schön in die Pedalen treten müssen und es dann gerade noch rechtzeitig geschafft. Hanna hatte es genossen, im Sommerkleid durch die laue Nacht zu radeln, auch wenn sie die Mücken, wie sie nun im Bett feststellen musste, ziemlich attackiert hatten. Mit geschlossenen Augen kratzte sie sich am Knöchel. *Mach Spucke drauf*, hatte ihre Mutter früher immer gesagt.

Nachdem die Fähre nach gerade mal eineinhalb Minuten Fahrzeit auf der anderen Seite anlegte, hatten Hanna und Thies ihre Räder eine Weile geschoben, um sich zu verpusten, aber auch um das Spektakel am Horizont besser beobachten zu können. Obwohl Hamburg nur gut 100 Kilometer südlich lag, war es hier oben deutlich länger hell, das war Hanna heute wieder aufgefallen. Doch auch über der Schlei war die Sonne nun untergegangen, und über ihnen hatte sich eine ganze Farbpalette von leuchtend Orange und Tiefrot bis hin zu Violett gezeigt. «Solche Sonnenuntergänge gibt's nur hier», hatte Thies gesagt, ohne seinen Blick vom Horizont abzuwenden. Hanna hatte ihn schweigend von der Seite angesehen und gedacht, wie zufrieden er in diesem Moment aussah.

Eigentlich hatte sie sich oben im Dorf von ihm verabschieden wollen, aber Thies hatte darauf bestanden, sie nach Hause zu bringen. Vor der Einfahrt bedankte Hanna sich für den schönen Abend und für den ersten *hochinteressanten* Praktikumstag. Beide hatten gelacht. «Okay», hatte sie dann rasch gesagt. «Es ist spät. Gute Nacht und bis morgen.»

Als Hanna sich nun im Bett umdrehte, quietschte die Matratze. Sie lächelte, kratzte sich am Knöchel und dachte darüber nach, ob es vielleicht doch ganz gut gewesen war, mal nicht in die Bretagne zu fahren.

Am nächsten Morgen schaffte Balu es bis zur Badestelle, worüber Hanna sich sehr freute. Es war bewölkt und nicht ganz so heiß wie gestern. Vielleicht war es deshalb leichter für ihn.

Hanna war früh wach und irgendwie aufgekratzt. Also beschloss sie, den Tag mal wieder mit einer Runde Schwimmen zu starten. Nicht zuletzt, weil sie hoffte, Ella am Wasser zu treffen. Hanna wollte sichergehen, dass es ihr besser ging. Doch weder beim Schwimmen noch auf dem Rückweg traf sie Ella.

Es war erst halb acht, als Hanna nun auf der Terrasse ihren Kaffee trank. Sie hatte mit Thies abgemacht, dass sie frühestens gegen zehn starten würden. Vorher hatte er noch einen Termin in Kappeln.

Hanna holte ihren Laptop. Sie hatte schon einige Tage keine Mails mehr gecheckt. Zwischen Werbung, Newslettern und schrägen Phishing-Mails, in denen irgendwelche dubiosen Typen ihr weismachen wollten, sie müsse flugs ihre Bankverbindung eingeben, damit ihr Konto nicht gesperrt werden würde, tauchte eine Mail ihrer Lektorin auf.

Betreff: Was macht die Kunst?
Liebe Hanna,
wollte nur mal horchen, wie es dir geht? Ich hoffe, du kannst die Zeit an der Schlei genießen und kommst ein wenig zur Ruhe. Wir gehen langsam an die Planung fürs kommende Sommerprogramm. Was denkst du, ist die Muse zurück? Könntest du bis Anfang des Jahres ein neues Manuskript schaffen? Überleg in Ruhe und gib mir dann ein Zeichen, damit ich dich einplanen kann.

Ich drück dich!
Steffi

Bis eben, dachte Hanna, hatte sie ihren Aufenthalt hier sehr wohl genießen können. Doch nun spürte sie ein dumpfes Stechen im Bauch und wusste nicht, was sie

Steffi antworten sollte. Sie schloss das Mailprogramm und ging erst einmal einen frischen Kaffee kochen.

Als sie zurückkam, blieb sie unschlüssig vor dem Gartentisch stehen. Dann setzte sie sich rasch hin, klappte den Laptop wieder auf und legte ein neues Dokument an mit dem Namen *Mädchenröte.* Sie tippte einfach rein, was ihr in den Sinn kam. Um mehr ging es erst einmal gar nicht, beruhigte sie sich in Gedanken selbst. Einfach mal gucken, was passierte, und ein bisschen sammeln. *Ponysekt, Mädchenröte, Dans op de Deel, Auf'n Swutsch, Knüppel auf'n Kopp, Deern, Seestern, Schlei, Sonnenuntergang, Segelboot, Jolle, Sheriff, Rosen, Bauerngarten, Möwen, Matjesbrötchen …*

Nach kürzester Zeit hatte Hanna drei Seiten mit ihrem Schlei-Brainstorming gefüllt. Das war natürlich noch weit entfernt von einer Idee, aus der sie irgendeine Handlung hätte entwickeln können, aber immerhin fühlte es sich ganz gut an und war vielleicht ein erster kleiner Schritt, ein Anfang von was auch immer.

Da Balu heute schon tapfer bis zur Badestelle gelaufen war, entschied Hanna, wieder mit dem Auto zur Werft zu fahren. Bei der Kirche blinkte sie aber erst einmal rechts, sie wollte kurz bei Ella anhalten und gucken, wie es ihr ging. Sie parkte vor Ellas Haus, Balu ließ sie im Wagen.

Hanna sah sich im Garten um. Die üppigen Blüten der blauen, lilafarbenen und pinken Hortensien leuchteten genau wie die der vielen Rosen vor dem bewölkten Himmel noch viel intensiver als gestern bei strahlendem Sonnenschein. Genau wie gestern hörte Hanna um sich herum nur ein einziges Summen und Brummen. Dieser Ort hatte beinahe etwas Magisches, und Hanna hätte es nicht gewundert, wenn auf einmal eine kleine Elfe von Blüte zu Blüte geflattert oder sie gleich über ein moosbewachsenes Feenhaus gestolpert wäre.

Im Garten konnte sie Ella nirgends entdecken. Sie ging zur Haustür, an deren Klinke ein Emailleschild baumelte mit der Aufschrift *Bin im Garten*. Das hing da bestimmt immer, dachte Hanna und klingelte. Doch nichts rührte sich. Sie ging noch einmal zurück Richtung Garten. Sie wollte sehen, ob die Seitentür offen war, doch auch die war verschlossen, und so zog Hanna wieder ab.

Vor der Werft saßen Thies' Mitarbeiter und tranken Kaffee. «Moin», sagte Hanna und fragte nach Thies. «Der ist drin», sagte Azubi Micha und zeigte mit dem Daumen hinter sich Richtung Eingang.

Hanna entdeckte Thies vor dem Boot ihres Vaters. Er stand mit dem Rücken zu ihr, hatte die Hände in die Hüften gestützt und schien den Rumpf zu betrachten. «Moin», sagte Hanna.

Thies drehte sich um. «Moin. Gut geschlafen?» Er strahlte Hanna an.

«Danke, sehr gut, und selbst?»

«Das riesige Stück Johannisbeerkuchen lag mir ein bisschen schwer im Magen. Vielleicht hätte ich auch die Mädchenröte nehmen sollen. Oder gleich den Schnaps von Momme», sagte Thies grinsend.

Er ging in die Hocke und kraulte Balu den Kopf, der sich zu seinen Füßen gelegt hatte und sofort eingeschlafen war. «Du hast es gut, Balu, kannst immer und überall ein Nickerchen machen.» Er richtete sich wieder auf und rieb sich die Hände. «So, dann wollen wir beide mal arbeiten.»

«Hier seid ihr!», ertönte auf einmal eine Stimme.

Hanna und Thies drehten sich um. In der Tür stand Meike zusammen mit einem sehr jungen Mann. Hanna blickte zwischen den beiden hin und her. Und Meike prustete los. «Ich kann deine Gedanken lesen, Hanna. Keine Sorge, das ist Paul, mein Sohn. Er ist gestern aus Frankreich zurückgekommen.»

Nun musste auch Hanna lachen und ging den beiden ein paar Schritte entgegen. «Hi, Paul, ich bin Hanna.» Sie streckte ihre Hand aus und blickte in wache braune Augen mit dunklen, sehr dichten Wimpern. Bei der blonden Mutter musste Paul wohl ein Abbild seines Vaters sein, dachte Hanna. «Wollt ihr uns helfen?», fragte sie eher im Scherz und nahm Meike zur Begrüßung in den Arm.

«Auf jeden Fall», sagte Paul begeistert. «Wie sieht's aus, Thies, kann ich hier wieder ein bisschen jobben?»

«Ich habe zurzeit gar nicht so viel zu tun. Aber ich denke, Hanna könnte tatsächlich ein bisschen Unterstützung gebrauchen.» Thies zeigte auf den alten Jollenkreuzer. «Bei dem machen wir gerade ein Refit. Deinen Stundenlohn müsstest du dann allerdings mit ihr verhandeln.»

«Da werden wir uns schon einig», sagte Hanna. «Ich freue mich über jede Hilfe. Ehrlich gesagt, habe ich nämlich von dem, was wir hier tun, überhaupt keine Ahnung.»

«Na, dann bleibe ich am besten gleich hier.»

«Ich würde euch ja auch gern helfen», sagte Meike und sah sich das Boot genauer an. «Natürlich ganz umsonst. Aber ich bereite gerade eine Ausstellung vor, hab viel zu tun.»

«Das klingt toll», sagte Hanna.

«Ja, ein Galerist aus Lübeck hat mich gestern angerufen, und jetzt muss ich ordentlich produzieren. Komm doch später vorbei, ich koch uns was und erzähl dir alles.»

«Gern!»

Meike verabschiedete sich, und die anderen wandten sich dem Boot zu. Thies erklärte Hanna, dass sie auf dem Deck anfangen sollte, die alten Beschläge abzuschrauben.

«Das kriege ich hin», sagte Hanna. «Wo ist der Akkuschrauber?»

Thies zog eine Augenbraue hoch und lächelte ein wenig süffisant. «Das musst du mit der Hand machen. Die Beschläge sind uralt und aus Messing, ein sehr weiches Material. Mit dem Akkuschrauber brechen sie nur ab.»

«Oh.» Hanna guckte ziemlich sparsam, als Thies ihr Schraubenzieher und Schraubenschlüssel in verschiedenen Größen in die Hand drückte.

«Nur Mut», sagte er, «das ist eine sehr meditative Arbeit.» Anschließend wandte er sich zusammen mit Paul, der schon häufiger in der Werft gearbeitet hatte, wie Hanna erfuhr, dem Rumpf zu. «Hier müssen wir die Löcher stopfen, damit wir das Boot wieder wasserdicht kriegen. Rotte Stellen schneiden wir großzügig aus und setzen da später neue Holzleisten ein. Und wir müssen uns jede Fuge vornehmen», erklärte Thies weiter, «und gucken, ob die noch dicht sind oder durch den Zahn der Zeit durchlässig geworden sind.»

Hanna verstand nicht viel von dem, was da am Rumpf passieren sollte, aber Paul schien zu wissen, worum es ging, und machte sich zusammen mit Thies an die Arbeit, nachdem Hanna und er sich auf einen Stundenlohn geeinigt hatten.

Es wurde nicht viel gesprochen. Alle waren in ihre Aufgaben vertieft, sodass niemand bemerkt hatte, dass sie schon eine Weile nicht mehr allein in der kleinen Halle waren. Erst als Hanna kurz den Kopf hob, um nach Balu zu sehen, entdeckte sie Ella. Sie stand am Schleikahn und hatte eine Hand gegen das Schiff gestützt, so als suchte sie Halt.

«Ella», sagte Hanna erstaunt. «Was machst du denn hier?»

Nun drehten sich auch Thies und Paul um und begrüßten sie.

Ella schwieg. Sie stand regungslos da und starrte den Jollenkreuzer an.

Hanna kletterte vom Boot. Sie ging zu Ella und legte ihr eine Hand auf die Schulter. Auch Thies war dazugekommen. «Ist alles in Ordnung?», fragte er.

«Ich war beim Kaufmann», sagte Ella, ohne den Blick von dem alten Jollenkreuzer zu wenden. «Anke hat erzählt, ihr macht hier irgendwas mit einem Boot.»

Hanna und Thies tauschten einen schnellen Blick, und Hanna wusste, dass sie das Gleiche dachten: *Dieses Klatschweib!* Obwohl sie natürlich nichts zu verbergen hatten, war es doch unglaublich, dass Anke offensichtlich nur über die Angelegenheiten anderer Leute sprach.

«Ella, das ist das Boot, von dem ich dir gestern erzählt habe …»

Ella sah Hanna eindringlich an. In ihren Augen schimmerten Tränen, und Hanna dachte, die Frau, die nun vor ihr stand, hatte so wenig gemein mit der starken, heiteren Ella, die sie erst vor wenigen Tagen davon abgehalten hatte, den Rosenstrauch komplett zu zerstören.

«Was wollt ihr bloß mit diesem ollen Ding?!» Ella presste die Worte geradezu hervor.

Hanna setzte gerade an, um nachzufragen, was Ella meinte, da schüttelte sie mit einer knappen Bewegung Hannas Hand von ihrer Schulter und ging.

«Ella», rief Hanna. «Warte!» Doch sie hatte die Halle bereits verlassen.

Hanna wollte hinterherlaufen, aber Thies hielt sie zurück. «Ich glaube, wir sollten sie erst einmal in Ruhe lassen. Auf mich macht sie gerade nicht den Eindruck, als wäre sie in der Stimmung für ein Gespräch.»

«Wahrscheinlich hast du recht.» Nachdenklich kletterte Hanna wieder aufs Deck. Was regte Ella bloß so auf? Es war doch nur ein Boot. Hanna beschloss, später noch einmal bei ihr vorbeizufahren und die Sache zu klären.

12.

Hoffen und Wünschen und Sehnen, es ist nur leidige Krankheit. Wirfst du den Ballast ins Meer, segelst du sicher und froh.

FERDINAND SAUTER

Balu hatte das Futter, das Hanna ihm auf die Terrasse gestellt hatte, wieder nicht angerührt. Seitdem sie hier waren, hatte er nur sehr wenig gefressen. Er lag unterm Gartentisch und sah Hanna, die schon eine ganze Weile neben ihm saß, mit einem Blick an, der ihr fast das Herz zerriss. Es war eine Mischung aus Erschöpfung und Traurigkeit.

«Du musst doch fressen, mein Freund … komm … nur ein bisschen.» Doch Balu machte überhaupt keine Anstalten, seinen Kopf Richtung Napf zu bewegen, und Hanna nahm sich für den nächsten Tag vor, mit ihm zur Tierärztin zu fahren.

Sie stand auf und zog ihren blauen Strickpulli über, der über einem der Gartenstühle hing. Die grauen Wolken hatten sich den ganzen Tag über nicht verzogen. Aber so war es in der Werft wenigstens nicht so heiß wie am Vortag geworden.

Irgendwann auf dem Deck zwischen all den Messingbeschlägen war es Hanna dann auch gelungen, die Gedanken an Ellas merkwürdigen Auftritt beiseitezuschieben und sich voll darauf zu konzentrieren, die Schrauben einigermaßen unbeschadet aus dem Holz zu bekommen. Sie musste zugeben, Thies hatte recht, die doch eher eintönige Arbeit hatte etwas Meditatives, und nun nach einer Dusche fühlte sie sich eigentlich ganz aufgeräumt.

«Na komm, Balu, wir wollen Ella besuchen und dann Meike.» Er rührte sich nicht. Hanna hockte sich erneut zu ihm. «Komm, das schaffst du, nur bis zum Auto.» Schließlich erhob sich ihr Freund schwerfällig.

Ella saß auf der weißen Bank vor dem Gartenhäuschen. Neben ihr stand ein Eimer voll mit Roten Johannisbeeren, die sie über einer Schüssel auf ihrem Schoß mit einer Gabel von den Rispen streifte.

«Guten Abend, Hanna», sagte sie, ohne aufzublicken. «Ich hatte gehofft, dass du kommst. Sonst wäre ich morgen früh zu dir gekommen.» Nun lächelte sie Hanna an, ein warmes Lächeln, überhaupt wirkte Ella im Gegensatz zu heute Vormittag wie verwandelt. Ihre Gesichtszüge, ihr ganzer Ausdruck wirkten entspannt und nicht mehr so kalt und hart wie noch vor ein paar Stunden.

«Komm, setz dich zu mir.» Ella stellte den Eimer und die Schüssel mit den Früchten auf den Boden. «Wo ist Balu?», fragte sie und sah sich um.

«Er ist ziemlich kaputt und wartet im Auto.»

«Tja», sagte Ella, «so ist das mit uns Alten, er ist ja auch ein älterer Herr. Wir können nicht mehr so, wie wir wollen.»

Einen Moment lang schwiegen beide. Dann hatte Hanna sich gerade dazu durchgerungen, nach dem Boot zu fragen, als Ella ihr zuvorkam. «Ich war heute in der Werft nicht ich selbst. Es tut mir leid.»

«Aber was ist mit dem Boot meines Vaters? Es gehörte ihm doch, oder?»

«Wenn er das behauptet hat.»

«Das heißt, du wusstest gar nichts von der alten Jolle?», fragte Hanna.

Ella stand auf und ging ein paar Schritte. Vor einer weißen Stockrose blieb sie stehen und zupfte einige welke Blätter ab. «Die Werft war immer verpachtet», sagte sie, während sie zurück zur Bank kam und sich wieder zu Hanna setzte. «Ich hatte da nie einen wirklichen Überblick. Es hat mich auch nicht interessiert.»

«Aber was hat dich dann so aufgeregt?», fragte Hanna.

«Ich weiß es nicht.» Ella atmete tief durch und legte ihre Hand auf Hannas. «Na ja, eigentlich weiß ich es doch … Ich fürchte, ich fantasiere manchmal. Ich sag ja, ich spüre das Alter jeden Tag ein bisschen mehr.» Sie zuckte mit den Schultern, strich ein paarmal über Hannas Hand und lächelte. «Aber jetzt geht es mir wieder gut. Und viel lieber als über mich möchte ich über dich sprechen.»

Hanna stutzte. «Ella, du hast gezittert und hattest Tränen in den Augen! Das kannst du doch nicht so einfach abtun.»

«Tue ich auch nicht, ich habe dir doch gerade erklärt, was dahintersteckte.»

«Soll ich mit dir morgen vielleicht mal zu einem Arzt fahren?»

«Ach was!» Ella schüttelte den Kopf. «Was soll der mir denn erzählen, was ich nicht sowieso schon weiß. Alt werden ist eben nichts für Feiglinge.»

Für Hanna war die Sache eigentlich noch nicht beendet. Aber sie merkte, dass sie da bei Ella jetzt nicht weiterkam. Also ließ sie sich auf den Themenwechsel ein.

«Was möchtest du denn von mir wissen?», fragte sie.

Ellas Augen blitzten fröhlich. «Was ist eigentlich mit dir und Thies?»

Hanna lachte auf. «Gar nichts. Aber du fragst sicher, weil du von Anke gehört hast, dass wir gestern zusammen im *Seestern* waren.»

Ella nickte lächelnd.

«Ich muss dich enttäuschen, Ella, zwischen uns ist nichts. Wir restaurieren nur das Boot zusammen.»

«Ihr wollt das wirklich durchziehen?» Ella zog ihre Hand von Hannas. «Hat Thies dafür denn überhaupt Zeit?»

«Hat er. Und mir tut es gut, etwas zu tun zu haben», sagte Hanna, und nun war sie diejenige, die ihre Hand auf Ellas legte. «Was hältst du davon, wenn du mich jetzt zu Meike begleitest? Sie macht was zu essen und hat bestimmt nichts dagegen, dass ich dich mitbringe.»

«Das ist lieb, Hanna. Aber ich bin heute schon mit meinen Johannisbeeren verabredet.»

«Ach komm, das wird sicher ein schöner Abend, und dann bist du hier nicht so allein.»

«Die Sonne», sagte Ella, «ist auch allein, und sie geht trotzdem jeden Morgen wieder auf. Ich wünsche euch einen richtig schönen Abend.»

Auf der kurzen Fahrt ließ Hanna das Gespräch mit Ella noch einmal Revue passieren. Merkwürdig war das alles irgendwie schon, zumal Ella weiß Gott nicht den Eindruck einer tüdeligen, alten Frau machte. Wie auch immer. Jetzt freute sie sich erst einmal auf einen Abend mit Meike.

Als Hanna auf den Hof fuhr, sah sie, wie Paul mit seinem Opa vorm Haus die Hühner fütterte.

«Hi, Hanna», rief Paul, nachdem sie ausgestiegen war und Balu dabei half, langsam aus dem Auto zu klettern. «Meike ist in der Küche, kannst hintenrum gehen.»

«Mach ich, danke.»

Sönke blickte kurz auf, als er Hanna bemerkte. Dann fütterte er in aller Ruhe die Hühner weiter.

In der Küche duftete es herrlich nach Zwiebeln und Kräutern. «Mmh, was gibt es?», fragte Hanna und guckte Meike über die Schulter, die am Herd stand und in einem Topf rührte.

«Pilzrisotto», sagte sie fröhlich und hielt Hanna einen Holzlöffel unter die Nase. «Willst du kosten?»

Hanna probierte, und während sie kaute, hob sie die Hand und hielt den Daumen hoch. «Lecker!»

«Holst du aus dem Schrank zwei Weingläser? Im Kühlschrank steht eine Flasche Rosé.»

Hanna kümmerte sich um die Getränke, und Meike befüllte zwei tiefe Teller mit Risotto, über das sie noch frisch gehackte Petersilie streute.

«Essen Sönke und Paul nicht mit?», fragte Hanna.

«Nee, Paul will gleich mit seinem Opa einen alten Western gucken. Die essen vorm Fernseher. Vaddern liebt solche Abende, und ich glaube, er kriegt von den alten Filmen auch wirklich etwas mit.» Meike machte eine Kopfbewegung Richtung Garten. «Komm, wir gehen rüber in mein Reich. Du hast ja beim letzten Mal gar keine Hausführung bekommen. Hier hat sich einiges verändert.»

Balu zog es vor, auf der Terrasse liegen zu bleiben. Hanna drehte sich noch einmal nach ihm um und folgte dann Meike, die auf die große Scheune zusteuerte.

Hanna staunte, als sie sah, dass die kurze Seite komplett verglast war. Die Front bestand aus großen Industriefenstern, die, wie sie fand, einen tollen Kontrast zu dem alten roten Mauerwerk bildeten.

«Voilà, mein Atelier.» Meike drückte mit dem Ellenbogen die Klinke runter. «Komm rein.»

«Wow, das ist richtig schick!» Hanna sah sich um. Sie stand in einem großen, hohen Raum mit offenem Gebälk. Die Wände waren weiß getüncht, und der Fußboden bestand aus roten Ziegeln. An einer Wand stand ein Regal voller Kunstbücher, Bildbände und Zeitschriften. Hanna stellte die Weinflasche und die Gläser auf ein Sideboard am Fenster, gegen das Leinwände in unterschiedlichen Größen gelehnt waren. «Wo hast du einen Korkenzieher?», fragte sie. «Auf dein tolles Reich müssen wir unbedingt anstoßen.»

Meike hatte die Teller auf den großen Tisch in der Mitte des Raumes gestellt, auf dem Krüge voller Pinsel und Acrylfarbtuben standen. Suchend hob sie Papiere an, Fotos, Zeitungen und hielt schließlich triumphierend ein silbernes Kellnermesser hoch. «Da ist das gute Stück. Fang!»

Hanna öffnete die Flasche, füllte die Gläser und reichte Meike eins. «Auf dein Atelier! Und darauf, dass deine Ideen hier nur so fließen mögen!» Sie stießen an und tranken einen Schluck, und Hanna fand, dass Meike in dem grünen Overall, den sie heute trug, mit dem breiten Ledergürtel um die Taille, den weißen Chucks und dem knallroten Lippenstift einfach toll aussah und so wunderbar in diesen Raum passte, dass sie fast neidisch wurde. «Weißt du eigentlich, wie du strahlst?», fragte sie.

Meike sah sie überrascht an.

«Ja, du wirkst so bei dir und so kraftvoll. Wie machst du das bloß?»

«Keine Ahnung, ich glaube, ich hab einfach irgendwann gemerkt, dass das Leben leichter ist, wenn man es in die Hand nimmt und die Dinge tut, die einem guttun.» Sie reichte Hanna einen Teller, und die beiden setzten sich an den großen Tisch auf zwei Klappstühle.

Während des Essens erzählte Meike von der Ausstellung, die sie vorbereitete. In großflächigen Collagen ging sie der Frage nach, wie viele Ichs ein Leben ausmachten. «Die 20-jährige Meike hätte sich niemals vorstellen können, wieder in Klanxholm zu leben oder ein Kind zu haben. Aber die über 40-jährige findet beides klasse!» Sie trank einen Schluck Wein. «Früher habe ich immer gedacht, bloß raus hier, und dann beginnt das Leben. Es ist auch viel Tolles und Aufregendes passiert. Aber am Ende nehmen wir uns doch überallhin mit. Wir müssen mit uns selbst klarkommen, das ist es, was zählt. Alles andere ist dann nur Kulisse.»

Hanna nickte und erzählte von dem Foto, das sie neulich von sich gefunden hatte und bei dem sie sich dann gefragt hatte, was von der Teenie-Hanna noch übrig und wo wohl der Rest geblieben war.

«Aber willst du wieder so jung sein?», fragte Meike.

«Auf keinen Fall! Obwohl ich auf die Hitzewellen, die inzwischen manchmal nachts über mich hereinbrechen, sehr gut verzichten könnte.»

Meike lachte. «Oh Gott, ich weiß, was du meinst. Und diese Schlafstörungen ... Punkt vier ist meine Nacht zu Ende.»

Hanna stand auf und holte die Weinflasche vom Sideboard. «Ich muss aber zugeben», sagte sie, «ich würde gelassener mit meinem Alter umgehen, wenn Ben und ich noch zusammen wären.»

«Ach komm», sagte Meike. «Du bist doch wirklich eine tolle Frau, bist unabhängig, siehst grandios aus und kannst auch noch richtig lustig sein.»

«Ach Meike, das tut gut. Willst du mich vielleicht heiraten?»

Meike warf ihr einen Luftkuss zu. «Klar, du musst dich aber erst noch scheiden lassen.»

Hanna lachte und schenkte beiden nach. «Aber im Ernst, nach so vielen Jahren plötzlich wieder allein zu sein, fühlt sich schon komisch an. Und dann diese quälenden Gedanken vorm Einschlafen und morgens nach dem Aufwachen, die immer wieder durch meinen Kopf toben.»

«Was meinst du?»

«Ich stelle mir oft vor, wie Ben Kristin berührt, und dann frage ich mich, wie sie sich wohl anfühlt, ob ihre Haut weicher ist als meine.» Hanna hielt einen Moment inne. «Weißt du, was ich gemacht habe, nachdem Ben ausgezogen ist?»

«Na?»

«Aber nicht lachen.»

«Hör mal», sagte Meike, «wir beide haben in der Disco in Eckernförde zusammen zu den Backstreet Boys gegrölt. Was sollte dir vor mir noch peinlich sein.»

«Oh Gott, ja, du hast recht.» Hanna kicherte kurz, ehe sie weitersprach. «Also, ich habe im Wäschekorb gewühlt, um zu gucken, ob noch irgendwas von Ben da war, das nach ihm roch.»

«Und?», fragte Meike. «Was hast du gefunden, alte Socken?»

«Das T-Shirt, das er ein paar Tage zuvor zum Joggen getragen hatte. Und das habe ich dann angezogen und wochenlang getragen, zumindest nachts.» Hanna trank einen Schluck Wein und atmete tief durch. «Wie lange dauert es wohl, bis man den Geruch desjenigen vergisst, den man so lange geliebt hat? Und wann hört man überhaupt auf zu lieben? Und vor allem wie?»

«Tja, gute Frage», sagte Meike. «Was bestimmt hilft, ist Ablenkung und natürlich, sich neu zu verlieben. Meine Mutter hat immer gesagt: ‹Auf jeden Topf passt ein Deckel. Und solange man den passenden noch nicht gefunden hat, tut's auch Frischhaltefolie.›»

Hanna zog die Augenbrauen hoch. «Ich hatte meinen Deckel doch längst gefunden.»

«Genau, du hattest, aber nun ist er weg», sagte Meike. «Doch keine Sorge, es gibt nicht nur einen passenden. Aber solange du noch keinen neuen hast, erlaube dir, Spaß zu haben, zu flirten und die Dinge leicht zu nehmen.» Sie legte den Kopf schief und grinste. «Aber da scheinst du ja auf einem guten Weg zu sein.»

Hanna brauchte einen Moment, ehe der Groschen gefallen war. «Du warst beim Kaufmann …»

«Was sollte ich machen, ich brauchte Brot.»

«Thies und ich hatten wirklich einen schönen Abend», sagte Hanna. «Aber ich bin noch nicht so weit. Außerdem hat er ja auch ’ne Geschichte, die er verdauen muss.»

«Die haben wir doch alle in unserem Alter.» Meike stellte die leeren Teller ineinander. «Obwohl ich echt froh bin, immer rechtzeitig den Absprung geschafft zu haben, wenn die Liebe schal wurde.»

«Wenn die Liebe schal wurde?» Hanna wiederholte kopfschüttelnd Meikes Satz. «Man kann doch nicht einfach alles hinschmeißen, nur weil’s mal schwierig wird.»

«So meine ich das auch gar nicht. Aber ich habe in meinem Leben so viele unglückliche Paare erlebt, früher hier auf dem Dorf. Da wirkte der Silberhochzeitstanz eher wie ein Trauermarsch. Aber auch später in meinem Bekanntenkreis. Es gibt so viele Paare, die sich nichts mehr zu sagen haben und trotzdem beieinanderbleiben, nur um nicht allein zu sein oder um den Schein zu wahren. Das ist doch furchtbar!»

«Ben und ich hatten uns noch was zu sagen. Das macht das Ganze ja so tragisch.»

Meike schob den Stuhl zurück und stand auf. «Weißt du, was wir jetzt machen?» Ihre Augen weiteten sich. «Ein Feuerritual!»

Hanna wusste zwar nicht genau, was sie jetzt erwartete, fand aber, dass die Sache vielversprechend klang, und folgte Meike nach draußen. Neben der Scheune standen auf dem Rasen ein paar Gartenmöbel aus Rattan und eine große Feuerschale.

Meike wies auf das Holz, das entlang der Scheunenmauer aufgestapelt war. Hanna suchte nach dünneren Anmachhölzern und packte sich die Arme voll. Feuer machen konnte sie, das hatte sie von ihrem Vater gelernt. Früher hatten sie an der Schlei manchmal eins gemacht, auch an der Elbe. Hanna liebte das Knistern und den Geruch.

Während Meike kurz rüber zum Wohnhaus ging, um nach ihrem Vater zu sehen, schichtete Hanna das Holz auf und knüllte Zeitungspapier zusammen, das Meike ihr gegeben hatte. Sie sah sich um, konnte aber nirgends Streichhölzer oder ein Feuerzeug entdecken und ging ins Atelier.

Wo ein Korkenzieher war, dachte Hanna, würden ja vielleicht auch Streichhölzer zu finden sein, und steuerte auf den großen Tisch zu. Vorsichtig fing sie an, die Papier- und Fotoberge anzuheben, die Meike für ihre Collagen benötigte. Dabei rutschte ein Stapel Fotos auf den Boden. Hanna ging in die Hocke und sammelte die Bilder rasch ein. Plötzlich stutzte sie. Zwischen Kinder- und Teenageraufnahmen von Meike entdeckte sie ein paar alte Schwarz-Weiß-Fotos, auf denen ihr Vater als sehr junger Mann zu sehen war. Eines der Bilder war hier auf dem Hof aufgenommen worden, an der Treppe vorm Wohnhaus. Neben ihrem Vater stand noch ein Mann und links von ihm zwei junge Frauen in Sommerkleidern, die sich eingehakt hatten und ein wenig schüchtern lächelten. Alle hatten sich herausgeputzt. Vielleicht sollte es zum Tanzen gehen, dachte Hanna. Sie drehte das Foto um, suchte nach einer Jahreszahl, fand aber nichts. Auf einem anderen Foto lag eine größere Gruppe junger Leute in Badesachen an irgendeinem Ostseestrand. Alle lachten ausgelassen in die Kamera.

«Hier bist du.»

Hanna blickte auf. Meike stand in der offenen Tür.

«Ich habe Streichhölzer gesucht», sagte Hanna und erhob sich. «Wo hast du diese Bilder her?» Sie ging auf Meike zu. «Da ist auch mein Vater drauf.»

«Ach echt? Zeig mal. Ich wusste gar nicht, dass Sönke und er viel miteinander zu tun hatten.»

«Der hier.» Das Foto, das auf dem Hof gemacht worden war, lag oben, und Hanna deutete auf den größeren der beiden Männer. «Und der daneben ist dein Vater?»

Meike nickte. «Diese ganzen Bilder habe ich bei uns in Alben und irgendwelchen Kisten gefunden.»

«Und weißt du, wer die Frauen sind?», fragte Hanna.

«Ich glaube, die hier ist Ella.» Meike zeigte auf die mit den dunklen Haaren und dem Blumenkleid. «Bin mir aber nicht sicher. Die andere kenne ich nicht.»

«Weiß Sönke das nicht?»

Meike ging zum Sideboard und nahm aus einem der Fächer lange Streichhölzer, aus einem anderen einen Collegeblock. «Ich habe mir mit ihm in letzter Zeit ein-, zweimal Fotos angeguckt, aber das mache ich nicht mehr. Er wird dann immer ganz unruhig. Ich glaube, er hat überhaupt kein Zeitgefühl, er sieht seine Jugend, steckt aber in dem alten Körper. Das versteht er nicht.»

Hanna griff nach ihrem Handy, das auf dem Tisch lag. «Kann ich mir die Bilder abfotografieren?»

«Nur zu! Aber dann kommst du raus, ja? Jetzt wird gekokelt!» Meike zwinkerte ihr zu.

Draußen erklärte Meike Hanna rasch, was es mit dem Feuerritual auf sich hatte. «Allen Kummer, überhaupt alles, was wir mit uns herumschleppen, obwohl wir es gar nicht wollen, schreiben wir auf kleine Zettel, falten sie anschließend zusammen und werfen sie in die Flammen.»

Hanna sank auf einen der Rattansessel. Jetzt ging es also wieder ums Loslassen. Nun gut, dachte sie, wenn's hilft, dann machte sie da eben mit, obwohl sie fand, dass es ihr in den letzten Tagen, verglichen mit ihrer Ankunft, schon viel besser ging. «Erzählen wir uns, was wir auf die Zettel schreiben?», fragte sie.

«Nein, das verrätst du nur dem Feuer.»

Als Hanna ihre zusammengefalteten Zettel alle auf einmal ins Feuer warf, erwartete sie eigentlich eine Explosion oder wenigstens eine Stichflamme. Doch nichts passierte – außer dass es sich wirklich gut anfühlte, dem beschriebenen Papier dabei zuzusehen, wie es verbrannte und sich schließlich alles in Rauch auflöste.

Meike hatte inzwischen die Weingläser rausgeholt. «Auf den Neuanfang!», sagte sie feierlich und stieß mit Hanna an.

«Auf den Neuanfang!»

13.

Es wachsen viele Dinge im Garten,
die dort nicht gesät wurden.

THOMAS FULLER

Gegen elf parkte Hanna in der Auffahrt. Noch im Auto schrieb sie Thies eine Nachricht.

Entschuldige die Störung. Ich fahre morgen mit Balu zur Tierärztin. Kann noch nicht sagen, wann ich in die Werft komme. Liebe Grüße & gute Nacht. Hanna

Sie wollte ihr Handy gerade wieder wegstecken, als prompt eine Antwort kam.

Du störst nicht. Wenn du willst, kann ich euch fahren. Ebenfalls liebe Grüße & gute Nacht

Hanna stieg aus. Sie steckte ihr Handy in die Gesäßtasche und klappte den Sitz vor. «Na mein Freund, kannst du rausklettern? Komm, ich helf dir.»

Als Hanna bei Meike hatte aufbrechen wollen, hatte Balu es nicht bis zum Auto geschafft. Sein Hinterteil war immer wieder weggeknickt. Es war furchtbar. Paul hatte ihn schließlich mit der Schubkarre zum Auto gebracht und ihn dann vorsichtig auf die Rückbank gehoben.

Ein klein wenig besser schien es Balu nun zu gehen. Jedenfalls kam er gut aus Hannas Wagen und schaffte es auch ohne Zwischenfälle bis zur Haustür.

Im Windfang drehte er sich einige Male um sich selbst. Hanna wusste nicht, was er wollte, bis sie sah, dass er sich umständlich hinhockte und pinkelte.

«Ist nicht schlimm, mein Süßer. Ich wisch das weg.» Sie holte ein Handtuch, während Balu ins Wohnzimmer humpelte und sich auf den Teppich vors Sofa legte.

Hanna setzte sich zu ihm. Balu legte seinen Kopf auf ihren Oberschenkel, er wirkte ziemlich erschöpft. «Morgen fahren wir zur Ärztin», flüsterte sie, «dann geht's dir schnell wieder besser.» Sie hatte einen Kloß im Hals, befahl sich aber, ihn runterzuschlucken und ihren eigenen Worten Glauben zu schenken. «Weißt du was», sie kraulte Balus Kopf und seine Ohren. «Wir beide schlafen heute hier unten. Das Treppensteigen sparen wir uns.»

Als Hanna aufwachte, spürte sie ihr linkes Bein nicht mehr. In der Dunkelheit tastete sie nach ihrem Handy. Es war kurz nach Mitternacht. Balu schlief tief und fest. Vorsichtig hob sie seinen Kopf an und rutschte zur Seite. Sie stützte sich hoch, humpelte in die dunkle Küche und füllte ein Glas mit Leitungswasser. Während sie trank, hörte ihr Bein allmählich auf zu kribbeln.

Sie ging nach oben, um sich die Zähne zu putzen und ihr Bettzeug zu holen.

Als Hanna im Schlafshirt, beladen mit Kissen und Bettdecke, gerade wieder runtergehen wollte, blieb sie vorm Gästezimmer stehen. Ihr waren die alten Fotos, die sie bei Meike entdeckt hatte, wieder in den Sinn gekommen. Sie kannte nicht viele Bilder aus der Kindheit und Jugend ihres Vaters. Er hatte mal gesagt, es gäbe da nicht viel. Hanna erinnerte sich an ein Bild von seiner

Einschulung. Auch an ein paar, auf denen er als Jugendlicher mit seinen Eltern zu sehen war. Und dann später als junger Mann in Hamburg.

Hanna spürte, dass sie sowieso nicht schlafen konnte. Kurz entschlossen ließ sie das Bettzeug fallen, öffnete die Tür zum Gästezimmer und knipste das Licht an. Sie setzte sich aufs Bett. Das Album, das sie neulich schon durchgeblättert hatte, legte sie auf den Fußboden und griff wahllos nach einem anderen. Als sie es aufklappte, erkannte sie die Bilder sofort. Sie hatte die gleichen zu Hause in einem anderen Album. Sie sah ihre junge, hübsche Mutter und ihren Vater damals noch mit Schnauzer und in stolzer Pose mit der neugeborenen Tochter im Arm. Hanna musste lächeln und kämpfte gleichzeitig mit den Tränen. Sie sah sich in der Babybadewanne, in der Karre beim Spaziergang durch Planten un Blomen. Ihr Vater in Cordhosen und ihre Mutter in Jeans mit Schlag und dem grünen Mantel, den sie lange getragen hatte und von dem Hanna das Gefühl hatte, sie wusste noch heute genau, wie er roch. Merkwürdig, dachte sie, es hatte Momente in den letzten Jahren gegeben, da hatte sie sich den Klang der Stimme ihrer Mutter partout nicht in Erinnerung rufen können. Aber der Geruch dieses Mantels war nun in ihrer Vorstellung so präsent, als hätte sie ihn eben erst eingeatmet.

Nach vier weiteren Alben und einer Reise durch die eigene Vergangenheit nahm Hanna sich einen der Kartons vor. Als sie ihn aufklappte, entdeckte sie lauter lose Schwarz-Weiß-Fotos, auch ein paar alte Farbbilder waren dazwischen. Sie griff hinein, holte eine Handvoll Fotos heraus und begann sie durchzugucken. Auf den ersten kannte sie niemanden außer ihren Großeltern. Dann entdeckte sie einige Strandfotos, ähnlich wie das Bild, das sie bei Meike gesehen hatte, junge Leute, die zusammen den Sommer genossen. Auch ihr Vater war darunter. Er war vielleicht so alt wie Lena jetzt, lachte ausgelassen, fast übermütig. Es rührte Hanna, den verstorbenen Vater so zu sehen, jünger als sie selbst. Das Leben lag vor ihm. Ob es so geworden war, wie er es sich damals erträumt hatte? Hanna kniff die Augen zusammen und sah sich die anderen Gesichter auf der grobkörnigen Aufnahme an. In dem Jungen neben Jost meinte sie Sönke zu erkennen, und auch die beiden Mädchen, die sie auf dem Hof-Foto gesehen hatte, konnte Hanna in der Gruppe ausmachen. Die mit den dunklen, langen Haaren konnte wirklich Ella sein. Diesen Blick und die gerade Haltung hatte sie noch heute.

Dann fand Hanna ein Bild, das ihre Großeltern zusammen mit ihrem Vater zeigte. Er war ein bisschen älter als auf dem Strandbild. Alle drei guckten sehr ernst. An ihre Oma hatte Hanna gar keine Erinnerungen mehr. Sie war gestorben, als Hanna zwei war, der Opa vier Jahre später. Vor ihm hatte Hanna immer ein bisschen Angst gehabt. Klar, sie war noch klein gewesen, konnte sich aber nicht erinnern, ihn jemals fröhlich gesehen zu haben.

Sie ließ die Fotos auf dem Bett liegen und öffnete den anderen Karton, in dem lauter Papierrollen steckten. Vorsichtig zog sie eine heraus. Als sie das Gummiband abrollen wollte, brach es gleich auseinander, so porös war es. Sie entrollte das Papier, und zum Vorschein kam eine Aquarellzeichnung. Hanna betrachtete das Bild, auf dem ein knallgelbes Rapsfeld unter einem blauen Himmel mit ein paar Schäfchenwolken zu sehen war. Auch die anderen Rollen entpuppten sich als Landschaftsaquarelle: Buchenalleen, eingerahmt von Weizenfeldern, die Schlei mit Segelbooten, verschiedene Kirchen, immer wieder Rapsfelder und Reetdachkaten, auch dieses Haus war dabei. Als Hanna das letzte Bild entrollte, war sie überrascht. Es zeigte keine Landschaft, sondern das Porträt eines jungen Mannes, das allerdings nicht fertig war. Nur die Gesichtshaut war bereits farbig, der Rest war noch eine dünne Bleistiftskizze.

Hanna breitete alle Bilder auf dem Fußboden aus. Die Enden beschwerte sie mit Fotoalben und Büchern, damit sie sich nicht wieder einrollten. Sie setzte sich zwischen die Zeichnungen und betrachtete sie. Dann entdeckte sie, dass bis auf das Porträt alle Bilder signiert waren. «D. H.», Hanna las die Buchstaben laut vor und wiederholte sie gleich noch einmal. «D. H.» Ihr Geburtsname war Hinrichsen, dafür konnte das H stehen. Aber D? Ihre Oma hieß Frieda und ihr Opa Karl. Geschwister hatte ihr Vater keine. Und auch sonst gab es nicht viele Verwandte, jedenfalls nicht dass Hanna wüsste. Große Familientreffen mit zig Tanten, Cousinen und Cousins, so wie sie es von einigen Freundinnen kannte, hatte es bei ihnen nie gegeben.

Hanna stützte sich vom Fußboden hoch. Sie hatte keine Ahnung, wie lange sie schon in diesem Zimmer war. Sie wollte nach Balu sehen und versuchen, ein paar Stunden zu schlafen.

In der Tür drehte sie sich noch einmal um und warf einen Blick auf die Bilder. «D. H.», murmelte sie leise vor sich hin. «Wer bist du nur?»

14.

Ein Sommerregen ist erfreulich,
ein Regensommer ganz abscheulich.

EUGEN ROTH

Der nächste Morgen war genauso grau wie der Vortag. Offensichtlich hatte sich der Sommer entschieden, eine Pause einzulegen. Es war allerdings nicht das Wetter, das Hanna runterzog.

In der Früh war es Balu zu ihrer Erleichterung besser gegangen. Er war in den Garten getrottet und konnte auch wieder sein Bein heben. Sogar gefressen hatte er, wenn auch nicht viel. Im Ganzen hatte er einen viel stabileren Eindruck gemacht als noch am Abend zuvor. Deshalb hatte Hanna es auch nicht für notwendig gehalten, dass Thies sie zur Tierärztin begleitete.

Die Ärztin hatte Balu dann allerdings mit einem ziemlich ernsten Gesichtsausdruck untersucht und Hanna anschließend zwar sehr warmherzig, aber auch sehr klar gesagt, dass sie davon ausginge, dass dies Balus letzter Sommer sei. «Seine Organe arbeiten aufgrund seines Alters nicht mehr richtig. Es kann jetzt ganz schnell gehen», hatte sie gesagt, «genauso gut kann es aber auch noch Monate dauern.» Gegen seine Arthritis-Schmerzen hatte sie ihm eine Spritze gegeben, aber mehr, hatte sie gesagt, konnte sie nicht tun.

Hanna fuhr auf der Landstraße zurück nach Klanxholm.

Sie sah in den Rückspiegel. Balu war wach. Fast trotzig wischte sie sich mit dem Handrücken Tränen von den Wangen. «Du bleibst schön bei mir, hörst du, mein Freund! Wir haben noch viel zusammen vor!»

Als sie das Ortsschild passierte, atmete sie tief durch und fuhr direkt weiter zur Werft. In der kleinen Halle entdeckte sie Paul, der am Rumpf ihres Schiffes arbeitete.

«Guten Morgen», sagte Hanna.

Paul drehte sich um. «Moin, Hanna. Das ist hier vielleicht 'ne Strafarbeit, die ganzen Fugen sauber auszuschneiden.»

«Ich kann dir helfen», sagte Hanna. «Ich bin an Deck mit den Beschlägen durch.»

«Das wird nichts, glaube ich», ertönte plötzlich eine Stimme hinter Hanna. Sie drehte sich um. Thies war hereingekommen und hielt zwei Kaffeebecher in der Hand. Balu trottete mit wedelndem Schwanz auf ihn zu. Hanna rührte es, wie sehr er sich freute, Thies zu sehen.

«Moin, erst mal.» Er lächelte Hanna an. «Balu ist aber gut drauf. Was sagt denn die Ärztin?»

«Alles gut», log Hanna. Sie mochte jetzt nicht in die Details gehen.

«Schön», sagte Thies. «Willst du auch einen Kaffee?»

«Du kannst meinen haben», sagte Paul.

«Danke.» Hanna nahm den Becher und trank einen Schluck. «Wieso kann ich Paul nicht helfen?»

Thies zögerte einen Moment, ehe er antwortete. «Sei mir nicht böse, Hanna, aber was Paul da macht, erfordert ein bisschen Erfahrung. Du kannst im nächsten Arbeitsschritt am Rumpf die neuen Leisten fixieren. Das wird aber noch ein bisschen dauern.»

«Das heißt, ich bin arbeitslos?»

«Tja», sagte Thies, «im Moment schon. Allerdings habe ich mit dir und Balu etwas anderes vor.»

«So?»

Er musterte Hanna, die sich über seinen Blick ein wenig wunderte. «Stimmt was nicht?»

«Jeans und Turnschuhe sind schon mal gut. Aber hast du noch einen dicken Pulli oder eine Jacke im Auto?»

Hanna schüttelte den Kopf. Sie trug die Tunikabluse mit den türkisfarbenen Stickereien am Ausschnitt und fand die trotz der Wolken eigentlich warm genug.

«Macht nichts», sagte Thies. «Wir finden was für dich.» Er lotste die beiden in sein Büro und drückte Hanna einen dunkelblauen Troyer in die Hand. Er selbst griff nach einer roten Segeljacke und einem Rucksack. «Musst du noch mal aufs Klo?», fragte er Hanna.

«Äh … nein, wieso?»

«Wirst du gleich sehen.»

Hanna folgte ihm hinaus auf den Steg. Vor einem hübschen Jollenkreuzer aus Holz blieben sie stehen.

«Für einen Kunden aus Berlin muss ich dieses Schmuckstück nach Kappeln überführen. Er hat dort ein Ferienhaus und wollte es eigentlich selbst machen, schafft es aber nicht.» Thies blickte gen Himmel. «Die Bedingungen sind ideal, und regnen soll es erst heute Nachmittag. Ich dachte mir, das würde dir vielleicht Spaß machen. So kannst du erleben, wie sich dein Boot anfühlt, wenn es fertig ist.»

Hanna nickte leicht überfordert, auch weil sie überlegte, ob das jetzt wohl das Richtige für Balu war. Doch der machte den Eindruck, als würde er am liebsten gleich aufs Boot springen. Das Schmerzmittel schien ihm das Leben wirklich zu erleichtern. Hoffentlich hielt es lange an, dachte Hanna und schickte ein Stoßgebet gen Himmel.

«Und wie kommen wir später zurück?», fragte sie.

«Wir rufen Paul an, und er holt uns dann mit meinem Auto ab. Ich habe das mit ihm schon besprochen.»

Thies zog das Boot ein bisschen heran, machte einen großen Schritt und half dann Balu und Hanna an Bord.

«Was kann ich tun?» Hanna stand ein bisschen planlos herum. Aber sie musste zugeben, sie freute sich auf den kleinen Ausflug, vor allem, da es Balu so gut ging.

«Du kannst die Schotten rausnehmen und in die Kajüte legen.» Thies zeigte auf die Bretter vor dem Eingang. «Meinen Rucksack kannst du da auch reinstellen, da ist Wasser drin und ein paar Kekse.» Er lugte hinterm Mast hervor. «Ich bereite die Segel und die Schoten vor.»

Balu hatte sich im Cockpit lang gemacht und schien das sanfte Schaukeln zu genießen.

«So», sagte Thies nach einer Weile und warf den Außenborder an. «Wir sind startklar.»

«Dann mache ich mal die Leinen los», rief Hanna. Zusammen hangelten sie sich aus der Box und stießen sich ab. Dann legte Thies den Gang ein, und sie fuhren aus dem kleinen Jachthafen.

«Willst du die Pinne übernehmen?», fragte Thies.

«Klar, gern.»

«Wenn du nach Backbord ziehst, geht das Boot nach Steuerbord und umgekehrt.»

«Okay», sagte Hanna. Bei den Ausdrücken musste sie sich schon mal keine Blöße geben. Die kannte sie. Und der Kapitän neulich auf dem Schleidampfer hatte sie auch noch einmal erklärt. Steuerbord war rechts und Backbord links.

«Du musst jetzt zuerst ein Stück in den Wind lenken, ich ziehe das Großsegel hoch … Genau, so», rief Thies. «Gut!» Das Segel hatte Wind gefasst, aber irgendwie fuhren sie schief. «Jetzt gehen wir auf Halbwindkurs, und ich öffne die Segel.»

Thies gab Hanna Anweisung, an der Pinne zu ziehen und dabei das kleine Fähnchen oben an der Mastspitze im Auge zu behalten. Wenn das 90 Grad zum Boot steht, sagte er, hatten sie den Halbwindkurs erreicht. «Dann rufst du: ‹Halbwindkurs liegt an!› Ich hole dann das Vorsegel so weit dicht, dass es nicht mehr flattert.»

«Aye, aye, Käpt'n!» Hanna hatte keinen Schimmer, was das alles zu bedeuten hatte, aber es machte Spaß. Sie guckte immer wieder nach oben zu dem Fähnchen und sah, wie es sich veränderte. Tatsächlich schaffte sie es, das Boot in die richtige Position zu lenken und rief dann stolz ihr Kommando. Sie glitten durch das sich kräuselnde Wasser. Thies hielt den Daumen hoch und strahlte Hanna an. «Und jetzt den Kurs einfach halten.»

Was für eine belebende Kraft doch von Wind und Wellen ausging, dachte Hanna und atmete tief ein. Auch Balu hatte sich aufrecht hingesetzt und hielt seine Schnauze in den Wind. «Ach mein Süßer!», sagte Hanna. Sie freute sich so sehr, dass es ihm besser ging, und streichelte ihn mit der freien Hand.

«Meinst du mich?», fragte Thies grinsend.

«Nnnnein.» Hanna schüttelte lachend den Kopf.

Thies musste auch lachen und fixierte die Pinne. Die

beiden saßen nun nebeneinander, um die leichte Schräglage auszugleichen.

Hanna zog ihr Handy aus der Hosentasche und machte ein paar Fotos. Eines von Balu schickte sie gleich an Lena.

«Hast du gestern eigentlich noch mit Ella gesprochen?», wollte Thies wissen.

Hanna erzählte ihm von ihrem kurzen Besuch in Ellas Garten und davon, dass Ella ihre Reaktion auf Josts Boot als Alterserscheinung abtat.

«Merkwürdig.»

«Finde ich auch. Ich rede noch mal mit ihr. Gestern habe ich bei uns im Haus lauter alte Sachen gefunden, Fotos, Aquarellzeichnungen, von denen ich gar nicht weiß, wer sie gemalt hat. Ich weiß auch nicht, ob die Kiste mit den Zeichnungen schon immer in Klanxholm gestanden hat oder ob mein Vater sie irgendwann aus Hamburg mitgebracht hat. Die Sachen würde ich Ella gern mal in Ruhe zeigen.»

Thies nickte.

Balu hatte sich nun wieder hingelegt und sah sehr zufrieden aus. Hanna ließ ihren Blick schweifen. Genau wie bei der Schleifahrt fand sie auch jetzt, dass diese Landschaft etwas sehr Beruhigendes hatte: das Schilf, die Wälder und Hügel, die Weizenfelder, die auch ohne Sonne golden leuchteten. Sie dachte an ihren Vater. Allmählich konnte sie verstehen, dass es ihn in den letzten Jahren so oft hierhergezogen hatte. Und sie musste zugeben, auch wenn er ihr von dem Boot nichts erzählt hatte, fand sie es inzwischen ziemlich traurig, dass er es nicht mehr geschafft hatte, es zu restaurieren und aufs Wasser zu bringen. Zwar hatte er immer gesagt, dass er so kleine Boote und das Geschaukel nicht mochte, aber vielleicht hatte sich das ja geändert. Hanna jedenfalls war gerade total entspannt.

Sie glitten durch die aufgeklappte Lindaunisbrücke. Über ihnen schrien ein paar Möwen. Jetzt wurde es doch ein bisschen frisch. Hanna griff nach dem Troyer und zog ihn über den Kopf. Er roch gut, nach Holz und … sie überlegte einen Moment … nach Thies.

Eine Weile saßen sie einfach schweigend nebeneinander und genossen Wind und Wellen.

«Sag mal, Hanna», durchbrach Thies schließlich das Schweigen, «wie bist du eigentlich zum Schreiben gekommen?»

«Oh …» Die Frage überraschte sie. Sie blickte einen Moment in den grauen Himmel und zog den Reißverschluss am Kragen des Pullis hoch. «Es gab Zeiten», sagte sie schließlich und sah Thies an, «da habe ich gedacht, es ist das Einzige, was ich einigermaßen kann. Jetzt bin ich mir da allerdings schon seit einer Weile nicht mehr so sicher.»

«So schlimm?»

«Schlimmer. Mir sind Geschichten und Figuren immer zugeflogen. Dafür dann die passenden Worte zu finden und alles aufs Papier zu bringen, hat sich eigentlich nie wirklich nach Arbeit angefühlt. Aber die Zeiten sind vorbei.» Hanna hielt einen Augenblick inne, dann rang sie sich ein Lächeln ab. «Ich liebe es, Menschen mit meinen Geschichten zu berühren und sie aus ihrem Alltag zu holen. Wenn mir Leserinnen sagen, sie haben bei der Lektüre meiner Bücher gelacht und geweint, ist das für mich das schönste Kompliment. Schreiben bedeutet für mich eigentlich nichts anderes als fühlen. Wenn ich meine Figuren durch die Handlung schicke, fühle ich sie, ihre Bedürfnisse, ihre Freude, ihren Schmerz. Da läuft bei mir ganz viel über Intuition.» Hanna atmete laut aus. «Oder besser *lief*. Momentan kann ich mich einfach nicht auf mich verlassen. Alle Ideen und Versuche fühlen sich falsch an. Obwohl …»

«Obwohl?», fragte Thies und sah Hanna neugierig an.

«Gestern habe ich eine kleine Liste erstellt, nichts Aufregendes. Ich habe einfach nur Wörter gesammelt, die ich hier gelernt oder wiederentdeckt habe. Und das hat sich ehrlich gesagt ganz gut angefühlt.»

«Was für Wörter sind das?» Seine Augen blitzten fröhlich. «Lass mich raten: Ponysekt.»

Hanna grinste. «Stimmt. Und *Mädchenröte*. Und *auf'n Swutsch gehen* genau wie *Deern* und *Schietbüdel* und noch einige andere.»

«Ich habe auch ein paar plattdeutsche Lieblingswörter: *luschern* gefällt mir, also gucken. Oder *was bist du gnaddelig*, klingt doch viel schöner als: Boa, hast du schlechte Laune.»

«Stimmt», sagte Hanna, «das gnaddelige Gesicht kann man direkt vor sich sehen.» Sie tippte die Wörter gleich in ihr Telefon.

«Ich hätte da vielleicht noch einen wahren Schatz für deine Sammlung. Ist zwar nicht auf Plattdeutsch, aber ein Hochgenuss norddeutscher Dichtkunst. Wir brauchen noch ungefähr 20 Minuten, dann sind wir in Kappeln. Ich habe dort oft zu tun. Und das Erste, was ich da gelernt habe, als ich neu hier war, war der Spruch: ‹Sage Kappeln nie Adieu, ohne einen Fisch von Föh.›»

«Wow!» Hanna prustete los. «Das ist wirklich poetisch und verdient auf jeden Fall einen Platz auf meiner Liste.»

«Ich wusste es», sagte Thies grinsend.

Nachdem sie an Arnis vorbeigesegelt waren, deutete Thies mit dem Kopf nach Backbord. «Da vorn ist der Jachthafen, zu dem wir müssen. Wir legen mit vollgesetzten Segeln an. Wenn ich rufe ‹Schoten los›, drückst du die Pinne weg, okay?»

«Okay!», sagte Hanna und konzentrierte sich nun wieder auf ihren Job als Steuerfrau.

Auch das Manöver klappte einwandfrei. Thies nickte ihr anerkennend zu, machte das Boot fest, und die beiden gaben sich ein High Five. Dann begann er, die Segel einzurollen. Hanna holte in der Zeit den Rucksack aus der Kajüte und steckte die Schotten wieder davor.

«Ich geh schnell zum Hafenmeister», sagte Thies, «und geb Bescheid, dass das Boot wieder da ist.» Er sprang von Bord, zog es ein Stück weiter an den Steg heran und half Balu und Hanna. «Da vorn bei der Bank könnt ihr auf mich warten.»

Nach einer Viertelstunde hatte Thies alles erledigt und war zurück. «Wollen wir nach Kappeln reingehen? Das dauert höchstens zehn Minuten.»

Hanna warf einen Blick auf Balu, der immer noch einen recht fitten Eindruck machte. «Gern», sagte sie und zog den Reißverschluss am Kragen ihres Pullis auf. Ganz ausziehen mochte sie ihn nicht. Hier war es doch kühler als in Klanxholm, man merkte, dass die Ostsee nicht mehr allzu weit weg war. Der Wind hatte ein wenig aufgefrischt, und die Luft roch nach Regen.

Sie gingen am Wasser entlang. Am Hafen, von wo auch die Ausflugsschiffe ablegten, war allerhand los. Die vielen Restaurants waren jetzt zur Mittagszeit gut besucht. Thies zeigte auf die drei Schornsteine, die unweit der Hafenpromenade emporragten und auf denen jeweils ein Buchstabe stand, die zusammen das Wort *AAL* ergaben.

«Die gehören zu der bereits erwähnten über 100 Jahre alten Räucherei Föh. Hast du Hunger?»

«Und wie», sagte Hanna. «Außerdem hast du mich auf den Laden total neugierig gemacht.»

Zu dem Fischgeschäft gehörte auch ein Restaurant mit einer Terrasse. Doch drinnen wie draußen waren alle Plätze besetzt. Das störte Hanna und Thies allerdings wenig. Sie holten sich jeder ein Fischbrötchen mit Stremellachs und hausgemachter Honig-Senf-Soße, dazu ein Flensburger Bier und setzten sich mit ihrem Mittagessen auf die Stufen am Hafen.

«Lecker», sagte Hanna kauend.

Thies nickte, wischte sich mit der Serviette über den Mund und öffnete mit einem ordentlichen *Plopp* den Bügelverschluss seiner Bierflasche. Hanna tat es ihm nach, und die beiden stießen an.

«Danke für den tollen Segeltörn», sagte Hanna, «hat wirklich Spaß gemacht.»

«Du hast dich auch ganz anständig geschlagen.» Thies' Augen blitzten fröhlich. «Und ich glaube, Balu hat's auch gefallen. Hm, alter Junge.» Balu hatte sich vor die beiden gelegt und wirkte ziemlich zufrieden.

«Kann ich dich was fragen, Hanna?»

«Klar.»

«Wieso trägst du den noch?» Thies zeigte auf ihren Ehering.

Hanna streckte die Finger ihrer linken Hand aus, atmete tief durch und betrachtete den Ring einen Moment lang schweigend. «Der sitzt tatsächlich ziemlich fest, ich kriege ihn einfach nicht runter.» Wenn sie ehrlich war, waren ihre Versuche, ihn abzubekommen, bisher allerdings eher halbherzig gewesen. Sie hatte es zwar mit Handcreme versucht, auch mit Seife, aber sie hatte dann jedes Mal ziemlich schnell wieder aufgegeben. «Ich glaube», sagte sie, ohne den Blick von ihrer Hand abzuwenden, «es ist an der Zeit, das später noch mal in Angriff zu nehmen.» Sie lächelte Thies an und dachte an den Abend bei Meike und an Abschiede und Neuanfänge.

«Wie war das bei dir?», fragte sie, nachdem sie den letzten Bissen ihres Brötchens runtergeschluckt hatte. «Fiel es dir leicht zu akzeptieren, dass deine Ehe gescheitert war?»

«Nee, wem fällt so was denn schon leicht.» Er trank einen Schluck und guckte übers Wasser. «Eine Weile habe ich auch noch gehofft, dass meine Frau hierher nachkommen würde. Ich dachte, vielleicht könnte das hier auch für uns eine Chance sein, um als Paar neu anzufangen. Aber sie hielt das mit der Werft von Anfang an für eine dumme Idee.»

«Wieso?», fragte Hanna.

«Tja, gute Frage. Die Selbstständigkeit war ihr, glaube ich, ein zu großes finanzielles Risiko. Und dann Bremen zu verlassen, die Familie und die Freunde, den Tennisclub, in dem sie seit frühester Jugend Mitglied war, dazu war sie einfach nicht bereit. Sie ist längst wieder mit jemandem glücklich, der übrigens im Gegensatz zu mir auch Tennis spielt.» Thies lächelte Hanna an.

«Ups ...» Sie blickte überrascht nach oben. «Hast du auch einen Tropfen abbekommen?»

«Allerdings. Ich habe gar nicht gemerkt, dass es sich komplett zugezogen hat.» Thies sprang auf. Der Regen wurde schlagartig stärker. Er griff mit der einen Hand nach seinem Rucksack, mit der anderen nach Hannas Hand. «Komm schnell. Da vorn können wir uns unterstellen.» Er zeigte auf die Markise eines Restaurants.

«Lauf vor», sagte Hanna, «und ruf Paul an. Ich muss auf Balu warten, er kann nicht so schnell.»

Thies drosselte sein Tempo. Er zog seine Jacke aus und hielt sie schützend über sich und Hanna. Als sie es endlich alle drei unter die Markise geschafft hatten, war es da schon ganz schön voll geworden. Dicht an dicht standen die Leute, lachten und sprachen über das norddeutsche *Schietwedder*.

Hanna spürte, wie sich Tropfen aus ihrem Haar lösten und ihr übers Gesicht perlten. Sie wischte sich mit dem Ärmel über die Wangen und fröstelte kurz. Thies legte ihr seine Jacke über die Schultern und zog sein Handy aus der Hosentasche.

«Quatsch, behalt du sie!», protestierte Hanna. Doch Thies ignorierte ihre Worte. Während er sein Handy ans Ohr presste und das andere mit dem Zeigefinger zuhielt, weil um ihn herum so laut geredet wurde, sah er Hanna an, dabei blitzten seine blauen Augen unter den nassen Wimpern fröhlich.

«Alles klar», sagte er nach dem kurzen Telefonat mit Paul. «Er macht sich gleich auf den Weg.»

Als sie zurück in Klanxholm waren und Thies vor der Werft parkte, regnete es immer noch. Paul eilte sofort in die Halle, während Hanna und Thies mit Balu noch ein wenig unschlüssig unter dem Dachvorsprung stehen blieben.

«Wenigstens die Bauern freuen sich», sagte Thies und guckte in die grauen Wolken. Hanna beobachtete ihn von der Seite. Merkwürdig, dachte sie auf einmal, sie hatte das Gefühl, ihn schon viel länger zu kennen als diese knappe Woche, und sie überlegte, ob sie überhaupt noch in Klanxholm wäre, wenn sie ihn und natürlich Meike nicht getroffen hätte. Gut möglich, dass sie vor der Stille im Haus schon längst wieder nach Hamburg geflohen wäre.

«Wie sieht's aus?», fragte Thies und sah Hanna unvermittelt an. Ihre Blicke trafen sich, und Hanna spürte, dass sie sich irgendwie ertappt fühlte, ihn beobachtet zu haben. «Ich wohne hier gleich», fuhr er fort. «Soll ich dir trockene Klamotten geben, und wir arbeiten noch ein bisschen am Boot?»

Hanna wollte gerade einwilligen, als ihr Handy piepte. «Augenblick», sagte sie rasch, «bestimmt eine Nachricht von Lena.» Sie fummelte das Telefon aus ihrer klammen Hosentasche.

Als Hanna aufs Display blickte, zog sich ihr Magen zusammen. Die WhatsApp war nicht von ihrer Tochter.

Versuche seit Stunden, dich zu erreichen. Keine Sorge, es ist nichts mit Lena. Ruf mich an. Ich muss dich sehen!

Hanna starrte auf den Text.

«Alles in Ordnung?», fragte Thies.

«Äh … ja … glaub schon.» Hanna ging ein paar Schritte durch den Regen, unfähig, einen klaren Gedanken zu fassen. Dann kam sie zurück, zog sich Thies' Jacke von den Schultern und reichte sie ihm. «Ich muss los. Tut mir leid … Komm, Balu.»

«Hanna …», rief Thies.

Ohne sich noch einmal umzudrehen, ging sie zu ihrem Auto – und wunderte sich über Bens Timing.

15.

Das Meer ist süß und schön,
aber es kann auch grausam sein.

ERNEST HEMINGWAY

Hanna saß mit einem Handtuch um den Kopf gewickelt und im grauen Frotteebademantel ihres Vaters auf dem Sofa und konnte nicht fassen, dass sie gerade mit Ben telefoniert hatte. Sie hatten ewig nicht mehr miteinander gesprochen, und Hanna hatte unter der Dusche hin und her überlegt, ob sie überhaupt auf seine Nachricht reagieren und ihn zurückrufen wollte. Doch schließlich hatte sie es doch getan und konnte nicht leugnen, dass ihr Herz dabei ganz schön geklopft hatte.

Er war gleich beim ersten Klingeln rangegangen, war sehr zugewandt und freundlich gewesen, und Hanna hatte sofort gespürt, dass die Mauer, die sie um ihr Herz errichtet hatte, zu bröckeln anfing. Mit seiner typischen warmen Ben-Stimme, die sie immer so geliebt hatte, hatte er erzählt, dass er am Morgen zu Hause gewesen war, aber Hanna dort nicht angetroffen hätte. Er hatte tatsächlich *zu Hause* gesagt. Er wollte sie sehen, hatte er dann gesagt und dabei irgendwie aufgeregt geklungen. Als Hanna erzählte, dass sie in Klanxholm wäre, hatte er darum gebeten, am nächsten Tag vorbeikommen zu dürfen. Hanna war überrascht, und durch ihren Kopf und ihren Bauch wirbelten die widersprüchlichsten Gefühle, sodass sie gar nicht gewusst hatte, was sie antworten sollte. Doch nach einigem Zögern hatte sie schließlich eingewilligt. «Ich freue mich», hatte sie dann noch gesagt – aber das erst, nachdem sie aufgelegt hatte.

Auf dem Sofa ließ sie sich einfach zur Seite kippen, das Handy fest umklammert. Nun lag sie da, mit Blick in den Garten. Der Regen prasselte auf den Gartentisch, und es hätte wirklich recht gemütlich sein können, wenn sie nur nicht so durch den Wind wäre.

Zum x-ten Mal las sie Bens Nachricht. *Ich muss dich sehen!* Er hatte seine Worte sogar mit einem Ausrufezeichen versehen. Hannas Herz raste. Was konnte er nur wollen? War er seiner jungen Kristin vielleicht überdrüssig geworden und sehnte sich nach seiner Familie, seinem sicheren Hafen? Hanna griff nach einem Kissen und legte es sich aufs Gesicht. In ihrem Kopf war eine derartige Unruhe, sie wusste jetzt schon, dass sie heute Nacht kein Auge zutun würde, was ihrem Aussehen morgen ganz sicher nicht zuträglich sein würde.

Hanna schreckte hoch. Ein seltsames Geräusch hatte sie geweckt. Ihr Rücken schmerzte. Sie musste sich erst einmal sortieren und sah sich um. Es war schon hell. Sie lag im Gästezimmer auf dem Fußboden zwischen den Landschaftsaquarellen. Jetzt erinnerte sie sich wieder. Um sich abzulenken, war sie gestern stundenlang durchs Haus getigert. Sie hatte die Küche und das Wohnzimmer gesaugt, das Bad geputzt und schließlich die Tastatur ihres Laptops mit Wattestäbchen gereinigt. Als sie all das immer noch nicht runtergebracht hatte, war sie ins Gästezimmer gegangen und hatte sich wieder zwischen die Aquarelle gesetzt und sie einfach nur angeschaut. Irgendwie schienen die Bilder Hanna zu beruhigen, jedenfalls war sie darüber eingeschlafen.

Dann hörte sie das Geräusch erneut. Es war Balu. Hanna sprang auf und eilte die Treppe hinunter. Er lag vor dem Sofa und winselte. Er hatte sich erbrochen. Hanna wurde heiß und kalt. Eilig kniete sie sich zu ihm und nahm seinen Kopf in beide Hände. «Hey, mein Süßer, was ist los?» Balu atmete flach und wirkte ziemlich matt. Seine Augen hatten jeglichen Glanz verloren, überhaupt hatte er einen ganz anderen Ausdruck als sonst. «Hey ...» Hanna umarmte ihn vorsichtig. Ihre Tränen liefen in sein Fell. Dann atmete sie tief durch. Sie musste sich jetzt zusammenreißen, damit es Balu schnell wieder besser ginge.

Sie holte ihm Wasser und machte um ihn herum sauber. Dann zog sie die Terrassentür auf, es tröpfelte immer noch. Doch frische Luft würde ihm ganz sicher guttun. Hanna trat nach draußen und guckte Balu auffordernd an. «Komm, mein Freund.» Sie klopfte mit ihrer Hand gegen ihren Oberschenkel. «Komm!» Doch Balu rührte sich nicht. Sooft sie ihn auch rief, er machte keinerlei Anstalten, sich zu bewegen, winselte nur leise vor sich hin.

Hanna suchte ihr Handy und fand es in der Küche. Es war schon nach acht. Eilig rief sie in der Tierarztpraxis an. Und die Ärztin versprach, gleich vorbeizukommen.

Eine halbe Stunde später war sie da. Balu lag unverändert vorm Sofa. Er trank nicht, aß nicht, und er versuchte nicht einmal aufzustehen, geschweige denn in den Garten zu gehen.

Die Ärztin untersuchte Balu und sagte dann in ruhigem Tonfall: «Frau Bruns, ich glaube, es wäre wirklich gut, wenn Sie sich von Balu verabschieden.»

«Nein!» Hannas Stimme bebte, und Tränen liefen ihr über die Wangen. «Nachdem wir gestern bei Ihnen waren, war er total gut drauf! Er war mit mir segeln und hat danach sogar noch etwas gefressen. Er hat sich sicher nur ein Virus eingefangen.»

«Er hat Schmerzen», sagte die Ärztin, «und zwar permanent. Sein Herz ist schwach, und seine Nieren arbeiten kaum noch. Er wird sich nicht mehr erholen. Ich denke, es wäre gut, ihn von seinen Leiden zu erlösen.»

Hanna wurde von kräftigem Schluchzen geschüttelt. Sie brauchte einen Moment, ehe sie wieder sprechen konnte. «Mein Mann kommt gegen Mittag. Können wir so lange warten?» Sie wunderte sich ein bisschen: Wie lange hatte sie *mein Mann* schon nicht mehr gesagt und wie leicht war es ihr trotzdem über die Lippen gegangen …

«Natürlich», sagte die Ärztin und berührte mitfühlend Hannas Schulter. «Nehmen Sie in Ruhe Abschied, und wenn Sie so weit sind, rufen Sie mich an. Balu muss nirgends mehr hingebracht werden, ich komme zu Ihnen.»

Gegen 12 Uhr hörte Hanna vor dem Haus ein Auto. Sie hatte sich zu Balu auf den Teppich gerollt und kraulte seit Stunden seinen Hals. Ihr war übel, und sie fror. Jede Faser ihres Körpers weigerte sich, Balus Ende zu akzeptieren.

«Ich bin gleich wieder da», flüsterte sie und stand auf. Das Wiedersehen mit Ben hatte sie sich weiß Gott anders vorgestellt. Aber jetzt war sie zu fertig, um aufgeregt zu sein oder sich den Kopf darüber zu zerbrechen, was sie anziehen sollte. Sie war einfach nur froh, nun nicht mehr allein zu sein. Im Windfang blickte Hanna müde in den Spiegel. Sie sah fürchterlich aus, trug ihr ausgeleiertes Schlafshirt, dazu die graue Jogginghose. Ihre Augen waren knallrot und geschwollen, und von der ganzen Heulerei hatte sie rote Flecken im Gesicht.

Sie öffnete die Tür und lehnte sich gegen den Rahmen. Es war immer noch grau und nass, und die Luft war inzwischen deutlich abgekühlt. Ben hatte an der Straße geparkt. Hanna sah, wie er durchs Tor kam und sich ihr mit einem warmen Lächeln näherte.

Oh Gott, dachte Hanna. Wie gut es tat, ihn zu sehen.

Ben blieb kurz stehen. Sein Lächeln verschwand, und zwischen seinen Augen bildete sich eine tiefe Falte.

«Hanna!» Er ging weiter, und seine Schritte beschleunigten sich. «Was ist los?»

Hanna konnte nicht anders. Sie stieß sich vom Türrahmen ab, lief ihm entgegen und stürzte sich schluchzend in seine Arme. «Ich bin so froh, dass du da bist.»

«Ist was mit Lena?»

Hanna schüttelte den Kopf. Sie lockerte die Umarmung und sah Ben an. «Balu …» Mehr konnte sie nicht sagen, da wurde sie vom nächsten Weinkrampf geschüttelt. Ben drückte sie fest an sich und streichelte ihr übers Haar.

Nach einer Weile gingen sie eng umschlungen rein. Hanna fasste das Gespräch mit der Ärztin zusammen, dann legten sie sich zu Balu. Auch Ben hatte Tränen in den Augen.

Balu lag ganz ruhig da. Die meiste Zeit hatte er die Augen geschlossen. Als Ben kam, hatte er sie kurz geöffnet und an seiner Hand geschnuppert. «Ich glaube, er freut sich, dich zu sehen», flüsterte Hanna.

«Ich freu mich auch, alter Junge», sagte Ben mit brüchiger Stimme. «Es tut mir so leid, dass ich dich in letzter Zeit nicht besucht habe, das … das war nicht in Ordnung.»

Er meinte es ehrlich, das konnte Hanna sehen. «Weißt du noch, als er zu uns kam», sagte sie. «Dieses flauschige Knäuel mit den Schlappohren und den Knopfaugen. Damals passte er auf meinen Unterarm.»

Ben nickte und wischte sich mit der Hand über die Augen. «Und wie Klein Lena ihn in ihrem Puppenwagen spazieren gefahren hat und er es gar nicht mochte, dass sie ihn immer zudecken wollte.»

«Oh Gott, Lena …», sagte Hanna und richtete sich auf. «Sollten wir sie anrufen? Ich habe ihr gestern erst ein Foto von Balu geschickt, da war er noch total gut drauf.»

«Ich denke, wir sollten ihr nicht die Ferien vermiesen. Es reicht, wenn wir ihr nach ihrer Rückkehr alles erzählen», sagte Ben.

Hanna nickte nachdenklich. «Wahrscheinlich hast du recht.»

Sie lagen eine ganze Weile schweigend da. Ab und zu durchbrach ein *Weißt du noch …* die Stille. Dann erzählten sie sich von den Urlauben mit Balu in der Bretagne, von dem Osterfest, an dem er alle Schokoeier aus Lenas Körbchen gefressen hatte, und von seinen Abenteuern mit den Schwänen an der Alster.

Nachdem Hanna kurz auf der Toilette gewesen war und sich zurück auf den Teppich legte, öffnete Balu die Augen und sah sie an. Sein Blick traf sie mitten ins Herz. Er wirkte ganz klar, fast weise, so als wollte er sagen: *Es ist Zeit …*

Der Schmerz brannte in Hannas Kehle. Gleichzeitig

durchfuhr sie eine ungeahnte Stärke. Sie griff nach Bens Hand, die sich so wunderbar vertraut anfühlte. Er sah Hanna an, und beide nickten schweigend.

Kein Wetter hätte besser zu diesem furchtbaren Tag gepasst als dieses Grau-in-grau, das schwer über der Reetdachkate hing. Hanna zündete Kerzen im Wohnzimmer an und dachte darüber nach, dass Balu einen schönen letzten Sommer gehabt hatte. Er war mit ihr schwimmen gewesen, hatte Menschen getroffen, die ihn in ihr Herz geschlossen hatten: Thies, Meike, Ella, auch Anke. Gestern noch hatte er fröhlich seine Schnauze in den Wind gehalten, fast so, als hätte er geahnt, dass sein erster Segeltörn auch sein letzter sein würde und er deshalb jede Minute davon hatte auskosten wollen.

Balu schlief, als die Ärztin einen dünnen Schlauch in seine Vene einführte. Normalerweise zuckte er im Schlaf, aber jetzt war er ganz ruhig. Ben streichelte die Pfote mit der Kanüle, und Hanna hatte sich mit ihrem Gesicht ganz nah an Balus gelegt. Sie spürte seinen immer langsamer werdenden Atem auf ihrer Haut. Irgendwann wusste sie, dass die Feuchtigkeit in ihrem Gesicht nur noch von ihren Tränen kam. Balu war tot. Sie konnte diesen Satz gar nicht denken, ihn sich nicht vorstellen. 13 Jahre war er immer an ihrer Seite gewesen und ihr gerade im vergangenen Jahr so ein verlässlicher Gefährte gewesen.

Hanna setzte sich auf und fuhr sich erschöpft mit den Händen übers Gesicht.

Auch Ben schien nun wahrgenommen zu haben, dass Balu über die Regenbogenbrücke gegangen war. Er stand auf und öffnete die Terrassentür.

«Gute Reise, mein Freund», flüsterte Hanna mit tränenerstickter Stimme. Die frische Luft, die ins Wohnzimmer strömte, tat gut.

Die Ärztin hatte sich die letzten Minuten im Hintergrund gehalten. Nun zog sie Nadel und Kanüle aus Balus Bein, horchte ihn noch einmal ab und fing an, sich um den Papierkram zu kümmern.

Hanna ging zu Ben, und die beiden nahmen sich fest in den Arm. Hätte ihr vorher jemand erzählt, dass Ben ihr noch einmal eine wirkliche Stütze sein würde, hätte Hanna demjenigen einen Vogel gezeigt, aber jetzt war sie wirklich froh und dankbar, nicht allein zu sein.

«Entschuldigung.» Die Ärztin stand mit ihrer Tasche in der Hand hinter Hanna und Ben, die sich nun umdrehten.

«Um Balu abmelden zu können, benötigen Sie einen Totenschein. Er liegt auf dem Couchtisch. Außerdem habe ich Ihnen die Telefonnummer eines Tierbestatters aufgeschrieben. Wenn Sie wollen, kümmern die sich um alles, zum Beispiel um eine Einäscherung.»

«Danke», sagten Hanna und Ben wie aus einem Mund.

Eine Stunde später trugen zwei Männer Balu in einer Plastikhülle aus dem Haus. «Sobald seine sterblichen Überreste verbrannt sind», sagte der dickere der beiden in breitem Norddeutsch, «rufen wir Sie an. Nochmals, unser Beileid!»

«Vielen Dank!», sagte Hanna, Ben nickte stumm.

Als Hanna die Haustür schloss, hatte sie für einen Moment das Gefühl, all das, was in den letzten Stunden passiert war, nur geträumt zu haben, so unwirklich kam es ihr vor: ihr Hund, der entschieden hatte zu sterben.

Und das ausgerechnet im Beisein von Ben. War das ein Zeichen? So nah und so verbunden wie heute hatte Hanna sich ihm in den letzten Jahren selten gefühlt.

«Das war intensiv», sagte Ben, dem offensichtlich gerade ähnliche Gedanken durch den Kopf gingen. «Eigentlich hatte ich vor, dich heute Mittag in Eckernförde zum Essen einzuladen und ein bisschen zu reden.»

«Sorry», sagte Hanna müde, «war verhindert.»

Ben lächelte und strich ihr über die Wange.

Hanna schluckte. Wie sehr ihr dieses Lächeln gefehlt hatte.

«Tapfere Hanna.» Er zog sie an sich. «Du hast das mit Balu wirklich großartig gemacht.»

Hanna kamen schon wieder die Tränen. Sie vergrub ihr Gesicht an Bens Hals, roch den vertrauten Duft und war in diesem Moment bereit, ihm alles zu verzeihen. Vielleicht hatte er ja nur mal eine Pause von ihrer Ehe gebraucht, eine Abwechslung, um dann zu merken, was er an Hanna und an ihrem gemeinsamen Leben hatte. Was sie verband und was sie für ein gutes Team waren, wenn es drauf ankam, das hatten sie heute wieder gezeigt.

Sie standen immer noch im Windfang. «Komm, wir gehen rein», flüsterte Ben.

Hanna nickte.

Die Kerzen brannten noch. Unschlüssig stand Hanna vor Balus Decke. Schließlich nahm sie sie, ging damit auf die Terrasse und schüttelte sie aus.

Ben war ihr gefolgt. «Soll ich dir helfen?»

«Geht schon. Ich möchte sie gleich wieder vors Sofa legen, noch ein bisschen so tun, als wäre Balu da.»

Ben sah sich um. «Auch bei dem typischen norddeutschen Schmuddelwetter ist es wirklich schön hier. Aber sag mal, was ist denn mit unserer Rose passiert? Sie sieht irgendwie mitgenommen aus.»

«Oh …», Hanna zögerte einen Moment und suchte nach einer Erklärung. Eigentlich war sie viel zu müde, um sich eine Ausrede einfallen zu lassen. «Schädlinge …», hörte sie sich auf einmal sagen. «Und was für welche! … Ich musste da ordentlich was rausschneiden. Möchtest du auch einen Kaffee?»

«Gern.»

Hanna ging in die Küche, nahm eine Mineralwasserflasche und schraubte sie auf. Suchend blickte sie hinter sich. Sie hatte die ganze Zeit das Gefühl, Balus tapsige Schritte zu hören. Aber da war nichts. Natürlich nicht. Sie setzte die Flasche an und trank sie fast in einem Zug aus.

Was für ein Tag, dachte sie und kochte Kaffee. Durch die offene Tür sah sie, wie Ben sich aufs Sofa setzte. Er sah gut aus, sportlich, leicht gebräunt.

«Trinkst du deinen Kaffee immer noch schwarz mit Zucker?», rief Hanna ins Wohnzimmer.

«Keinen Zucker», sagte Ben eilig, «einfach schwarz.»

Als Hanna den Kaffee brachte und sich zu ihm setzte, legte Ben gleich wieder den Arm um sie. Hanna lehnte sich an ihn und genoss das vertraute Gefühl, das sich wie eine wärmende Decke um ihren Körper und um ihre Seele wickelte.

«Ach Hanna …», sagte Ben. «Ach Hanna …»

«Es tut gut, dass du da bist», flüsterte sie.

«Ja», flüsterte Ben zurück und gab ihr einen Kuss auf ihr Haar.

Sie saßen eine ganze Weile schweigend und eng umschlungen da, bis Hannas Magen ziemlich laut knurrte und sie fragte, ob sie jetzt vielleicht etwas essen gehen wollten. «Ich habe zwar überhaupt keinen Appetit», sagte sie, «aber ich sollte sicher versuchen, etwas zu essen.»

Ben räusperte sich. «Ich fürchte, ich muss schon bald wieder los.»

Hanna stutzte. Damit hatte sie jetzt nicht gerechnet.

Ben lockerte die Umarmung. «Hanna, wir haben so lange nicht wirklich miteinander geredet, aber es gibt da ein paar Dinge», er zögerte einen Moment und setzte sich aufrecht hin, «die muss ich dir einfach sagen, und deshalb bin ich hergekommen.»

Hanna war zu erschöpft, um nervös zu werden. Aber sie konnte nicht leugnen, dass ihr Herzschlag sich ein wenig beschleunigte. Sie richtete sich nun ebenfalls auf und sah ihn an.

«Hanna … ich … also, es war heute wirklich ein sehr harter Tag für uns beide, aber ich will hier nicht wegfahren, ohne dir zu erzählen, warum ich eigentlich gekommen bin.»

«Ja …?»

«Hanna …» Er griff nach ihren Händen und atmete einmal kurz laut aus. «Ich werde noch einmal Vater und möchte die Scheidung.»

Hanna legte den Kopf schief. Sie verstand nicht richtig … Doch, sie hatte die Worte verstanden, aber sie konnte sie nicht glauben. In Bens Blick versuchte sie zu lesen, ob er scherzte. So nah, wie sie sich heute gewesen waren, konnte er unmöglich an Scheidung denken. Und ein Kind … Sie verstand das gar nicht, er hatte doch schon eins.

«Oh.» Mehr kam ihr nicht über die Lippen.

«Ich weiß», sagte Ben. «Das ist jetzt sicher nicht das beste Timing, aber …»

«Ist schon okay!» Sie wollte keine Erklärungen hören.

Aber Ben sprach einfach weiter. «Weißt du, Kristin und ich, wir sind wirklich sehr glücklich darüber. Und mit der Scheidung schaffen wir doch auch endlich klare Verhältnisse. Es ist nicht so, Hanna, dass ich unsere Ehe leichtfertig aufgegeben habe, aber für mich ist es die Sache wert.»

Seine Worte trafen Hanna wie eine Ohrfeige, und sie überlegte, wie lang er die Sätze wohl geübt hatte. «Es ist die Sache wert?!» Ihre Stimme war laut geworden. «Hörst du dir eigentlich selbst zu?!» Sie stand auf, ging zur Terrassentür und blickte hinaus. Dann drehte sie sich um. Ihre Atmung hatte sich beschleunigt. «Für dich ist es die Sache vielleicht wert. Du hast es dir ja auch leicht gemacht, bist einfach aus unserem Leben ausgestiegen und hast alles hinter dir gelassen.»

«Hanna, beruhige dich …» Ben war jetzt ebenfalls aufgestanden.

«Nein!», fauchte Hanna. «Du wolltest dich mit mir in einem Restaurant treffen, weil du wusstest, dass ich da nicht rumschreie. Aber weißt du was: Jetzt schreie ich! Das ist hier mein Haus!»

«Hanna, bitte, lass es mich erklären.» Ben machte einen Schritt auf sie zu. «Wir hatten wirklich eine gute Zeit, aber es war doch auch alles irgendwie eingefahren. Ich will mein Leben nicht einfach so wegleben. Ich … ich will mich spüren.»

«Ich spüre jetzt auch etwas», zischte Hanna, «und

zwar, dass ich möchte, dass du gehst!» Sie marschierte zur Haustür und riss sie auf. Sie war total durch. Das konnte doch alles nicht wahr sein. Wie schlimm sollte der Tag denn noch werden?! Ihr Kinn zitterte, und ihr Rachen brannte. Sie wollte nicht weinen, aber sie konnte die Tränen nicht zurückhalten.

Ben ging mit gesenktem Kopf an ihr vorbei.

Hanna folgte ihm ein paar Schritte. Sie kramte in ihrem Kopf nach Worten. Wie gern hätte sie ihm jetzt noch irgendetwas Giftiges hinterhergeschleudert. Aber ihr fiel einfach nichts ein. Sie fühlte sich vollkommen leer.

Da sah Hanna plötzlich, dass hinter Bens Auto ein Polizeiwagen hielt und der Sheriff ausstieg.

«Moin», krähte er in Hannas Richtung.

Sie nickte stumm und beobachtete, wie er die Schultern straffte und mit durchgedrücktem Kreuz auf Ben zuschritt, der gerade in seinen Wagen steigen wollte. «Guter Mann, Sie versperren hier mit Ihrem Auto den ganzen Weg.»

Die Polizei, dein Freund und Helfer, dachte Hanna und war trotz Wut und Erschöpfung gespannt, was jetzt passieren würde. Sie schnäuzte sich und wischte sich über die Augen.

«Hier müssen landwirtschaftliche Fahrzeuge durch», belehrte der Sheriff Ben weiter.

«Ich fahre sofort weg», sagte Ben und blickte noch einmal zu Hanna. «Mach's gut.»

Hanna schwieg.

«Moment», sagte der Sheriff. «Nicht so flott. Einmal Führerschein und Fahrzeugpapiere bidde.»

«Hören Sie, Herr Wachtmeister, ich fahre doch jetzt.»

«Sie sind wohl ein ganz Witziger, wa? Von wegen Wachtmeister. Vor Ihnen steht Polizeihauptmeister Piet Bönningstedt, und der möchte nun bidde Ihre Papiere sehen.»

Kopfschüttelnd gab Ben ihm, was er wollte.

Der Sheriff warf einen Blick darauf, dann ging er um Bens Auto herum und inspizierte es. «Zeigen Sie mal den Verbandskasten.»

«Das ist nicht Ihr Ernst.»

«Mein voller.»

Ben öffnete den Kofferraum und griff nach der kleinen Tasche. «Bitte sehr.»

Anschließend fragte der Sheriff nach dem Warndreieck. Und da kam Ben ins Schwimmen. Er suchte und kramte, guckte beim Ersatzreifen, doch er fand keines.

«Soso», sagte der Sheriff und holte ein kleines Gerät aus seinem Auto, das Ähnlichkeit mit einem EC-Kartenleser hatte. Er tippte was ein, dann ratterte das Gerät und druckte schließlich ein Stück Papier aus, das er mit Schwung abriss und Ben unter die Nase hielt. «Macht 15 Euro, guter Mann. Können Sie überweisen.»

Ben schnappte sich den Strafzettel, stieg sichtlich genervt ins Auto und rauschte davon.

Dann wandte sich der Sheriff wieder Hanna zu. «Haben wir uns bei meinem Geburtstag eigentlich geduzt, ja, ne? Na, is ja auch egal. Du siehst auf jeden Fall ordentlich mitgenommen aus. Ich denk mal, da ist es ganz gut, dass ich vorbeigekommen bin und für Ordnung gesorgt hab.»

16.

Sie können das Meer nicht einfach überqueren, indem Sie stehen und auf das Wasser starren.

RABINDRANATH TAGORE

Hanna saß auf der Terrasse, eingewickelt in Balus Decke, und ließ die Tränen einfach laufen. Sie weinte um all ihre Lieben und auch um sich selbst. Was hatte das Leben bloß für ein Hühnchen mit ihr zu rupfen, dass es ihr alles nahm, was ihr jemals etwas bedeutet hatte?

Zu all den Strapazen des heutigen Tages mischte sich nun auch noch der quälende Gedanke, dass Ben noch einmal Vater wurde, während ihre Eierstöcke allmählich den Dienst quittierten. Wieso hatten Ben und sie eigentlich kein zweites Kind bekommen? An Hanna hatte es auf jeden Fall nicht gelegen. Ben war es gewesen, der das Thema immer wieder vertagt hatte, weil er so mit seiner Uni-Laufbahn beschäftigt gewesen war. «Ich weiß doch gar nicht, ob wir überhaupt in Hamburg bleiben können», hatte er immer wieder gesagt. «Lass uns erst mal abwarten.» Sie hatten abgewartet. Jahrelang hatten sie abgewartet. Und als Hanna schließlich 40 wurde und Lena aufs Gymnasium kam, hatte Hanna gespürt, dass sie sich von dem Thema verabschieden musste, und sich mit dem Gedanken getröstet, dass sie ja eine wunderbare Tochter hatte.

Sie blickte in den grauen Himmel. Es hatte aufgehört

zu regnen, nur hin und wieder landete noch ein verspäteter Tropfen auf ihrem Kopf oder vor ihr auf dem Tisch. Hanna fühlte sich leer und verloren, und sie hatte keine Ahnung, wie ihr Leben weitergehen sollte.

Doch trotz ihres desolaten Zustandes huschte auf einmal ein Lächeln über ihr Gesicht. Sie musste an den Sheriff denken und daran, dass er genau zur richtigen Zeit am richtigen Ort gewesen war. Und natürlich an Ben, der vom Sheriff genauso genervt gewesen war wie sie an ihrem ersten Tag in Klanxholm. Und sie musste zugeben, dass Ben ihr da fast ein bisschen leidgetan hatte.

«Huhu.»

Hanna erkannte die Stimme sofort.

«Bin auf der Terrasse», rief sie mit matter Stimme.

Da lugte Meike auch schon um die Ecke, in der einen Hand eine Tüte Chips, in der anderen eine Flasche Wein.

«Tut das gut, dich zu sehen!» Hanna stand auf und ließ sich in Meikes Arme sinken.

«Der Sheriff hat mich angerufen», sagte sie und strich Hanna über den Rücken. «Er meinte, hier war so ein Typ mit Hamburger Kennzeichen und hat dich zum Weinen gebracht.»

«Das war Ben», sagte Hanna mit brüchiger Stimme. «Aber es ist alles noch viel schlimmer.»

Die beiden setzten sich an den Tisch, und Hanna erzählte Meike von Balu, der vor lauter Mitgefühl augenblicklich die Tränen in die Augen schossen. Sie erzählte auch von dem wunderschönen Segeltörn am Vortag und davon, wie sehr sie und Balu die Zeit an Bord und in Kappeln mit Thies genossen hatten. Und wie genau in diese friedliche Stimmung auf einmal Bens Nachricht geplatzt war. Sie erzählte von seinem Besuch, wie nah sie sich die letzten Stunden über gewesen waren und davon, dass Hanna, wenn sie ehrlich war, sich sogar Hoffnung auf ein Liebes-Comeback gemacht, aber nun erfahren hatte, dass er noch einmal Vater wurde.

Meike hatte inzwischen zwei Gläser geholt und nahm einen großen Schluck Wein. «Ganz schön was los bei dir!»

Hanna nickte müde. «Eigentlich bin ich hierhergekommen, um zur Ruhe zu kommen. Aber jetzt ist das Gegenteil der Fall. Ich habe das Gefühl, mein Leben läuft immer weiter aus dem Ruder, und es gelingt mir einfach nicht, es wieder einzufangen.»

Sie griff in die Chipstüte. Sie hatte seit Ewigkeiten nichts gegessen. Während sie kaute und vor sich hin starrte, keimte in ihr plötzlich eine Idee auf, nein, es war eher ein Gefühl, das sie selbst nicht deuten konnte, eine Art Drang. Sie wollte nach Hause, nach Hamburg, wollte noch einmal mit Ben reden. Sie hatte sich ihm heute in den Stunden von Balus Sterben so verbunden gefühlt, fast so, als hätte es die Trennung nie gegeben. Und Hanna wusste, dass es ihm genauso gegangen war.

Als sie Meike von ihrem Plan erzählte, zeigte die ihr einen Vogel. «Was soll das denn bringen?»

«Dass du das nicht verstehen kannst, war ja klar!» Hanna trank einen Schluck Wein.

«Wieso?»

«Na, du lässt dich doch auf niemanden wirklich ein.»

«Trotzdem weiß ich doch, wie sich Liebe anfühlt», sagte Meike. «Glaubst du, ich habe noch nie um einen Mann gekämpft? Aber sag doch mal: Was erhoffst du dir davon?»

Hanna zuckte mit den Schultern. «Keine Ahnung, vielleicht hat Ben schlicht eine beginnende Midlife-Crisis mit Verliebtsein verwechselt. Und nun kommt er aus der Nummer nicht mehr raus.»

«Genau», sagte Meike, «und deshalb will er die Scheidung.»

«Herrgott ja, ich weiß. Aber uns verbindet nicht nur eine schal schmeckende, in die Jahre gekommene Beziehung, uns verbinden so viele schöne Momente, so viele Erinnerungen. Heute war etwas Besonderes zwischen uns, ein … ein völlig neuer Funke. Und darüber wird auch er nun auf der Rückfahrt nachdenken. Ich kenne ihn doch.»

«Und?», fragte Meike. «Erwartest du ernsthaft, dass er dich wieder in die Arme schließt nach dem Motto: ‹Ich gründe zwar gerade eine neue Familie, aber das war ehrlich gesagt nur ein Versehen. Du bist und bleibst meine Nummer 1?!›»

«Ich kann dir nicht sagen, was ich erwarte! Aber was ich dir sagen kann, ist, dass wir so ein Ende nicht verdient haben, so ein wütendes, bei dem sich alle Beteiligten scheiße fühlen. Seit einem Jahr sprechen wir nur das Nötigste miteinander. Und bei jedem Gedanken an ihn habe ich das Gefühl, mein Magen geht in Flammen auf. Das ist doch kein Zustand! Ich will vor diesem Schmerz nicht mehr weglaufen, verstehst du? Ich muss jetzt einfach irgendwas tun, ich meine, irgendwas, außer Zettel ins Feuer zu werfen. Das … das bin ich mir schuldig.»

Meike schüttelte den Kopf und verdrehte die Augen. «Okay», sagte sie schließlich und gab sich geschlagen, «aber dann komme ich mit. Den Typen, der dein Herz so lange auf Trab hält, den will ich mir mal genauer ansehen.»

Am nächsten Vormittag fuhren Hanna und Meike in dem alten Mini Richtung Hamburg. Meike hatte für Sönke den Pflegedienst bestellt, und Paul wollte sich ebenfalls um seinen Großvater kümmern.

Auch Hanna hatte vor der Abfahrt noch etwas erledigt, das ihr auf der Seele lag. Sie hatte Thies eine Nachricht geschickt, zu mehr war sie gerade nicht in der Lage gewesen. Sie hatte ihm geschrieben, dass Balu gestorben war und dass sie nach Hamburg musste. Thies' Antwort war ziemlich knapp ausgefallen. Er hatte lediglich «O. K.» geschrieben und dass ihm das mit Balu sehr, sehr leidtäte.

In Hamburg fuhren Hanna und Meike direkt zu Bens Wohnung ins Grindelviertel in der Nähe der Uni. Auch in der Hansestadt war der Himmel bedeckt, trotzdem trug Hanna ihre Sonnenbrille und fühlte sich wie eine Mischung aus Miss Marple und Lara Croft.

«Echt was los hier», sagte Meike und beobachtete aus dem runtergekurbelten Fenster das bunte Treiben in den Cafés und kleinen Läden.

«Da vorne im dritten Stock wohnen Ben und Kristin.» Hanna zeigte auf ein weißes Mehrfamilienhaus im Jugendstil.

«Und jetzt?», fragte Meike. «Willst du klingeln und dann ein bisschen klönen, oder wie hast du dir das vorgestellt?»

«Natürlich nicht!» Hanna zog ihre Sonnenbrille auf die Nasenspitze und beobachtete das Haus. «Heute ist Samstag, da schnallt er um diese Zeit normalerweise sein

Fahrrad aufs Autodach und trifft sich mit Freunden in den Harburger Bergen zum Mountainbiken. Sein Wagen steht da noch.» Sie zeigte erneut in Richtung der Wohnung. «Da, der silberne Kombi unter der Kastanie.» Sie kicherte. «Ob er sich inzwischen ein Warndreieck zugelegt hat?»

«Wie Warndreieck?», fragte Meike.

Rasch erzählte Hanna von der Fahrzeugkontrolle, die der Sheriff gestern bei Ben durchgeführt hatte.

Meike lachte. «Mir hat er nur erzählt, dass er für Ordnung gesorgt hat. Aber ja, so läuft das in Klanxholm. Man kann über die Menschen denken, was man will, wenn es jemandem nicht gut geht, dann kümmert man sich umeinander und hält zusammen. Und dabei hat eben jeder seine eigenen Methoden.»

«Da ist er», sagte Hanna und stieß Meike mit dem Ellenbogen an. Ben verließ gerade tatsächlich samt Fahrrad das Haus. Allerdings war er nicht allein. Neben ihm ging eine brünette junge Frau in einem schwarzen kurzärmeligen Stretchkleid.

«Ist das Kristin?»

Hanna nickte.

«Ups», sagte Meike, «man sieht ja schon ordentlich was. Dass die beiden Eltern werden, wissen sie aber nicht erst seit gestern.»

Hanna durchfuhr ein jäher Schmerz. Ben hatte es offensichtlich nicht für nötig gehalten, sie früher zu informieren. «Was für ein Feigling!», sagte sie, ohne den Blick von den beiden abzuwenden. Meike nickte langsam und ließ Ben und Kristin ebenfalls nicht aus den Augen.

Sie sahen, wie die beiden sich umarmten und küssten

und Kristin mit einer Einkaufstasche über der Schulter weiterging, während Ben sein Fahrrad vor dem Auto abstellte.

«Weißt du, dass ich jetzt am liebsten aussteigen und ihm eine scheuern würde.» Hanna schob die Sonnenbrille wieder hoch. «Oder mit meinem Autoschlüssel an seinem Lack entlangkratzen.»

«Wow», sagte Meike, «du wirst bösartig, ein gutes Zeichen.»

Dann nahm Hanna die Sonnenbrille ab. «Aber sag mal, findest du nicht, dass er irgendwie schlecht aussieht?» Sie guckte mit zusammengekniffenen Augen durch die Windschutzscheibe. «Er ist doch ganz blass und dann diese hängenden Schultern.»

«Sei mir nicht böse», sagte Meike. «Aber ich finde sowieso, dass du bei Ben deutlich unter deinen Möglichkeiten geblieben bist.»

Hanna sah sie überrascht an.

«Ja, entschuldige, aber er sieht irgendwie … langweilig aus, eben wie so ein verbiesterter Professor.»

Hanna schüttelte schweigend den Kopf. «Ich geh da jetzt rüber, bevor er wegfährt.» Sie schob ihre Sonnenbrille ins Haar und atmete tief durch.

«Und was willst du sagen?», wollte Meike wissen. «Oder knallst du ihm etwa eine?»

«Ich habe keine Ahnung», sagte Hanna. Sie hatte für ihr Vorhaben keinen Ablaufplan, geschweige denn sich einen Text zurechtgelegt. Da war einfach nur der Drang gewesen, ihn noch einmal zu sehen.

Sie öffnete die Tür und stieg aus. Bevor sie die Straße überquerte, blickte sie zu Meike, die ihren ausgestreckten Daumen aus dem Fenster hielt. Hanna straffte die Schultern und ging zu Ben, der gerade dabei war, sein Fahrrad auf dem Dachgepäckträger festzuzurren.

«Hallo, Ben.»

Er drehte sich um. «Hanna …» Die Überraschung stand ihm ins Gesicht geschrieben.

«Ich wollte dir gratulieren», sagte sie, und es gelang ihr, einigermaßen entspannt zu lächeln. «Ich habe Kristin gerade noch gesehen. Wann ist es denn so weit?»

«Äh … in vier Wochen.» Er fuhr sich durchs Haar. Seine Geheimratsecken hatten sich in den letzten Monaten noch ein wenig mehr ausgedehnt, fiel ihr dabei auf. «Ich hatte es dir eigentlich früher erzählen wollen, aber irgendwie passte es nie.»

«Weiß Lena es schon?»

«Nein, ich … ich habe sie in letzter Zeit nicht oft gesehen. Ich erzähle es ihr, sobald sie zurück ist.» Er wandte sich seinem Fahrrad zu, prüfte noch einmal, ob alles festsaß. Dann drehte er sich wieder zu Hanna. «Was machst du eigentlich hier?»

«Ich habe gleich einen Termin im Verlag, Sommerfest.» Sie wunderte sich selbst, wie spontan und leicht ihr die Lüge über die Lippen kam.

«Und … wie geht's dir, war ja gestern ein ziemlich anstrengender und aufwühlender Tag.» Ben blickte Hanna besorgt an, und sie spürte, dass sein Interesse echt war.

Sie nickte langsam. «Ja, das war wirklich ein schlimmer Tag. Balu fehlt mir entsetzlich. Ich habe die ganze Zeit das Gefühl, als ob er neben oder hinter mir sitzt.» Sie war jetzt innerlich ganz ruhig und betrachtete den Mann, von dem sie bis vor Kurzem gedacht hatte, dass sie mit ihm den Rest ihres Lebens verbringen würde. Sie versuchte in seinem Gesicht, in seinem Ausdruck irgendetwas zu entdecken, das sie berührte und an die Nähe, die erst gestern zwischen ihnen geherrscht hatte, erinnerte. Die kleine Narbe am Kinn, die angewachsenen Ohrläppchen, die gerade Nase – sie kannte das alles in- und auswendig, wusste von jedem Millimeter seines Körpers, wie er sich anfühlte – und doch erschien ihr in diesem Augenblick alles fremd.

«Was starrst du mich so an?» Ben lächelte unsicher und rieb sich mit der Hand über die Wangen. «Hab ich da was?»

«Nein, da ist nichts. Gar nichts.» Mit ungeahnter Klarheit durchfuhr Hanna plötzlich eine Erkenntnis: Das war's, dachte sie. Ihre Zeit war zu Ende. Sie hatte Ben geliebt. Und er hatte sie geliebt. Aber jetzt war es vorbei, und die Erde drehte sich trotzdem weiter. Auf einmal begann sich all die Wut, der Groll, die ganze Schwere der letzten Monate aufzulösen und einem anderen, einem neuen Gefühl Platz zu machen. Es war noch ziemlich schwach und wackelig auf den Beinen, aber doch deutlich zu spüren. Es fühlte sich nach Aufbruch an und nach Neubeginn, nach aufkeimenden Möglichkeiten, auch nach Befreiung.

«Ich muss los.» Hanna umarmte Ben kurz. «Viel Spaß in den Harburger Bergen. Und wegen der Scheidung, melde dich einfach.»

«Ist gut. Tschüss, Hanna.»

Als sie die von Kastanien gesäumte Kopfsteinpflasterstraße schon fast überquert hatte, rief Ben noch einmal ihren Namen. Hanna blieb stehen und drehte sich um.

«Danke für dein … dein Verständnis.»

Sie hob zum Abschied die Hand und lächelte. Dann ging sie weiter.

«Ich bin ja so was von stolz auf dich!» Meike bohrte ihre Zehen in den Strandsand. «Wie souverän du wirktest, als du vor Ben standst. Hammer!» Sie steckte sich eine Süßkartoffel-Pommes mit Mayo in den Mund und ließ ihren Blick schweifen. «Richtig schön hier. Ich war bestimmt 25 Jahre nicht mehr in Hamburg.»

Hanna biss in ihren Burger. Nachdem sie ihre Ben-Mission erledigt hatte und wieder zu Meike ins Auto gestiegen war, war sie vor allem eines gewesen: hungrig. Da es versprach, trocken zu bleiben, hatte sie Meike vorgeschlagen, den aufregenden Nachmittag in der *Strandperle* in Övelgönne, dem ältesten Beachclub der Stadt, ausklingen zu lassen. Sie waren dann zu Hannas Wohnung gefahren und von dort zu Fuß runter an die Elbe gegangen. Nun saßen sie an einem der Tische und ließen es sich schmecken.

«Weißt du, was echt schräg war», sagte Hanna und wischte sich ihren Mund mit einer Serviette ab. «Als ich Ben vor 22 Jahren zum ersten Mal begegnet bin, hatte ich sofort das Gefühl, ihn schon ewig zu kennen. Aber da vorhin auf der Straße, nach all der Zeit und all den Dingen, die wir zusammen erlebt haben, hatte ich plötzlich das Gefühl, ihn überhaupt nicht mehr zu kennen.» Sie streckte Meike ihre Bierflasche entgegen, und sie stießen an. «Danke, dass du mitgekommen bist.»

«Dafür nicht», sagte Meike. «Außerdem genieße ich den Tapetenwechsel gerade sehr. Hier gibt es ja so viel zu gucken.» Sie blickte lächelnd zu drei jungen Männern, die ein paar Meter weiter im Sand saßen und Bier tranken. «Auf jeden Fall», sagte sie und wandte sich wieder Hanna zu, «bin ich froh, dass die Sache so ausgegangen ist und du die Vergangenheit nun hoffentlich endgültig hinter dir lassen kannst. Das ist ja kein Zustand, sonst lebt man ja permanent so, als würde man rückwärts in die Zukunft gehen.»

Treffend formuliert, dachte Hanna. So anstrengend die letzten beiden Tage auch gewesen waren, offensichtlich hatte sie genau das gebraucht: eine Art Konfrontationstherapie, während der für einen kurzen Moment alles wie früher zu sein schien, sie sich sogar Hoffnung auf einen Neuanfang mit Ben gemacht hatte, doch dann – wie aus heiterem Himmel – begriffen hatte, *wie früher* gab es nicht mehr. Hanna hatte losgelassen und musste innerlich bei dem Gedanken schmunzeln. Es war dann gar nicht so schwer gewesen, sie hatte nicht viel tun müssen, außer wahrzunehmen, was ihr Bauch und ihr Herz ihr sagten. Vorhin auf der Straße hatte sie sich darüber noch erschrocken und wollte die Gefühle erst gar nicht zulassen. Sie hatte sich so sehr an ihre Rolle als grollende Verlassene gewöhnt. Doch dann hatte sich die Erkenntnis, dass es vorbei war, immer mehr in den Vordergrund gedrängelt, und Hanna hatte gar nicht anders gekonnt, als alle Widerstände aufzugeben.

Ihr Blick fiel auf ein junges Paar, das mit zwei Kindern auf einer Picknickdecke saß. Die Frau versuchte das brüllende Baby zu beruhigen, und der Mann redete auf die etwa dreijährige, ebenfalls plärrende Schwester ein, die dem Baby gerade eine Ladung Sand ins Gesicht geschaufelt hatte. Hanna wünschte niemandem etwas Böses, nicht einmal Ben. Aber sie war wirklich gespannt, wie er mit seinen 51 Jahren die Anstrengungen und Herausforderungen des Elternseins so meistern würde. Vielleicht sollte sie ihm zur Geburt ein paar Ratgeber schenken: *Jedes Kind kann schlafen lernen* oder *Das Geheimnis zufriedener Babys*. Auch *Der entspannte Weg durch Trotzphasen* konnte Hanna sich hilfreich vorstellen. Sie dachte an Lena und daran, dass sie in gut einem Jahr endgültig eigene Wege gehen würde. Und zum ersten Mal machte Hanna dieser Gedanke nicht nur Angst. In diesem Moment konnte sie ihm durchaus etwas Positives abgewinnen. Vielleicht ging es nach all den Jahren des Machens und des Tuns jetzt wirklich mal um sie.

«Du siehst ganz schön müde aus», sagte Meike und riss Hanna aus ihren Gedanken.

«Bin ich auch, und der Burger und das Bier tun gerade ihr Übriges. Aber gleichzeitig fühle ich mich auch ziemlich lebendig.» Hanna trank einen Schluck. «Da ist so ein ganz ungewohntes Freiheitsgefühl, das ab und zu in meinem Bauch aufblitzt, dann kitzelt es kurz, und ich erschrecke mich jedes Mal fast ein bisschen.»

«Und?», fragte Meike. «Was hast du jetzt vor mit deiner neuen Freiheit?»

«Das kann ich dir genau sagen: Erst einmal möchte ich in Klanxholm einfach nur die Sommerferien genießen. Keine Aufregung mehr. Keine Achterbahnfahrten der Gefühle. Einfach Ruhe.»

17.

Im Leben geht es nicht darum zu warten,
bis das Unwetter vorbeizieht, sondern zu lernen,
im Regen zu tanzen.

SENECA

Als Hanna das Ortsschild in Klanxholm passierte, fühlte es sich trotz des wenig einladenden Wetters ein bisschen wie nach Hause kommen an. Auch wenn sie Balu an ihrer Seite furchtbar vermisste. Aber Hanna tröstete sich mit dem Gedanken, dass er nun keine Schmerzen mehr hatte und es sich im Himmel mit ihren Eltern bestimmt so richtig schön machen würde. Auch ihre Mutter hatte ihn vor ihrem Tod noch kennengelernt und ihn genau wie ihr Vater fest ins Herz geschlossen.

Während Meike am Tag nach der Ben-Mission mit dem Zug zurück an die Schlei gefahren war, war Hanna noch ein paar Tage in Hamburg geblieben. Sie hatte in der Wohnung die Sachen von Balu zusammengeräumt und dadurch noch mal in Ruhe Abschied genommen. Auch die letzten Bücher, Unterlagen und Klamotten von Ben hatte sie in Kisten gepackt und ihn gebeten, alles abzuholen. Und sie hatte sich mit Steffi, ihrer Lektorin, getroffen, um ihr zu sagen, dass es ihr zwar allmählich besser ginge, sie aber nach wie vor kein Manuskript in Arbeit hatte und im Moment auch wirklich nicht absehen könnte, wann der Verlag mit dem nächsten rechnen konnte. Steffi hatte Verständnis gezeigt und gesagt, sie freue sich auf Hannas Ideen, wann auch immer sie etwas schicken würde. Danach war Hanna zurück in ihr Viertel gefahren und zu ihren Eltern auf den Friedhof gegangen. Auf der noch ziemlich kahlen Seite ihres Vaters hatte sie eine Rose gepflanzt und ihm mit Grüßen von der Schlei ein Minibuddelschiff, das sie vorher in einem Touri-Laden an den Landungsbrücken gekauft hatte, vor seinen Grabstein gestellt. Als Hanna ihren Eltern alles erzählt hatte, was in den letzten Tagen passiert war, hatte sie ihren Vater noch gefragt, warum er ihr eigentlich nichts von der alten Jolle erzählt hatte. Anschließend hatte sie lange einfach dagesessen und in sich hineingehorcht, eine Antwort war er ihr allerdings schuldig geblieben.

Was für ein Schietwetter, dachte Hanna. Um überhaupt noch etwas sehen zu können, stellte sie die Scheibenwischer auf die höchste Stufe. Aber selbst das half kaum. Sie war nur froh, dass es vorhin auf der Autobahn noch nicht so geschüttet hatte.

Es war bereits kurz vor sechs, und sie wusste, dass sie nichts mehr im Kühlschrank hatte. Also fuhr sie bei der Kirche geradeaus und hielt rasch vorm Kaufmann. Sie sprang aus dem Auto und rannte zum Eingang. Doch selbst nach diesen paar Schritten wurde sie ganz schön nass.

Mit gesenktem Kopf öffnete sie die Tür, trat schnell ein und schüttelte sich kurz. Sie hörte Lachen und Stimmgemurmel. Als sie hochguckte, war das Gemurmel allerdings verstummt, und alle starrten sie an. An den beiden Bistrotischen standen Anke, Willi, der Sheriff, Biggi aus dem Bed & Breakfast und noch zwei Frauen, die Hanna nicht kannte.

«Was?», fragte sie und strich sich durchs Haar. «Stimmt was nicht? Das ist nur Wasser.»

Plötzlich eilte Anke zu ihr und guckte sie mit großen Augen mitfühlend an. «Wie geht's dir?»

«Äh, gut, wieso?»

«Wir haben ja in Sachen Liebe alle schon mal ins Klo gegriffen», krähte der Sheriff von seinem Stehtisch aus. «Gott sei Dank war ich zur Stelle.» Der Rest der Truppe stimmte nickend zu.

Jetzt dämmerte es Hanna. Klar, der Sheriff hatte nicht nur Meike angerufen und ihr erzählt, dass Hanna heulend im Garten gestanden hatte, inzwischen wusste das ganze Dorf Bescheid.

«Wir haben uns solche Sorgen gemacht», sagte Anke. «Auf einmal warst du weg, nachdem dieser Typ aus Hamburg bei dir war.» Sie hakte Hanna unter. «Komm mal mit, du kriegst erst mal 'n Kaffee, oder willst du was Stärkeres?»

Hanna schüttelte den Kopf und ließ sich von Anke mitnehmen, auch wenn sie nicht genau wusste, ob ihr gefiel, was da gerade passierte.

Eilig holte die resolute Ladenbesitzerin ein Handtuch und schenkte Hanna einen Pott Kaffee ein. «So, und nu erzähl!»

Alle Blicke richteten sich auf Hanna, und sie merkte, dass sie hier nicht rauskam, bevor sie nicht die Neugier der Runde und ja, vielleicht auch ihre ernst gemeinte Sorge gestillt hatte. *In Klanxholm kümmert man sich umeinander*, hatte Meike gesagt. Irgendwie war das ja rührend, aber auch ein wenig anstrengend. Hanna trocknete sich das Gesicht und die Haare ab, dann räusperte sie sich und begann zu erzählen. «Also, dieser Typ aus Hamburg war mein Mann, besser gesagt mein Ex-Mann, und wir hatten eine Aussprache. Was dann aber noch hinzukam, war», sie zögerte einen Moment, ehe sie weitersprach. «Also, an dem Tag war auch noch Balu gestorben.»

«Was?!», sagte die Truppe wie aus einem Mund.

Anke legte sofort ihre Hand auf Hannas. «Oh, min Deern.»

«Is ja sünde», sagte eine der Frauen, die Hanna nicht kannte.

«Wirklich», stimmte die andere zu, und Hanna wunderte sich fast ein bisschen darüber, dass die Nachricht noch gar nicht die Runde gemacht hatte. Aber außer Meike und Thies, dem sie es ja geschrieben hatte, wusste es wohl tatsächlich noch niemand.

«War 'n guter Hund», sagte der Sheriff.

Alle nickten, und Hanna hatte das Gefühl, Anke und der Sheriff wischten sich Tränen aus den Augen. Über so viel Mitgefühl war sie wirklich überrascht, zumal alle hier Balu ja gar nicht lange gekannt hatten.

Anke hatte sich allerdings schnell wieder gefangen und wechselte das Thema. «Aber sach mal, Hanna, wenn der Typ aus Hamburg dein Ex war, wieso trägst du den dann noch?» Sie zeigte auf Hannas Ehering.

Mein Gott, dachte Hanna, der entging ja wirklich gar nichts, und allmählich wurde ihr das Verhör auch echt zu blöd. «Der sitzt fest», sagte sie und guckte Richtung Gemüseabteilung. «Ich würde jetzt gern schnell meinen Einkauf erledigen.»

«Warte mal», sagte Anke. Sie verschwand in dem Raum hinter dem Bäckertresen und kam mit einer Rolle Garn und einer dünnen Stopfnadel zurück.

Biggi lachte. «Gute Idee, Anke.»

Der Rest guckte genauso gespannt wie Hanna.

«Was wird das jetzt?», fragte sie.

«Amputieren», sagte Willi trocken.

«Du nu wieder.» Anke lachte. «Wir ziehen jetzt deinen Ring ab, aber keine Sorge, dein Finger bleibt dran.»

Hanna musste zugeben, ihr wurde ein wenig mulmig, gleichzeitig war ihre Neugier geweckt.

«Leg mal deine Hand auf den Tisch, Handrücken nach oben», sagte Anke und fädelte das Garn ein.

Hanna gehorchte, und Anke steckte die Nadel vorsichtig unter dem Ring durch Richtung Handgelenk. Dann zog sie die Nadel ab und ließ das Garnende einfach hängen. Anschließend fing sie an, das andere Ende an der Spule stramm um den Finger oberhalb des Rings zu wickeln.

«Oha», sagte der Sheriff und verzog das Gesicht, als ob er Schmerzen hatte.

«Äh, du weißt aber schon, was du da tust, ja?», fragte Hanna.

«Vertrau mir.» Anke wickelte seelenruhig weiter bis kurz über den Köchel. Dann riss sie den Faden von der Spule ab und machte oberhalb des Gewickelten einen Knoten. Sie nahm das lose untere Ende und zog es vorsichtig Richtung Fingerspitze. Dadurch begann der Faden sich von unten nach oben abzuwickeln und der Ring sich zu bewegen. Mit jeder Wicklung wurde er ein Stück weiter nach vorn Richtung Knöchel geschoben, bis er schließlich über das Gelenk rutschte und Hanna ihn abziehen konnte.

Staunend hielt sie ihn in der Hand. Alle jubelten und klatschten, und Hanna nahm Anke spontan in den Arm, die für einen Moment fast ein wenig verlegen wirkte.

«Das ist der berühmte Fadentrick», sagte Anke. «Davon hat mir mal eine Kundin erzählt. Ich konnte es nicht glauben, habe die ganze Sache dann gegoogelt und anschließend bei mir selbst ausprobiert mit dem Verlobungsring meiner Mudder, den ich schon ewig nicht mehr abkriegen konnte.»

«Ich danke dir!» Hanna betrachtete den Ring kurz, ehe sie ihn in der Hosentasche verschwinden ließ.

«Thies wird das ja bestimmt auch freuen, dass der nu ab ist», sagte Anke und zwinkerte Hanna zu.

«Was hat der denn bidde damit zu tun?», wollte der Sheriff wissen.

«Ach, das weißt du noch gar nicht?» Anke griff nach der Thermoskanne, die auf dem Bäckertresen stand, und schenkte ihm nach. «Die beiden waren letzte Woche zusammen im *Seestern.*»

«Guck an», sagte er und grinste.

Schon doll, dachte Hanna. Die reden gerade so, als wäre sie gar nicht da. Nun war es wirklich genug. Mehr wollte sie hier über ihr Leben ganz sicher nicht ausbreiten und auch nicht dabei sein, wenn die anderen es taten. Rasch schnappte sie sich einen Einkaufskorb und versuchte sich zwischen Obst- und Kühlregal vor Ankes Fragen in Sicherheit zu bringen.

Es war ungewohnt, fast auch ein bisschen unheimlich, ohne Balu im Haus zu sein. Nun war Hanna hier wirklich ganz allein. Ihr war noch nie aufgefallen, wie laut die alten Balken knackten. Überhaupt zuckte sie bei jedem Geräusch kurz zusammen. Aber sie wollte sich da auf keinen Fall hineinsteigern. Um sich abzulenken, verband sie ihr Handy mit der kleinen Bluetooth-Box, die sie in der Küche entdeckt hatte. Meike hatte ihr in Hamburg eine Playlist zusammengestellt, die sie *Empowerment Songs* genannt hatte. Und tatsächlich huschte Hanna schon bei den ersten Klängen von *I Will Survive* ein Lächeln übers Gesicht, und sie begann tänzelnd und singend, das Nudelwasser aufzusetzen. Sie musste an Lena denken und leistete ihrer Tochter innerlich Abbitte. Warum meckerte sie eigentlich immer, wenn Lena ihre Musik aufdrehte? Gerade zumindest tat es total gut, einen Song mal richtig laut zu hören und ein bisschen abzuhotten. Hanna grinste in sich hinein. *Abhotten.* Wie lange hatte sie das Wort nicht mehr benutzt. Hätte sie es getan, hätte ihre Tochter sie garantiert sofort belehrt: *«Mama, das sagt heute kein Mensch mehr.»* Wohl!, dachte Hanna trotzig. Erwachsene Frauen, wie sie eine war, benutzten diesen Ausdruck. Vielleicht nicht mehr so oft, aber immer mal wieder.

Bis das Wasser kochte, tanzte sie ausgelassen weiter zu *I'm Every Woman* von Chaka Khan, *Sisters Are Doin' It For Themselves* von Eurythmics, und bei *Shake It Off* von Taylor Swift ließ sie sogar richtig die Hüften kreisen. Als *Beautiful* von Christina Aguilera erklang, schnappte Hanna sich kurzerhand das Bund krause Petersilie von der Arbeitszeile, das sie vorhin bei Anke gekauft hatte, und benutzte es als Mikro. Sie war so vertieft in den Song und sang so inbrünstig mit, dass sie gar nicht bemerkt hatte, dass das Wasser schon überkochte und die Fenster beschlugen.

Rasch nahm sie den Deckel ab, streute Salz ins Wasser und schüttete die Spaghetti in den Topf. Sie wusch den Salat, füllte ihn in eine Schüssel und rührte aus Olivenöl und Zitronensaft ein Dressing zusammen. Bevor sie die Nudeln abgoss, schrieb sie noch schnell eine Nachricht an Meike.

Bin wieder da. Was für eine tolle Playlist, tut gut! DANKE.

Auch bei Thies wollte Hanna sich zurückmelden, wusste aber nicht genau, was sie schreiben sollte. Sie hatte ihren plötzlichen Abgang nach dem Segeltörn bis heute nicht erklärt, konnte sich aber durchaus vorstellen, dass ihr Verhalten ihn verletzt hatte. Immerhin hatten sie auf dem Boot und in Kappeln wirklich schöne Stunden miteinander verbracht. Überhaupt hatte er ihr von Anfang an hier in Klanxholm hilfsbereit zur Seite gestanden.

Hanna atmete tief durch und merkte, dass sie da jetzt nicht weiterkam. Sie füllte sich erst einmal Spaghetti auf, mischte Pesto dazu, rieb Parmesan darüber und griff nach der Salatschüssel. Als sie sich an den Tisch setzte, spürte sie den Ehering in ihrer Hosentasche. Zusammen mit ein paar Taschentuchfusseln zog sie ihn heraus, pustete ihn sauber und legte ihn neben ihren Teller. Während sie sich Nudeln auf die Gabel wickelte, betrachtete sie ihn und dachte darüber nach, wann sie ihn in den letzten 18 Ehejahren überhaupt mal abgenommen hatte. Die Faden-Aktion im Laden war zwar ganz spontan gewesen, aber sie war genau zum richtigen Zeitpunkt gekommen. Hanna betrachtete ihre linke Hand und wackelte mit den Fingern. Ohne das Schmuckstück, fand sie, sah die Hand irgendwie ungewohnt aus, fast ein bisschen fremd, und so fühlte es sich auch an.

Hanna musste an den Sommertag vor ziemlich genau einem Jahr denken, als Ben ihr verkündet hatte, dass er sich verliebt hatte und in den nächsten Tagen ausziehen würde. In dem Moment war sie wie gelähmt gewesen. Sie hatte weder getobt noch geschrien. Sie hatte ihm auch keine Tassen an den Kopf geworfen, nicht einmal Beleidigungen. Erst Tage später, nachdem er weg gewesen war und Hanna allmählich verstanden hatte, was passiert war, kam der Schmerz. Sie hatte dann schnell gemerkt, dass sie nicht nur um Ben weinte. Sie hatte viel mehr verloren als ihn. Auf einmal war alles weg gewesen, was jahrzehntelang zu ihr gehört hatte, ihr Halt und Stabilität gegeben hatte. Ihr ganzer Lebensentwurf war von heute auf morgen dahin. Sie hatte es immer gemocht, eine verheiratete Frau zu sein, zu wissen, wo sie hingehörte, und ein Zuhause zu haben.

Nun musste sie lernen, sich selbst eines zu sein. Und zum ersten Mal fühlte sich der Gedanke daran nicht mehr ganz so bedrohlich an wie noch vor einigen Tagen.

Apropos Zuhause. Hanna sah sich kauend in der Küche um. Sie war gemütlich, keine Frage, mit den milchigen Fliesen, dem Bauernschrank, der alten Hexe und den alten Steingutschüsseln. Aber irgendwie fehlte hier etwas an den Wänden. In ihrer Küche in Hamburg hingen Fotos und Bilder, die Lena früher gemalt hatte. Der Kühlschrank war vollgepinnt mit alten Postkarten, Terminen, Lenas Stundenplan. Hier war doch alles ein wenig unbelebter. Plötzlich hatte Hanna eine Idee. Sie stellte ihren leeren Teller in die Spüle, ging nach oben ins Gästezimmer und sammelte einige der Aquarelle vom Fußboden ein. Sie mochte die Bilder, irgendwie taten sie ihr gut, und vor allem passten sie total gut hierher. Hanna verteilte sie auf dem Küchentisch und sah, dass die meisten kleine Löcher in den Ecken hatten. Sie hatten also schon mal irgendwo gehangen. Hanna ging zurück ins Gästezimmer und fand im Schreibtisch ihres Vaters tatsächlich Heftzwecken.

Über die Hexe hängte sie ein leuchtendes Rapsfeld. Daneben die Klanxholmer Kirche. Bei der Essecke fanden ein Sonnenuntergang über der Schlei, die Reetdachkate und eine Buchenallee, an deren Ende man die schimmernde Schlei erahnen konnte, einen Platz. Hanna sah sich um. Schon viel besser, dachte sie zufrieden. Rahmen wären allerdings noch schön. Vielleicht würde sie in den nächsten Tagen welche besorgen.

Sie griff beschwingt nach ihrem Handy und schrieb Lena eine kurze Nachricht:

> Muss gerade an dich denken. Hoffe, du hast es schön, meine Kleine.

Dann startete sie erneut die Musik und hottete in der Küche noch ein wenig ab.

18.

Die Sonne bringt es an den Tag.

ADELBERT VON CHAMISSO

Über Nacht war der Sommer zurückgekehrt. Hanna ließ sich auf dem Rücken treiben und genoss den Blick in den wolkenlosen Himmel. Sie musste nur ein wenig mit den Händen rudern, ansonsten lag sie ganz ruhig und fühlte sich getragen. Das Wasser war in den letzten Tagen abgekühlt, aber nicht so schlimm, wie Hanna es befürchtet hatte. Es hatte immer noch Sommerferien-Temperatur.

Nach einer Weile drehte sie sich auf den Bauch und schwamm ein paar Züge weiter raus. Die Morgensonne tauchte die Landschaft auf der anderen Uferseite in ein magisches Licht. Es war eine besondere Stimmung, und Hanna konnte sich nicht erinnern, wann sie sich das letzte Mal derart leicht und ausgeglichen gefühlt hatte. Eine tiefe Zufriedenheit und Dankbarkeit durchströmte sie.

Als sie sich wieder auf den Rücken drehte, sah sie aus dem Augenwinkel, dass ein weiterer Badegast gekommen war, der ihr nun zuwinkte. Hanna ging wieder in Bauchlage und kniff die Augen zusammen. Dann erkannte sie das weiße Haar und den lilafarbenen Bademantel. «Guten Morgen, Ella», rief sie aus der Entfernung und schwamm ihr entgegen. Sie trafen sich auf halber

Strecke. Ella lächelte, und Hanna freute sich sehr, sie zu sehen.

«Ist das nicht ein herrlicher Morgen, nach all dem Regen der letzten Tage?» Ella ließ beim Schwimmen den Blick schweifen und wirkte, als würde sie diesen Augenblick förmlich in sich aufsaugen. «Das ist meine Landschaft», sagte sie. «Hügel, Knicks, Wälder. Ich kenne all das in- und auswendig und kann mich doch nie sattsehen. Es hat so etwas Beruhigendes, fast Tröstliches, findest du nicht?»

«Stimmt», sagte Hanna. «Und es tut so gut, die Sonne wieder zu spüren. Ich bin vorhin schon barfuß durch den Garten gegangen, habe den Vögeln gelauscht und das lustige Eichhörnchen beobachtet, das morgens immer die Kastanie hochrennt.»

«Ich hoffe, du warst ohne Heckenschere unterwegs.» Ella lächelte sie an, und ihre Augen blitzten fröhlich.

Hanna lachte auf. «Keine Sorge, die brauche ich nicht mehr.»

«Das ist gut», sagte Ella. «Ich frage nur, weil ich von Anke gehört habe, dass du Besuch hattest.»

«Oh ja, es gibt einiges zu erzählen. Weißt du was», sagte Hanna. «Schwimm du in Ruhe deine Morgenrunde. Ich gehe jetzt Brötchen holen, und dann kommst du gleich zum Frühstück zu mir, und ich erzähle dir alles.»

Im Bauernschrank hatte Hanna ein Glas Rosengelee entdeckt. Vielleicht stammte es ja sogar von Ella, dachte sie. Als sie es aufschraubte, strömte ihr ein herrlicher Duft entgegen, eine Mischung aus Rosen, ein wenig Zitrone und Sommer. Sie stellte es auf den Frühstückstisch, den sie auf der Terrasse gedeckt hatte. Dann machte sie ein Foto und schickte es an Meike.

Schon gefrühstückt? Bist herzlich eingeladen. Ella kommt auch gleich. Liebste Grüße

Hanna döste in der Sonne. Sie genoss die warmen Strahlen auf ihrer Haut und hatte nach dem Brötchenholen sogar daran gedacht, sich einzucremen. Sie atmete tief ein. Schwimmen, Sonne und dazu die leichte Brise, die durch die Linden rauschte – besser konnte ein Sommerferientag gar nicht starten.

«Das sieht ja toll aus.» Ella stand auf einmal in ihrem Bademantel und mit feuchten Haaren vor Hanna. «Und hier war offensichtlich noch ein Glas meines Gelees. Weißt du, dass ich das Rezept vor vielen, vielen Jahren von Josts Mutter, also deiner Oma, bekommen habe?»

«Ach», sagte Hanna. «Ich kannte bis eben gar kein Rosengelee. Setz dich, möchtest du Kaffee?» Die Kanne stand schon bereit, und Hanna schenkte Ella ein.

«Hat Balu sich bei der Hitze ins Haus verkrochen?», fragte Ella, während sie Platz nahm. «Ich habe ihn schon beim Schwimmen vermisst.»

Hanna stutzte einen Moment und sah Ella überrascht an. Natürlich, dachte sie dann. Wenn Ella in den letzten Tagen nicht mit Meike oder Thies gesprochen hatte, konnte sie es noch gar nicht wissen. Anke hatte bis gestern Abend ja nur das mit dem *Typen aus Hamburg* gewusst.

Hanna stellte die Kanne ab und begann zu erzählen. Sie erzählte von dem Abend bei Meike, als Balu es nicht mehr allein zum Auto geschafft hatte, von dem Arztbesuch am nächsten Tag, dem Segeltörn, auf dem Hanna Hoffnung geschöpft hatte, und schließlich von Balus Sterbetag, an dem dann ausgerechnet Ben an ihrer Seite gewesen war. Zwischendurch musste Hanna ein paarmal innehalten und eine Ladung Tränen runterschlucken. Und auch Ella wischte sich mit der Serviette über die Augen und sagte immer wieder «Ach, min Deern …». Als Hanna in ihrer Erzählung dann in Hamburg angekommen war und von Kristins dickem Bauch, Bens Feigheit, Hannas totaler Ernüchterung und schließlich ihrem Loslassen berichtete, kommentierte Ella das mit den Worten: «Bravo, hast also endlich aufgehört, gegen den Strom zu schwimmen.»

Hanna reichte ihr den Brötchenkorb. «Ja, genauso fühlt es sich an. Der Gedanke, mir ein neues Leben aufzubauen, ohne Ben, hat tatsächlich seinen Schrecken verloren.»

«Ist es nicht ein wunderbares Gefühl», sagte Ella, «wenn die Zuversicht allmählich größer wird als der Schmerz?» Sie erhob ihre Kaffeetasse. «Auf das Leben.»

Hanna lächelte und stieß mit ihr an. Plötzlich kam ihr ein Satz in den Sinn, den ihr Vater immer gesagt hatte und an den sie schon sehr lange nicht mehr gedacht hatte: «Wir können den Wind nicht ändern, aber die Segel anders setzen.»

Ella horchte auf und legte den Kopf schief. «Aristoteles, das war Josts Lebensmotto.»

Hanna wunderte sich einen Moment. Sie hatte gar nicht gemerkt, dass sie die Worte laut ausgesprochen hatte. «Stimmt», sagte sie dann. «Damals nach Mamas Tod hat er den Satz häufiger zitiert, immer verbunden mit der Aufforderung, mich an die schönen Dinge mit ihr zu erinnern, statt dem Schmerz zu viel Raum zu geben. Irgendwann habe ich erkannt, er hat mit den Worten nicht nur versucht, mich zu trösten und mir Mut zuzusprechen, sondern vor allem sich selbst.»

Ella schnitt ihr Brötchen durch. «Es hätte deinen Vater auf jeden Fall sehr gefreut zu hören, dass es dir besser geht. Er hat sich im letzten Jahr immer wieder Sorgen um dich gemacht.»

Hanna nickte. «Ich wünschte, er wäre jetzt hier.»

«Ja, es ist wirklich schade, dass ihr in den letzten Jahren nie zusammen in Klanxholm wart.» Dann blickte Ella suchend über den Tisch. «Ich hole rasch einen Teelöffel für das Gelee.» Sie schob den Stuhl zurück und stand auf.

«Die erste Schublade rechts vom Herd.»

«Hanna», sagte Ella mit gespielter Empörung. «Ich komme seit meiner Kindheit in dieses Haus. Da werde ich wohl einen Löffel finden.»

Hanna lächelte, schnitt sich ein Brötchen auf und bestrich es mit Butter. Sie hatte das Gelee vorhin schon mal mit dem kleinen Finger probiert und freute sich nun darauf, es auf ihrem Brötchen zu essen. Als Ella nicht gleich zurückkam, wunderte Hanna sich kurz, dachte dann aber, sie wäre vielleicht noch auf die Toilette gegangen. Doch als Ella nach ein paar Minuten immer noch nicht zurück war, rief Hanna ihren Namen und ob sie vielleicht Hilfe brauche.

Keine Antwort.

«Ella?», rief Hanna erneut, diesmal ein wenig lauter.

Doch außer Vogelgezwitscher war nichts zu hören.

Hanna wurde etwas mulmig. Rasch stand sie auf und

ging in die Küche. Ella stand regungslos vor der Hexe und starrte die Aquarelle an.

«Ach ja, die Bilder», sagte Hanna und stellte sich neben Ella. «Die wollte ich dir ohnehin noch zeigen. Machen sich doch gut hier, oder?» Sie ging einen Schritt näher an die Aquarelle heran und deutete auf die Signatur. «Schau mal, weißt du, wer D. H. ist?» Sie blickte zu Ella. Erst jetzt bemerkte sie deren merkwürdigen Gesichtsausdruck. Ellas Wangen leuchteten hochrot, um den Mund herum wirkte ihre Haut dagegen ganz fahl. Ihr Brustkorb hob sich nur leicht, fast wirkte es, als hätte sie die Luft angehalten.

«Was ist los, Ella?» Hanna war sofort wieder bei ihr. Sie fasste sie an die Schultern und sah sie eindringlich an. Ella schien durch sie hindurchzublicken.

Hanna eilte zur Spüle, füllte ein Glas mit Wasser, ging zurück und reichte es Ella. Doch sie reagierte nicht.

«Willst du dich setzen?», fragte Hanna.

Ganz langsam drehte Ella den Kopf. Nun sah sie Hanna an. In ihrem Blick lag etwas Verzweifeltes, gar Hilfloses. «Wo hast du die her?»

«Oben aus dem Gästezimmer», sagte Hanna. «Da sind noch mehr, ein ganzer Karton voll. Auch Fotos. Soll ich sie dir zeigen?»

Ella richtete ihren Blick wieder auf die Bilder. «Wieso könnt ihr die Toten nicht ruhen lassen?» Ihre Stimme zitterte. Dann wiederholte sie die Frage noch einmal, sah Hanna mit aufgebrachtem Blick an und eilte aus der Küche.

Hanna war total perplex. Als sie wieder auf die Terrasse trat, war Ella verschwunden. Hanna ließ sich auf ihren

Stuhl sinken. Was war das denn gerade? *Die Toten ruhen lassen* … Welche Toten, um Himmels willen? Wer war D.H., und wieso hatte Ella derart schockiert reagiert?

«Moin, Hanna.» Meike war um die Ecke gekommen und riss Hanna aus ihren Gedanken. «Wie schön, dass du zurück bist und auch noch die Sonne mitgebracht hast.» Meike beugte sich zu Hanna hinunter, und die beiden drückten sich fest.

«Was ist denn mit Ella los?», fragte Meike, während sie sich setzte und ihren Blick über den Frühstückstisch schweifen ließ. Rasch schnappte sie sich ein Stück Tomate und steckte es sich in den Mund. «Ich habe sie gerade vorne getroffen, aber sie hat mich gar nicht richtig wahrgenommen.»

«Das würde ich auch gern wissen», sagte Hanna. «Wir wollten gerade anfangen zu essen, aber dann hat sie plötzlich etwas vollkommen aus der Bahn geworfen.»

Meike guckte fragend und griff nach einem Brötchen.

«Komm mit, ich zeige dir, was es war.»

«Kann ich nicht erst essen?», fragte Meike. «Ich bin seit sechs Uhr im Atelier, hab zwischendurch nur schnell meinem Vater Frühstück gemacht. Ich komme um vor Hunger.»

Hanna stand auf, griff nach Meikes Hand und versuchte sie aus dem Gartenstuhl zu ziehen. «Du kannst gleich ganz viel essen, versprochen. Aber jetzt komm erst mal.»

Widerwillig erhob Meike sich und folgte Hanna in die Küche. «Oh, du hast dekoriert.» Sie sah sich um.

«Die habe ich zwischen den Sachen meines Vaters gefunden und gestern Abend aufgehängt», sagte Hanna und erzählte Meike rasch von Ellas merkwürdiger Reaktion auf die Bilder und davon, dass sie dann einfach gegangen war, ohne noch irgendetwas zu sagen.

Meike guckte sich die Aquarelle genauer an. «Und du sagst, du hast noch mehr?»

«Ja, oben.»

Im Gästezimmer setzten sich Hanna und Meike aufs Bett und betrachteten die übrigen Zeichnungen. «Weißt du was», sagte Meike. «Ich kenne die Bilder. Also nicht genau die hier. Aber als ich vor ein paar Monaten angefangen habe, in Sönkes Fotokisten zu wühlen, waren da ein paar ganz ähnliche Zeichnungen dabei.»

«Mit der gleichen Signatur?», fragte Hanna und deutete auf die Buchstaben unten rechts in der Ecke.

«Das kann ich dir nicht genau sagen, glaub aber schon.»

Hanna griff nach einem der Strandfotos, die sie auch bei Meike gesehen hatte, und betrachtete es. «Welche Toten soll ich ruhen lassen? Und wieso haben unsere Väter die gleichen Aquarelle?», fragte sie nachdenklich.

«Na ja, dass sie sich gekannt haben, ist klar.» Meike hatte sich ebenfalls einen Stapel Bilder genommen, den sie nun durchsah. «Hier kennt ja jeder jeden, und sie waren in einem Alter.»

«Auf dem Foto, das ich neulich bei dir gesehen habe, das Sönke und Jost mit den beiden Mädchen vor eurem Haus zeigt, sah es irgendwie sogar nach einer engen Freundschaft aus», sagte Hanna.

«Vielleicht war es ja auch mal eine», erwiderte Meike. «Wären ja nicht die Ersten, bei denen sich so etwas im Laufe des Lebens verändert.»

Hanna nahm das Gruppenfoto vom Strand in die Hand. Sie hatte sie durchgezählt, es waren 15 Teenager.

Ihr Blick blieb an dem Mädchen hängen, von dem sie und Meike meinten, dass es Ella war. Und an dem daneben, das Hanna auch auf dem Hof-Foto gesehen hatte. Es war ziemlich merkwürdig, und Hanna wusste ja auch, dass es im Grunde gar nicht sein konnte. Aber an irgendjemanden erinnerte sie dieses Mädchen mit dem wachen Blick, dem Grübchen am Kinn und dem fröhlichen Lachen. Wenn sie nur wüsste, an wen.

19.

Das Wesen des Meeres ist aus den
Tropfen nicht ersichtlich.

KURT TUCHOLSKY

Hanna nahm das Bild mit dem leuchtend gelben Rapsfeld von der Wand, rollte es zusammen und steckte es in ihre Umhängetasche. Dann lief sie noch einmal die Treppe hoch, schnappte sich eines der Strandfotos und ließ es ebenfalls in ihrer Tasche verschwinden. Es war offensichtlich, dass sich hinter den Zeichnungen eine Geschichte verbarg, und zwar eine, über die Ella irgendetwas zu wissen schien. Und Hanna war fest entschlossen, Ella zur Rede zu stellen. Abgesehen davon, dass ihre Neugier geweckt war, fand sie auch, dass sie ein Recht darauf hatte, zu erfahren, warum Ella sich so merkwürdig verhielt. Schließlich hatten die Bilder ja wohl ihrem Vater gehört.

Hanna hätte es gern gehabt, dass Meike sie zu Ella begleitete. Doch die war nach dem Frühstück gleich wieder zurück ins Atelier geradelt. Bis zu ihrer Vernissage waren es nur noch wenige Wochen, und bis dahin hatte sie noch jede Menge Arbeit vor sich. Doch auch Meikes Neugier war geweckt, und sie hatte Hanna versprochen, die Aquarelle, die sie zwischen Sönkes Sachen entdeckt hatte, herauszusuchen.

Im Windfang schnappte Hanna sich den alten Strohhut und drehte sich in der Tür noch einmal um. Sie hatte es immer noch so drin, nach Balu zu sehen, bevor sie das Haus verließ. Sie schluckte kurz. Dann zog sie die Tür zu, schwang sich aufs Fahrrad und radelte los.

Es war noch nicht mal elf. Dennoch hing die Hitze schon schwer über Klanxholm. Es roch nach warmem Asphalt, und als Hanna den kleinen Hügel an den Pferdekoppeln herunterrollte, wehte der Geruch von Silage zu ihr herüber.

Vorm Dorfladen standen einige Autos mit fremden Kennzeichen. Touris, dachte Hanna und spürte dabei durchaus eine leichte Überheblichkeit, über die sie kurz schmunzeln musste. Das Gefühl, das sie gestern schon beschlichen hatte, als sie nach Klanxholm reinfuhr, hatte sich nun beim Anblick der Nummernschilder noch einmal verstärkt. Sie war hier keine Fremde mehr. Wer sich mit dem Sheriff duzte und wusste, dass ganz früh morgens die schönste Zeit zum Schwimmen war, weil dann das Licht ganz besonders magisch war, ging ja wohl klar als Local durch.

Vor Ellas Haus stoppte Hanna und lehnte das Fahrrad gegen den Zaun. Da im Garten alles ruhig war, ging sie direkt zur Haustür. Bevor sie die Klingel drückte, atmete sie einmal tief durch. Sie war ein wenig nervös, da sie Angst hatte, dass Ella möglicherweise stur blieb und nichts erzählen oder das Ganze wieder mit irgendeiner abstrusen Erklärung abtun würde, so wie neulich, nachdem sie in der Werft aufgetaucht war. Genau wie letzte Woche hatte Ella auch heute Morgen in Hannas Küche wie verwandelt gewirkt. Da war von der heiteren, lebensklugen und in sich ruhenden Frau nichts mehr übrig gewesen. Und dafür musste es ja wohl einen Grund geben. Hanna drückte die Klingel und wartete mit klopfendem Herzen. Als sich auch nach dem dritten Mal klingeln immer noch nichts tat und nirgends ein Geräusch zu hören war, zog Hanna enttäuscht ab. Sie wollte so gern mit Ella reden, hatte aber keine Idee, wo sie nun nach ihr hätte suchen sollen. Sie nahm das Rad und schob langsam zurück Richtung Dorfkern.

An der Kreuzung stand sie einen Moment lang unschlüssig herum. Sie hatte Thies gestern Abend keine Nachricht mehr geschickt, und nun war sie nicht sicher, ob es richtig war, nach der knappen Woche Funkstille einfach so bei ihm aufzutauchen. Sie musste zugeben, das Wiedersehen stand ihr ein bisschen bevor. Doch schließlich gab sie sich einen Ruck und schob rechts runter Richtung Werft.

Schön, wieder hier zu sein, dachte Hanna, als sie die Segel- und Motorboote in der kleinen Marina sah. Thies' Auto konnte sie vor der Werft allerdings nicht entdecken. Trotzdem entschied sie sich reinzugehen.

In der großen Halle war niemand zu sehen. Hanna durchquerte sie und ging weiter in die kleine. Auch dort war sie vollkommen allein. Kein Thies, kein Paul, und von den übrigen Mitarbeitern fehlte ebenfalls jede Spur.

Hanna begutachtete das Boot ihres Vaters. Am Rumpf hatte sich einiges getan, und auch an Deck wurde offenbar gearbeitet, jedenfalls lag da eine Maschine, von der Hanna allerdings nicht sagen konnte, wozu sie gut war.

«Hallo, Hanna.»

Sie drehte sich um. Thies stand mit vor der Brust verschränkten Armen in der Tür. Hanna konnte seinen Blick nicht ganz deuten. Überraschung konnte sie darin erkennen, aber ansonsten … große Freude sah eher anders aus.

«Hi … lange nicht gesehen.» Hanna konnte es nicht fassen. Hatte sie diese bekloppte Floskel gerade wirklich gesagt?

«Stimmt», sagte Thies. «Und ich muss zugeben, dass ich heute gar nicht mit dir gerechnet habe. Sag bloß, du bist gekommen, um mal wieder an deinem Boot zu arbeiten.»

Der leicht bissige Unterton war nicht zu überhören, und eine ungemütliche Stille erfüllte die Halle. Hanna konnte es Thies auch nicht verdenken. Erst zettelte sie hier ein großes Restaurierungsprojekt an, ein Refit, wie Thies es genannt hatte, und dann kümmerte sie sich plötzlich um nichts mehr. Obwohl er neulich selbst gesagt hatte, dass sie bei dem Arbeitsschritt, der da gerade anstand, gar nicht helfen konnte. Aber gut, ihr war durchaus bewusst, dass das eine schwache Ausrede war.

Hanna atmete tief durch und machte einen Schritt auf ihn zu. «Thies … ich … Es tut mir leid, dass ich neulich so abrupt abgehauen bin. Die Nachricht auf meinem Handy war von Ben, meinem Mann. Wir haben eigentlich gar keinen Kontakt. Deshalb hat mich die WhatsApp so … so durcheinandergebracht. Und dann lag plötzlich auch noch Balu im Sterben, und Ben kam vorbei, und ich wusste überhaupt nicht mehr, wo oben und unten war. Ich musste dann nach Hamburg und versuchen, alles einigermaßen zu regeln. Jedenfalls steht jetzt bei Ben und mir definitiv die Scheidung an.»

Thies nickte stumm. Er stieß sich vom Türrahmen ab, an den er sich mit einer Schulter gelehnt hatte, und löste seine Armhaltung. Nun vergrub er seine Hände in den Hosentaschen seiner Jeans. «Sorry, dass ich gerade so genervt war, aber ich hätte mich wirklich über ein kurzes Lebenszeichen von dir gefreut.» Dann machte er einen Schritt auf Hanna zu. «Das mit Balu tut mir unfassbar leid. Ich hab den echt in mein Herz geschlossen.» Er schluckte. «Dass er jetzt nicht mit dir hier ist und wie sonst vorm Boot liegt, ist verdammt traurig und ziemlich ungewohnt.»

Hanna wischte sich über die Augen. Beide schwiegen einen Moment. «Ich möchte dir gern noch etwas sagen», fuhr Thies fort. «Auch auf die Gefahr hin, dass … Ach, ich weiß auch nicht.» Er guckte einen Moment zu Boden, dann sah er Hanna wieder fest in die Augen. «Es ist nichts, was du nicht ohnehin schon weißt. Ich … ich verbringe sehr gern Zeit mit dir … Um ehrlich zu sein, bist du seit meiner Trennung die erste Frau, mit der ich so gern Zeit verbringe …»

«Thies, ich …» Hanna spürte, dass sie auf einmal Angst bekam, vor dem, was er möglicherweise sagen würde. Klar hatte sie gemerkt, dass er über die Restaurierung hinaus ihre Nähe suchte, hatte das aber auch nicht zu hoch hängen wollen. «Ich verbringe auch gern Zeit mit dir», beeilte sie sich zu sagen, «aber ich habe in letzter Zeit so viel erlebt, so viel Chaos, ich muss jetzt erst mal wieder klarkommen, also ich meine, mit mir allein klarkommen.»

Thies nickte. «Ich weiß selbst, dass die Dinge Zeit brauchen, und ich will dich auf keinen Fall mit irgendwas überrumpeln. Aber ich will, dass du weißt, dass ich da bin, wenn du einen Freund brauchst.»

Wow, dachte Hanna. Sie war ziemlich gerührt und auch ein wenig erleichtert darüber, dass das Gespräch keine komische Richtung genommen hatte. Dann ging sie auf Thies zu und streckte ihm die Hand entgegen. «Freunde», sagte sie. «Aber so was von.»

Thies lächelte und gab ihr seine Hand. Hanna mochte sein Lächeln. Es war eines, das einen wärmte, wenn man fror, und tröstete, wenn man traurig war. Sie ließen ihre Hände los und schwiegen einen Moment.

«Okay», sagte Hanna schließlich und machte einen Schritt Richtung Boot. Dann drehte sie sich erneut zu Thies. «Sag mal, wo sind eigentlich alle?»

«Na, beim Sheriff.»

«Wieso das denn? Alle verhaftet?» Die Vorstellung amüsierte Hanna.

«Sag bloß, das weißt du gar nicht?»

«Was denn? Mach's nicht so spannend.»

«Heute ist der letzte Freitag im Juli, da findet das alljährliche Klanxholmer Sommerfest statt, und die Werft kümmert sich um die Bier-Bar, wir bauen gerade auf.»

«Ach, das ist heute?», sagte Hanna. «Ich habe gestern auf dem Weg hierher ein paar Plakate gesehen, aber gar nicht aufs Datum geachtet. Na ja, bei dem Regen war sowieso nicht viel zu erkennen.» Sie wunderte sich einen Moment, dass Meike beim Frühstück gar nichts davon erzählt hatte. Aber wahrscheinlich hatte sie für so etwas gerade gar keinen Kopf. Hanna kannte das vom Schreiben nur zu gut. In den letzten Wochen vor Manuskriptabgabe hatte sie im Grunde gar kein Sozialleben mehr.

«Aber wieso findet das Fest denn beim Sheriff statt?», wollte sie nun wissen.

«Seine Hacienda ist so was wie der Dorftreff», sagte Thies. «Einen Festsaal oder einen Gasthof gibt's hier ja schon lange nicht mehr.»

«Kommst du jetzt direkt von ihm?»

Thies nickte. «Ich habe hinten im Hof noch ein paar Bierbänke, die wollte ich schnell holen.»

«Und hast du zufällig Ella getroffen?», fragte Hanna.

«Nee, wieso?»

Hanna zog das Aquarell aus ihrer Tasche und rollte es auseinander. «Guck mal, ich habe dir doch neulich beim Segeln von den Zeichnungen erzählt, die ich bei uns im Haus gefunden habe.»

«Schön», sagte Thies, der sich nun neben Hanna gestellt hatte und das Aquarell betrachtete.

«Finde ich auch, deshalb habe ich einige aufgehängt. Als Ella allerdings heute Morgen zum Frühstück da war und die Bilder in meiner Küche sah, war sie total schockiert und hat mich gefragt, warum ich die Toten nicht ruhen lassen kann. Dann ist sie einfach gegangen, ohne irgendetwas zu erklären. Ich wollte mit ihr reden, aber sie ist nicht zu Hause.»

«Und du hast keine Ahnung, was sie gemeint haben könnte?», fragte Thies.

«Überhaupt nicht. Das war ähnlich spooky wie hier neulich die Szene vorm Boot.» Hanna wies auf die Signatur. «Die sagt dir auch nichts, oder?»

Thies schüttelte den Kopf. «Aber ich habe eine Idee. Ich lade die Bierbänke und dein Fahrrad ein, und dann halten wir bei Anke an. Vielleicht weiß sie was.»

Sie hatten Glück. Der Laden war leer, als sie ihn betraten. Anke war gerade dabei, in der Obst- und Gemüseabteilung eine Kiste Tomaten auszupacken, und Willi räumte einige Kaffeepötte von den Stehtischen.

«Moin», rief Thies.

Anke guckte hoch. Ihr Gesicht war leicht gerötet. Wahrscheinlich machte ihr die Hitze zu schaffen, dachte Hanna.

«Moin, Thies.» Anke richtete sich auf. «Ach, Hanna ist auch dabei.» Sie strahlte die beiden an und stemmte ihre Hände in die Hüften. «Ihr beiden Hübschen. Was kann ich für euch tun? Wollt ihr einen Kaffee?» Ohne die Antwort abzuwarten, marschierte sie durch den Laden in Richtung der Stehtische.

Hanna und Thies wechselten einen kurzen Blick. Dann gingen sie vorneherum an der Kasse vorbei und stellten sich zu Willi, der ihnen stumm zunickte.

«Freut ihr euch schon aufs Fest?» Anke war inzwischen hinter den Bäckertresen gegangen, kam mit vier Bechern zurück und feuerte gleich die nächste Frage ab. «Und Hanna, wie fühlt sich das Leben ohne Ring an, gut, ne?» Anke ließ ihr gar keine Chance zu antworten, sondern redete einfach weiter und erzählte Thies, was sie gestern hier mit dem dollen Fadentrick vollbracht hatte. Dann griff sie nach der Thermoskanne und füllte die Becher. «Heiß heute, wa?! Und das soll die nächsten Tage ja noch wärmer werden. Puh, dann muss ich wohl doch noch an meiner Bikini-Figur arbeiten.» Sie kicherte und strich über die geschlossene Knopfleiste ihres Kittels, der über ihrem üppigen Busen etwas spannte. «Und ihr?» Anke trank einen Schluck Kaffee und guckte abwechselnd zu

Hanna und Thies. «Seid ihr immer noch an dem Boot zugange?»

Hanna ahnte: Jetzt musste sie schnell sein. Sonst würde Anke sie weiterhin in Grund und Boden quatschen.

«Ich brauche deine Hilfe, Anke.»

«Ach.» Es war nicht zu übersehen, dass sie sich durchaus geschmeichelt fühlte. «Denn mal los. Was kann ich für dich tun?»

Hanna griff in ihre Tasche, zog das Aquarell heraus und rollte es auf dem Tisch auseinander. «Kennst du zufällig die Malerin oder den Maler dieses Bildes?» Sie drehte die Zeichnung so, dass Anke alles gut erkennen konnte. «Siehst du», Hanna zeigte mit dem Finger in die untere Ecke. «Hier ist die Signatur. *D. H.*»

Aus der Seitentasche ihres Kittels zog Anke eine Lesebrille und setzte sie auf.

«Könnte das H vielleicht für Hinrichsen stehen?», fragte Hanna.

«Nein», sagte Anke mit fester Stimme und nahm die Brille mit einer zackigen Bewegung wieder ab.

«Was nein?», fragte Hanna.

«Ich weiß nicht, wofür das H steht. Ich kenne die Malerin nicht!»

«Die Malerin?» Hanna legte den Kopf schief und blickte Anke an. Dann sah sie, wie Willi Anke sachte mit dem Ellenbogen anstieß und Anke ein wenig doller zurückstieß.

«Alles klar?» Thies guckte die beiden mit gerunzelter Stirn an. Ihm war die kleine Rangelei offenbar auch aufgefallen.

«Ja, ja.» Anke griff nach der Thermoskanne. «Noch jemand Kaffee?»

«Was soll das?», fragte Hanna. «Irgendwas stimmt hier doch nicht.»

Willi schlug die Zeitung auf, die vor ihm lag, und Anke stellte die Kanne ab. «So», sagte sie. «Ich muss wieder zu meinen Tomaten.»

Hanna spürte, wie ihr noch heißer wurde, als ihr ohnehin schon war. «Anke, du weißt hier über jeden und alles immer Bescheid. Was ist mit der Malerin?»

«Es gibt Sachen, die gehen uns nichts an», sagte Anke und räumte die Tassen ab.

«Pfff.» Hanna lachte freudlos auf und verschränkte die Arme vor der Brust. «Das Gefühl hatte ich bei dir bisher ehrlich gesagt nicht. Außerdem, wenn das H für Hinrichsen steht, würde ich das schon gern wissen, denn dann geht es um meine Familie!»

Anke stand nun ganz still mit dem Rücken zu den Tischen. «Hat dein Vadder dir denn nie was erzählt?», fragte sie, ohne sich umzudrehen.

«Was denn bloß?» Hannas Herz klopfte, und ihre Stimme war laut geworden. «Rede doch mit mir!»

Da drehte Anke sich langsam um und guckte Hanna fest in die Augen. «Manchmal weiß sogar ich, wann es besser ist, die Klappe zu halten.»

20.

Der Sturm wird immer stärker.
Das macht nichts, ich auch.

PIPPI LANGSTRUMPF

Hanna schmiss den nassen Lappen genervt auf den Tisch und band sich ihr verschwitztes Haar zum Dutt. Den Strohhut hatte sie inzwischen abgenommen, er brachte schon länger keinen Schatten mehr. Die Hitze war tatsächlich nicht ohne. Doch weitaus mehr als die Temperaturen machte ihr das Rätsel um die Malerin zu schaffen und Ankes plötzliche Verschlossenheit. Es war doch wirklich kaum zu glauben: Ausgerechnet das größte Tratschweib nördlich der Alpen bewies auf einmal vornehme Zurückhaltung und meinte, dass sie die Dinge nichts angingen. Hanna hatte Anke vorhin im Laden noch angeboten, ihr, was immer sie wusste, zu flüstern oder es einfach aufzuschreiben, und anschließend konnte sie dann gern weiter die verschlossene Auster spielen. Doch Anke blieb stur. Auch zu Ella war Hanna noch einmal geradelt, hatte dort allerdings wieder niemanden angetroffen.

Nun versuchte Hanna sich mit Arbeit abzulenken. Da heute sowieso keiner in der Werft war, der ihr hätte zeigen können, was es am Boot zu tun gab, konnte sie sich genauso gut beim Sheriff nützlich machen und wischte gerade gefühlt die hundertste Bierbankgarnitur ab.

Überall wuselten Leute herum, hängten Lampions auf, bauten drinnen und draußen Tresen auf, stellten Tische fürs Catering bereit, füllten Kühlschränke, schlossen Bierfässer an, polierten Gläser, verkabelten das DJ-Pult. Der Sheriff schien in seinem Element. Mit verspiegelter Sonnenbrille auf der Nase düste er im Gabelstapler über sein Gelände, schaffte Strohballen als weitere Sitzgelegenheiten aus der unteren Scheune nach oben zur Hacienda und machte dabei einen ziemlich wichtigen Eindruck. Ab und zu hielt er kurz an und gab einigen Helfern Anweisungen.

Hanna sank auf eine Bank und griff nach der Wasserflasche, die sie sich bereitgestellt hatte. Als sie sie wieder absetzte, sah sie, dass Meike auf ihrem Fahrrad in die Einfahrt gebogen war. Hanna winkte, und Meike, die ziemlich angespannt wirkte, steuerte auf sie zu.

«Was ist los?», rief Hanna schon von Weitem.

«Hast du Vaddern irgendwo gesehen?»

«Nee, ist er wieder ausgebüxt?»

Meike stieg vom Fahrrad, stellte es ab und setzte sich zu Hanna. «Ja, seit ich ihm vorhin erzählt habe, dass heute Dans op de Deel ist, hat er mit den Hufen gescharrt, wann es denn endlich losgeht. Dann war er plötzlich weg, und ich dachte, vielleicht ist er hier.» Sie sah sich suchend um. «Dein Handy ist übrigens aus. Ich hab versucht, dich zu erreichen, wollte dich nach Vaddern fragen und dir erzählen, dass seine Bilder die gleiche Signatur haben wie deine.»

Da erst fiel Hanna ein, dass sie ihr Handy gar nicht eingepackt hatte. Es musste irgendwo zu Hause liegen, wahrscheinlich leer, egal. Die Info mit der Signatur war jetzt ohnehin viel spannender. «Und du weißt wirklich nicht, wo er die Zeichnungen herhat?», fragte sie.

«Keinen Schimmer. Was hat Ella gesagt?»

«Gar nichts, sie ist nicht zu Hause. Hast du vielleicht eine Idee, wo sie sein könnte?»

Meike schüttelte den Kopf.

«Ist ja auch egal, sicher kommt sie heute auch zum Fest, oder ich erwische sie morgen. Aber weißt du, wem ich das Bild gezeigt habe?»

«Na?»

«Anke. Und tatsächlich weiß sie irgendwas, sagt aber nichts.»

Meike guckte fragend.

«Sie hat gesagt, das ginge sie nichts an und es sei besser, darüber zu schweigen.»

«Hä, was ist denn mit der los?! Ich schlage vor, wir füllen sie nachher ordentlich ab, und dann wird das schon.» Meike zwinkerte Hanna zu. «Ich muss weiter, Vaddern suchen. Wir sehen uns später.»

«Wie schön, dass du kommst», sagte Hanna. «Ich hatte schon befürchtet, dass du im Atelier bleibst.»

«Wenn in Klanxholm schon mal was los ist, bin ich natürlich dabei. Bis dann. Tschüss, mein Sohn», rief Meike noch in Pauls Richtung, der mit Thies gerade dabei war, Schrauben in einen Tanzboden zu versenken, und nun kurz die Hand hob.

Nachdem Hanna auch die letzten Biertischgarnituren aufgestellt und sauber gemacht hatte, wollte sie nur noch eins: duschen. Und was essen musste sie auch ganz dringend. Es war inzwischen später Nachmittag, und ihr Frühstück war eine Ewigkeit her. Sie sagte Thies Bescheid und auch dem Sheriff, der sie ermahnte, bloß schnell wiederzukommen. «Gibt noch viel zu tun», krähte er ihr vom Gabelstapler hinterher. «Ach, und Hanna», rief er dann noch. «Heute Abend bist du fällig!» Er hatte die Sonnenbrille abgenommen und grinste von seinem Sitz zu ihr herunter. Daumen und Zeigefinger seiner rechten Hand hatte er zu einer Pistole geformt und zielte nun auf Hanna. «Heute tanzen wir!»

Sie lächelte gequält. «Wovon träumst du nachts», murmelte sie in sich hinein, ohne die Lippen zu bewegen, und zog ab.

Zu Hause schmierte Hanna sich zwei Brötchen und setzte sich damit unter die Kastanie. Sie konnte gar nicht sagen, wieso, aber irgendwie fühlte sie sich an diesem Platz, mit dem dichten Blätterdach über ihr, dem dicken Stamm im Rücken und dem Blick aufs Haus, mit allen verbunden, mit ihrem Vater, ihrer Mutter und auch mit Balu. *Hat dein Vadder dir denn nie was erzählt?* Hanna musste an Ankes Frage denken. *Mann, Papa, was meint Anke nur?* Erst das Boot, von dem Hanna nichts gewusst hatte, jetzt die Zeichnungen, auf die Ella und Anke komisch reagiert hatten – konnte es sein, dass sie ihren Vater vielleicht gar nicht so gut gekannt hatte, wie sie dachte?

Hanna schreckte hoch. Sie musste im Schatten der Kastanie eingenickt sein. Lautes Motorengeknatter hatte sie geweckt. Verschlafen stützte sie sich hoch und blickte zur Straße. Eine ganze Kolonne Motorräder donnerte an ihrem Haus vorbei. Entweder wollen die zur Badestelle oder zur Hacienda, dachte Hanna. Wohl eher Letzteres.

Sie nahm den leeren Teller und die Wasserflasche und ging ins Haus. In der Küche sah sie sich nach ihrem Handy um, konnte es aber nirgends entdecken, und sie hatte auch keine Ahnung, wann und wo sie es zuletzt in der Hand gehabt hatte.

Es war schon Viertel vor sechs, wie Hanna nun auf der Backofenuhr feststellte. Rasch lief sie nach oben, duschte und zog sich das blau geblümte Kleid mit der gesmokten Taille an, das sie zusammen mit noch ein paar anderen frischen Klamotten aus ihrer Wohnung in Hamburg mitgebracht hatte. Sie band sich das Haar hoch, schlüpfte in die braunen Riemchensandalen, schnappte sich ihre Tasche und machte sich zu Fuß auf den Weg.

Als Hanna beim Dorffest ankam, waren außer der Motorrad-Gang auch schon einige andere Gäste da.

«Hanna!», bölkte der Sheriff ihr prompt entgegen. Auch er hatte sich inzwischen umgezogen. Genau wie bei seinem Geburtstag trug er ein kurzärmeliges Karohemd und eine Jeans inklusive Büffel-Gürtel. Was diesmal neu war, war ein riesengroßer grauer Cowboyhut, unter dem sein Kopf ganz klein wirkte. Wahrscheinlich sein Schattenspender, dachte Hanna, denn die Sonne hatte immer noch Kraft. «Du wolltest doch viel eher wiederkommen?! Kannst du helfen, auf den Tischen Schnaps- und Wassergläser zu verteilen? Die Kartons stehen drin, hinter der großen Bar.»

«Mach ich», rief Hanna und sah, dass er auch einige der Motorradbräute zum Helfen verdonnert hatte. In der Scheune stapelte sie ein paar der Schnapsgläserkartons aufeinander und trug sie nach draußen zu den Tischen.

Die Musik, die aus den Boxen dröhnte, fand Hanna

im Vergleich zu den Songs, die sie gestern Abend gehört hatte, zum Abgewöhnen. Nichts gegen Schlager, aber für so einen schönen, lauen Sommerabend fand sie DJ Ötzi, Wolle Petry oder Andrea Berg dann doch ein bisschen eintönig.

Mit dem letzten Karton setzte Hanna sich auf eine leere Bank. Sie packte die Gläser aus, stellte sie verkehrt herum in die Mitte des Tisches und hörte dabei dem Gejaule von Klaus Lage zu. Als sie mitbekam, dass die Gäste, die bereits da waren, den Refrain *Tausendmal berührt* kräftig mitgrölten, ließ Hanna bei … *Zoom gemacht* … ihren Kopf langsam auf die Tischkante sinken. Dann schloss sie die Augen und betete, dass Meike schnell kommen möge, um mit ihr Schnaps zu trinken. Genug Gläser hatten sie schon mal.

«So schlimm?»

Hanna richtete sich abrupt auf. Ihr gegenüber hatte Thies Platz genommen. Er trug ein weißes Leinenhemd, die Ärmel hatte er hochgekrempelt und schob ihr ein frisch gezapftes Bier rüber. «Möchtest du?» Seine Augen blitzten fröhlich.

«Unbedingt.» Die beiden stießen an. «Hättest du Lust, den DJ zu töten oder ihn wenigstens zu entführen, und wir entern das Pult?» Hanna wischte sich den Schaum von der Oberlippe.

«Oha», sagte Thies. «Der DJ ist hauptberuflich Schlachter in Fleckeby, der ist zäh und lässt sich nicht so schnell um die Ecke bringen. Aber man kann sich die Musik schöntrinken, glaub mir. Damit habe ich hier die besten Erfahrungen gemacht.»

Hanna lachte auf und sah sich um. Es wurde allmählich voller, und plötzlich dachte sie gar nicht mehr an die Musik. Sie hatte Ella entdeckt, die zusammen mit Sönke auf sie zusteuerte.

Sönke strahlte übers ganze Gesicht. Hanna konnte sich nicht erinnern, ihn jemals so fröhlich gesehen zu haben. Ansonsten sah er aus wie immer: Prinz-Heinrich-Mütze, kurze Hose, Gummistiefel. Sein Anblick rührte Hanna heute besonders, in seinem Ausdruck lag so etwas Kindliches.

«Guten Abend», sagte Ella, als sie den Tisch erreicht hatten. «Ich bringe den Ausreißer. Meike weiß Bescheid, sie kommt auch gleich.»

Hanna und Thies begrüßten die beiden. «Wo war er denn diesmal?», fragte Thies und half Sönke, den Rollator zu parken und sich auf die Bank zu setzen.

«Er irrte hinten durchs Neubaugebiet. Früher gab es da nur einen großen Hof, den von Asmussen. Und da fanden immer unsere Feste statt. Den hat Sönke wohl gesucht.» Ella blickte ihn für einen Moment nachdenklich an. Sie sah müde aus, dachte Hanna. «Ich war dort den ganzen Tag bei einer ehemaligen Kundin, die mich um Rat wegen ihres Gartens gebeten hat», fuhr Ella fort. «Da lief er mir dann irgendwann über den Weg, und ich habe Meike angerufen.»

«Hüt is Dans op de Deel.» Sönkes wässrige Augen strahlten, und er schunkelte mit seinem Oberkörper hin und her.

«Genau, heute machen wir es uns schön», sagte Thies und schenkte Sönke ein Glas Wasser ein.

Ella stand immer noch vorm Tisch. «Möchtest du dich nicht zu uns setzen?», fragte Hanna.

«Ich will erst einmal nach Hause und mich frisch machen.»

«Aber du kommst doch wieder?»

Ella zuckte mit den Schultern und drehte sich um. Hanna stand rasch auf und ging ihr nach. «Ella, wann können wir reden …»

Ella blieb abrupt stehen und sah Hanna an. «Ich hatte einen sehr anstrengenden Tag. Vielleicht später.» Dann ging sie weiter, und Hanna wusste, dass es keinen Sinn hatte, sie zu bedrängen.

Nachdenklich nahm sie wieder Platz. Thies war losgegangen, um für Sönke eine Grillwurst zu besorgen, der vergnügt auf der Bank saß und vor sich hin pfiff.

Als Thies nach einer Weile wieder da war, sah Hanna, dass nun auch Meike und Paul die Auffahrt hochkamen. Hanna wunderte sich einen Moment. Die beiden hatten noch jemanden im Schlepptau, einen Mann, ungefähr in Meikes Alter mit grau melierten Locken und dunkler Hornbrille. Ach guck, dachte sie und war gespannt, wen Meike mitbrachte. Sie hatte bisher nichts von einem Freund erzählt. Aber vom Alter her dürfte der gar nicht in Meikes Beuteschema passen.

Und dann, ein Stück hinter den dreien, entdeckte Hanna auf einmal noch jemanden. Sie konnte es erst nicht glauben, denn eigentlich konnte es nicht sein. Sie kniff die Augen zusammen, bis sie tränten. Offensichtlich konnte es aber doch sein. Und in diesem Moment begriff Hanna nicht nur, dass ihre Sinne ihr keinen Streich spielten. In diesem Moment wusste sie plötzlich auch, an wen das Mädchen auf dem alten Strandfoto sie erinnerte. Und sie fragte sich, warum ihr das nicht gleich eingefallen war …

21.

Einen Garten zu pflanzen bedeutet,
an morgen zu glauben.

AUDREY HEPBURN

Hanna sprang auf, um Lena entgegenzulaufen. Meike blieb auf dem Weg stehen, weil sie wohl dachte, dass sie gemeint war. Doch Hanna eilte an ihr vorbei und rief ihr über die Schulter nur schnell zu: «Komme gleich!» Und dann noch: «Stell dir vor, meine Tochter ist da!» Sie hob den Arm und zeigte nach vorn in Lenas Richtung. Dann lief sie weiter und schloss ihr Kind fest in die Arme.

«Das gibt's doch gar nicht!» Hannas Herz lief über vor Mutterliebe.

«Mama, ich kriege keine Luft!»

Hanna lockerte die Umarmung, nahm Lenas Hände und strahlte sie an. «Das ist echt 'ne Überraschung! Gut siehst du aus, braun gebrannt, und deine Haare …» Sie griff in Lenas halblange Locken, die sie offen trug. «Die sind ganz schön ausgeblichen, das Blau ist fast nicht mehr zu sehen. Aber jetzt erzähl, was machst du hier?»

In diesem Moment fing Lenas Kinn an zu zittern. «Ich probier seit gestern Abend, dich zu erreichen», sagte sie mit wackeliger Stimme. «Wieso ist dein Telefon die ganze Zeit aus?»

«Keine Ahnung … ich weiß gerade gar nicht, wo es ist. Was ist denn passiert?»

«Anton ist so ein Arsch. Auf Ios hat er plötzlich mit einer Engländerin rumgemacht. Und dann entschieden, dass sie ab jetzt mit uns reist.»

«Nicht dein Ernst!?» Hanna war wirklich entsetzt, spürte aber durchaus auch ein klein wenig Genugtuung in ihrem Bauch, wofür sie sich natürlich sofort fürchterlich schämte.

«So ehrenlos, der Typ! Ich bin dann zusammen mit Sanna zurück nach Athen. Und von dort sind wir heute Morgen nach Hamburg geflogen.»

«Und wie bist du jetzt hierhergekommen?»

«Papa hat Sanna und mich vom Flughafen abgeholt, zusammen mit der dicken Kristin. Ey, wusstest du, dass die voll schwanger ist?!»

«Ja, Papa hat's mir neulich erzählt.»

«Ich wollte dann jedenfalls nur noch zu dir und hab mich in den nächsten Zug nach Süderbrarup gesetzt. Der Taxifahrer eben hat mir von dem Dorffest erzählt. Und als du nicht zu Hause warst, hab ich mir gedacht, dass du da bestimmt hingegangen bist. Es zu finden, war dann nicht schwer, ich musste ja nur den Leuten folgen, die alle an Opis Haus vorbeigepilgert sind. Meinen Rucksack habe ich übrigens auf die Terrasse gestellt.»

«Ach, meine Kleine.» Hanna drückte ihre Tochter noch einmal ganz fest.

Nach der Umarmung blickte Lena sich suchend um. «Wo ist denn Balu? Bei Opi hatte er nicht gebellt, als ich da ums Haus geschlichen bin. Hast du ihn mit hierhin genommen?»

Hanna hielt die Luft an. Hatte Ben Lena nichts erzählt? Hatte er sie völlig ahnungslos hierherfahren lassen und damit Hanna den Job überlassen, ihr die traurige Nachricht zu überbringen? Sie fragte sich, wann er eigentlich so ein feiger Schisser geworden war. Was sollte sie jetzt tun? Lena in diesem Gewusel zwischen Helene Fischer und Bratwurstdampf mal eben sagen, dass ihr Hund gestorben war? Das konnte sie nicht.

«Was ist mit ihm, wieso sagst du nichts?»

Es kam nicht oft vor, aber Hanna fehlten die Worte. Ihr fiel nicht mal eine schlechte Ausrede ein.

«Oh nein.» Lena schlug sich die Hände vor den Mund, und Tränen liefen ihr übers Gesicht.

Wieder nahm Hanna ihr Kind fest in den Arm, und sie weinten zusammen. «Er hatte solche Schmerzen», sagte Hanna nach einer Weile. «Und seine Organe arbeiteten nicht mehr.»

«Wann?», schluchzte Lena.

«Letzte Woche. Es war ganz friedlich. Papa und ich waren bei ihm. Wir haben dann hin und her überlegt, aber entschieden, dich nicht anzurufen, weil wir dir deinen Urlaub nicht vermiesen wollten.»

«Und wo ist Balu jetzt?»

«Bei einem Tierbestatter. Die melden sich, und dann …», Hanna zögerte einen Moment, «… dann bekommen wir seine Asche.» Sie atmete tief durch und wischte sich unter den Augen die verschmierte Wimperntusche weg. «Wollen wir nach Hause gehen?»

«Ich weiß nicht», sagte Lena. «Ich weiß gar nichts.» Sie sah sich um. «Ganz schön was los hier.»

Hanna nickte und folgte Lenas Blick. «Klanxholm feiert, und die Touris und viele aus den Nachbardörfern sind auch da.»

«Mama …» Lena sah nun wieder ihre Mutter an, und ihre Stimme klang ein wenig kleinlaut.

«Ja, mein Engel.»

«Ich hab Hunger.»

«Okay. Soll ich uns was kochen?»

Lena schüttelte den Kopf. «Wir haben in Griechenland die ganze Zeit vegan gelebt, das war super. Aber jetzt hätte ich ehrlich gesagt Lust auf ein großes Stück Grillfleisch. Und vielleicht tut es mir ja auch ganz gut, noch ein bisschen hierzubleiben und mich abzulenken. Meinst du, das geht in Ordnung?»

«Natürlich geht das in Ordnung. Komm, wir gehen mal an unseren Tisch. Da sind ein paar Leute, die ich dir vorstellen möchte.»

Als sie bei der Hacienda ankamen, saßen da Thies, Paul und der mit der Hornbrille und unterhielten sich.

«Hallo, zusammen», Hanna hatte den Arm um ihre Tochter gelegt. «Wo ist denn Meike?»

«Mit Opa zur Toilette», sagte Paul.

«Ah, okay. Das hier ist Lena, meine Tochter. Und das sind Paul, der Sohn von meiner Freundin Meike, die ich noch von früher kenne, Thies Meiners und … ich glaube, wir kennen uns noch nicht», sagte Hanna und lächelte den Fremden in der Runde an.

«Ich bin Konstantin von Steinhusen, Meikes Galerist.»

«Freut mich.» Hanna streckte ihm ihre Hand entgegen. «Ich bin Hanna Bruns.»

Anschließend gaben die drei Männer Lena die Hand. «Schön, dass du da bist», sagte Thies. «Wir können jede Hilfe am Boot gebrauchen. Stimmt doch, Paul?» Thies stieß ihn sachte mit dem Ellenbogen an.

Paul nickte und lächelte.

«Okay», sagte Lena. «Aber was für ein Boot?»

«Das erzähle ich dir später in Ruhe», sagte Hanna. «Willst du jetzt etwas essen? Ich habe noch keinen Hunger, komme aber mit dir zum Grill, wenn du willst.»

«Oh, ich wollte auch gerade», sagte Paul und stand auf. «Gehen wir zusammen?»

«Gern», sagte Lena.

«Gut, dann bleibe ich hier. Hast du Geld?», rief Hanna ihrer Tochter noch hinterher, während sie sich auf die Bank setzte.

«Ja, ja, Papa hat mir am Bahnhof was gegeben.» Und dann waren Lena und Paul auch schon im Getümmel verschwunden.

«Wusstest du, dass sie kommt?», fragte Thies.

«Nein, das war ganz spontan. Lena hat Liebeskummer und ihren Urlaub deshalb früher abgebrochen.»

«Oje», sagte Konstantin von Steinhusen.

«Ich möchte euch schnell etwas zeigen, bevor sie zurückkommt», sagte Hanna. «Vielleicht ist das für Lena, wenn sie es sieht, ein bisschen verwirrend, und sie stellt Fragen, die ich nicht beantworten kann ... Vielleicht übertreibe ich aber auch.»

«Du machst es aber spannend», sagte Thies.

Hanna kramte in ihrer Tasche nach dem Strandfoto, das sie heute Morgen eingesteckt hatte. Um mehr sehen zu können, nahm sie das Aquarell heraus und legte es auf den Tisch.

«Darf ich?», fragte der Galerist.

«Klar», sagte Hanna und suchte in den Tiefen ihrer Tasche weiter nach dem Foto.

Konstantin von Steinhusen rollte die Zeichnung auseinander und betrachtete sie interessiert. «Nicht schlecht, Hanna», sagte er.

Hanna stutzte kurz. «Ach so, nein, das Bild ist nicht von mir. Ich weiß nicht, wer es gemalt hat. Aber ich würde es gern herausfinden.»

Schließlich fischte sie das Foto aus der Tasche und legte es ebenfalls auf den Tisch.

Thies zog es ein Stück heran, damit Konstantin und er es besser sehen konnten.

«Haben Sie das Foto von Meike?», wollte Konstantin wissen. «Bei ihr habe ich für ihr aktuelles Projekt viele solcher Aufnahmen gesehen.»

«Nein, genau wie das Aquarell stammt es aus dem Nachlass meines Vaters. Hier, das ist er.» Hanna zeigte auf einen der jungen Männer. «Der daneben ist Sönke. Ich schätze, die beiden sind da so 16, 17. Und die hier ist Ella, das glauben Meike und ich zumindest. Thies, was meinst du?»

«Könnte sehr gut sein. Der Blick kommt auf jeden Fall hin.»

«Und nun seht euch mal die daneben an», sagte Hanna.

«Das ist ja unglaublich.» Konstantin schüttelte den Kopf.

«Wirklich doll, die Ähnlichkeit.» Thies beugte sich noch ein bisschen tiefer über das Foto. «Das ist eins zu eins Lena. Wer ist denn das Mädchen? Ist das deine Mutter, stammte sie auch hier aus der Gegend?»

«Nee», sagte Hanna. «Ich hab keine Ahnung, wer das ist.»

«Dörte …»

Alle drei guckten überrascht hoch. Sie hatten gar nicht gemerkt, dass Meike und Sönke zurück waren und Sönke das Aquarell anstarrte. «Dörte», sagte er erneut. Seine Stimme klang ganz weich. Hanna und Meike wechselten einen fragenden Blick, während Meike ihrem Vater beim Hinsetzen half. Das Foto beachtete er gar nicht. Ihn interessierte nur die Zeichnung. Konstantin hatte es bemerkt und schob sie ein wenig weiter zu ihm hinüber. Vorsichtig strich Sönke mit zittrigen Fingerspitzen über das Papier. Er legte den Kopf schief und lächelte. «Dörte», wiederholte er noch einmal.

D. H., dachte Hanna. Dörte Hinrichsen? Sie war sich nicht sicher, ob es richtig war. Sie wollte Sönke auf keinen Fall aufregen. Trotzdem stellte sie nun die Frage, auf die sie so gern eine Antwort hätte. «Wer ist Dörte?»

Alle blickten Sönke an, doch er nahm Hannas Worte gar nicht wahr. Er schien versunken, abgetaucht in eine Welt, zu der nur er Zutritt hatte.

In dem Moment kamen Lena und Paul zurück. Sie unterhielten sich, hatten volle Teller und in Servietten eingerolltes Besteck in den Händen. Während sie sich an den Tisch setzten, redeten sie weiter. Paul erzählte gerade vom Nachtleben in Paris, als er plötzlich innehielt. «Was ist los?», fragte er und blickte in die Runde. «Stimmt was nicht? Wieso seid ihr so still?»

«Alles gut, Vaddern», sagte Meike und ging nicht weiter auf Pauls Frage ein. Sie stand immer noch hinter Sönke und legte ihm ihre Hände auf die Schultern. Er sah von dem Aquarell auf. Sein Blick blieb an Lena hängen, die ihn nun, wie alle anderen am Tisch, ebenfalls anguckte. Sein Lächeln, seine Augen, sein ganzer Ausdruck veränderte sich, und er begann zu strahlen. «Dörte», sagte er voller Inbrunst. «Da bist du ja wedder.»

Lena sah sich kurz um. Sie war sich offenbar nicht sicher, ob sie gemeint war. «Ähm, ich bin nicht Dörte.»

Rasch beugte sich Hanna zu ihr herüber. «Lass ihn einfach», flüsterte sie.

«Okay», flüsterte Lena zurück, lächelte den alten Mann ein wenig schüchtern an und begann zu essen.

«Vaddern, willst du auch noch was essen?», fragte Meike.

«Wa?» Sönke wandte seinen Blick von Lena ab und drehte sich zu seiner Tochter.

«Willst du noch een Wost?», fragte sie ein wenig lauter.

Er schüttelte den Kopf, betrachtete erneut das Aquarell und fuhr mit den Fingern schweigsam darüber.

«Ich muss weg», sagte Hanna und steckte das Foto rasch zurück in ihre Tasche. Die Zeichnung ließ sie Sönke da. «Lena, ist es okay, wenn ich dich einen Augenblick allein lasse? Hier», sie kramte nach dem Haustürschlüssel, «dann kannst du schon vorgehen.»

Lena nickte kauend. «Wo willst du denn hin?»

«Später.» Hanna stand eilig auf, griff Meike am Arm und zog sie ein paar Schritte mit sich. «Du hast auch keine Ahnung, wer Dörte ist, oder?»

«Null! Und ich habe meinen Vater noch nie so erlebt, so sanft. Hast du seine Stimme gehört?»

Hanna nickte und holte unauffällig erneut das Foto aus der Tasche. «Hier, schau dir mal die neben Ella an. Das ist dasselbe Mädchen wie auf dem Hof-Foto bei dir.»

Meike blickte auf das Bild. Dann sah sie Hanna in die Augen und sagte nur: «Wow!»

Die Sonne stand schon tief, als Hanna vor Ellas Haus ankam. Das Abendlicht hüllte den farbenprächtigen Garten in eine besondere, beinahe feierliche Stimmung. Diesmal musste Hanna nicht lange suchen. Schon von der Straße aus hatte sie Ella entdeckt. Sie stand vor einem Beet, in dem wunderschöne, üppige gelbe Rosen blühten. Hanna sah, dass sie ein anderes Kleid trug und nasses Haar hatte. Ob sie noch vorhatte, aufs Fest zu gehen?

Ella stand mit dem Rücken zur Straße. Als Hanna sich auf dem schmalen Kieselweg näherte, drehte sie sich kurz um. «Ich habe dich erwartet», sagte sie und lächelte ein wenig müde. Dann richtete sie ihren Blick wieder auf die Rosen.

Hanna stellte sich neben sie. Mücken tanzten in der Abendsonne, «dann bleibt das Wetter gut», hatte ihr Vater immer gesagt.

«Hat die Yellow Meilove nicht eine außergewöhnliche Leuchtkraft? Sie sieht doch aus, als könnte sie nichts erschüttern.» Ella zog ein paar Blätter von einer Blüte ab und rieb sie zwischen ihren Fingern. «Riech mal.» Sie hielt Hanna ihre Hand unter die Nase.

«Zitrone», sagte Hanna überrascht.

Auch Ella roch an den zerriebenen Blüten. «Sie gehört zu meinen jüngsten Schätzen. Erst vor knapp 15 Jahren ist sie in Frankreich gezüchtet worden.» Sie ließ die Blüten in ihrer Hand über das Beet rieseln. «Als ich sie das erste Mal auf einer Messe sah, hat sie mich mit ihrer Schönheit gleich verzaubert, und ich habe sie nach Klanxholm gebracht. Seitdem erfreut sie mich mit ihrer besonderen Farbe und ihrem frischen Duft.»

«Ella, ich habe so viele Fragen. Ich …»

«Komm», unterbrach Ella sie, «lass uns ein wenig durch den Garten gehen.»

Hanna atmete tief durch. Es war einfach kein Rankommen an die alte Freundin ihres Vaters. Sie bestimmte die Spielregeln, und Hanna blieb nichts anderes übrig, als mitzuspielen und sich in Geduld zu üben. Natürlich hätte sie jetzt einfach erzählen können, was gerade auf dem Fest passiert war, aber Hanna ahnte, dass so ein Losgepoltere eher nicht dazu beitragen würde, Ella in Plauderlaune zu bringen.

Ella verschränkte die Hände hinter dem Rücken und ging schweigend in Richtung des Gartenhäuschens. Hanna folgte ihr. «Da vorn am Knick wachsen Brombeeren», sagte Ella und wies auf einen kleinen Wall, der das Grundstück auf der hinteren Seite eingrenzte. «Möchtest du dir welche pflücken?»

Hanna schüttelte den Kopf. «Mir ist gerade nicht nach Beeren.»

Dann wies Ella auf eine Bank, die unter einer Weide stand. «Wollen wir uns setzen? Von dort sieht man den Sonnenuntergang besonders gut.»

Der Horizont hatte sich inzwischen leuchtend orange verfärbt. Aber Hanna fehlte im Moment die Muße, diesen Anblick zu genießen. Sie setzte sich neben Ella und schlug ein Bein über das andere. Dann stellte sie sie wieder nebeneinander.

«Ich habe vorhin deine Tochter gesehen», sagte Ella, ohne den Blick vom Horizont abzuwenden.

Hanna sah sie fragend von der Seite an. «Woher kennst du Lena? Hast du sie auf Josts Beerdigung gesehen?»

«Ja. Und gerade als ich auf dem Rückweg war, ist sie

vor deinem Haus aus einem Taxi gestiegen. Trotz der neuen Haarfarbe habe ich sie sofort erkannt, weil …» Ella brach mitten im Satz ab.

«Weil was?»

«Ist Lena auf dem Fest?» Ella blickte Hanna immer noch nicht an.

«Ja, zumindest war sie es vorhin noch, als ich zu dir aufgebrochen bin.»

«Hat Sönke sie gesehen?» Jetzt guckte Ella Hanna plötzlich in die Augen. In ihrem Blick lag der gleiche hilflose Ausdruck wie am Morgen in Hannas Küche.

«Ja, und er hat sie Dörte genannt. Wer ist Dörte?» Hanna bemühte sich, ihre Stimme ruhig klingen zu lassen.

Ella blickte wieder schweigend gen Horizont.

«Sie ist die Aquarell-Malerin, habe ich recht? Und sie sah als junges Mädchen aus wie Lena, nicht wahr?» Hanna zog das Foto aus ihrer Tasche, legte es Ella auf den Schoß und beobachtete sie.

Ganz langsam senkte Ella den Blick. Sie berührte das Bild nicht, nahm es nicht in die Hand. Sie sah es einfach nur an, wie ein Kind, das sich nicht traute, ein Tier zu streicheln. Ihre Augen füllten sich mit Tränen, und ihr Kinn zitterte.

«Kannst du es bitte wieder einpacken», flüsterte sie.

Hanna nahm es rasch und ließ es in ihrer Tasche verschwinden. Es tat ihr leid. War sie zu weit gegangen? Aber sie fand, sie hatte ein Recht darauf zu erfahren, wer dieses Mädchen war, das aussah wie ihre Tochter. «Wer ist Dörte?», wiederholte sie. «Selbst Anke wollte mir über sie nichts erzählen. Was ist denn bitte so schlimm an ihr?»

Ella guckte Hanna einen Augenblick lang überrascht

an. Dann wandte sie ihren Blick wieder ab. «Die Malerei», sagte Ella schließlich mit brüchiger Stimme, «bedeutete Dörte alles. Sie hat immer gesagt: ‹Ich male nicht nur, was ich sehe. Ich male, was ich fühle und um den Moment festzuhalten. Dann weiß ich, dass es ihn wirklich gegeben hat.›»

Hanna schluckte. Die Worte berührten sie, und sie verstand so gut, was Dörte gemeint hatte. Sie kannte das vom Schreiben und fühlte sich mit diesem Mädchen plötzlich auf seltsame Weise verbunden.

«Jost hat oft erzählt», fuhr Ella fort, «dass seine Enkelin ihr immer ähnlicher wird. Als ich sie auf seiner Beerdigung gesehen habe, konnte ich kaum fassen, wie ähnlich sie ihr sieht.» Die untergehende Sonne ließ Ellas Haut und ihr weißes Haar kupferrot schimmern. «Dörte war die Schwester deines Vaters, deine Tante und meine beste Freundin.»

Hanna starrte Ella an. Sie konnte nicht glauben, was sie gerade gehört hatte. Die Worte wirbelten durch ihren Kopf, und ihr Herz raste. Klar, diese Ähnlichkeit. Das Mädchen musste zur Familie gehören. Aber warum hatte sie nicht gewusst, dass ihr Vater eine Schwester hatte? Warum hatte ihr Vater nie von Dörte erzählt?

«Was ist mit ihr geschehen?», fragte Hanna.

Ella schwieg. Plötzlich stand sie auf. Sie schwankte kurz, und Hanna sprang ihr zur Seite. «Alles in Ordnung?»

«Ja, ich … ich dachte, ich hole uns eine Laterne», sagte Ella mit matter Stimme und sank zurück auf die Bank.

«Das kann ich doch machen. Wo steht eine?»

Ella deutete mit dem Kinn Richtung Gartenhäuschen. «Dadrin sind Windlichter und Streichhölzer.»

Nach ein paar Minuten kam Hanna mit zwei brennenden Windlichtern zurück, stellte sie vor die Bank und setzte sich wieder.

«Lungenentzündung», sagte Ella auf einmal. «Mitten im Sommer, sie war erst 16. Es war so schlimm für Jost, für alle von uns. Sönke und Dörte waren erst seit ein paar Monaten ein Paar. Sie waren so verliebt.» Ella räusperte sich. «Und deine Großeltern, sie waren nach Dörtes Tod nicht mehr dieselben. Nach diesem Sommer war nichts mehr wie vorher.»

Hanna schluckte und musste an das Foto denken, das den jungen Jost mit seinen ernst dreinblickenden Eltern zeigte. Sicher war es nach Dörtes Tod aufgenommen worden. «Oh Gott, ist das traurig», sagte sie mit brüchiger Stimme und atmete tief durch. Die beiden Frauen schwiegen eine Weile. Hanna lauschte den Vögeln, die allmählich leiser wurden, und sie dachte darüber nach, warum nie über Dörte gesprochen worden war. Was hatte ihr Vater da nur mit sich herumgetragen. «Erzähl mir von ihr», sagte Hanna schließlich. «Du sprachst heute Morgen davon, die Toten ruhen zu lassen, aber ich möchte Dörte … ich möchte meine Tante kennenlernen. Wie war sie? Was hat sie zu deiner besten Freundin gemacht?»

«Ich kann das nicht, Hanna! Wir haben uns vorgenommen, all das hinter uns zu lassen, damit die Traurigkeit nicht gewinnt, damit wir irgendwie weitermachen können. Ich möchte, dass du jetzt gehst!» Ella umklammerte die Armlehne und schloss die Augen. Nach einem Moment öffnete sie sie wieder und blickte Hanna an. Tränen liefen über ihre Wangen. «Es heißt immer, die Zeit heilt alle Wunden. Aber das stimmt nicht! Die Haut bleibt dünn und porös, und jede Erinnerung lässt die Wunde wieder aufplatzen.» Sie atmete schnell. «Bitte geh jetzt! Es ist alles gesagt.»

Doch Hanna wurde das Gefühl nicht los, dass genau das nicht der Fall war.

22.

Auch das ist Kunst, ist Gottes Gabe,
aus ein paar sonnenhellen Tagen
sich so viel Licht ins Herz zu tragen,
dass, wenn der Sommer längst verweht,
das Leuchten immer noch besteht.

JOHANN WOLFGANG VON GOETHE

Hanna … Alles klar?»

Hanna fuhr zusammen. Sie war so in ihre Gedanken versunken, dass sie beinahe in Thies reingelaufen wäre. Es war inzwischen dunkel geworden. Immer wieder waren ihr auf dem Rückweg von Ella einige lachende und auch torkelnde Grüppchen vom Dorffest entgegengekommen. Doch Hanna hatte sie kaum wahrgenommen. Viel zu sehr grübelte sie über das nach, was Ella ihr offenbart hatte.

«Entschuldige», sagte Hanna. «Ich habe dich gar nicht gesehen. Gehst du nach Hause?»

«Ja, für mich ist es genug. Ich habe es einfach nicht geschafft, mir die Musik schönzutrinken.» Thies grinste. «Und ums Bierzapfen muss ich mich auch nicht mehr kümmern, das machen Micha und Torben. Und du? Warst du bei Ella?»

Hanna nickte ein wenig abwesend.

«Das habe ich mir gedacht, als du so plötzlich los bist. Hat sie was erzählt? Kennt sie eine Dörte?»

«Ja … es ist alles kaum zu glauben.» Hanna merkte nun, dass sie Lust hatte, mit jemandem zu reden. «Willst du noch ein Glas Wein bei mir trinken? Dann kann ich dir alles erzählen.»

Erst als die beiden in Hannas Garten standen, fiel ihr ein, dass sie ihren Schlüssel ja Lena gegeben hatte. Doch die war offensichtlich schon zu Hause. Jedenfalls steckte der Schlüssel von außen in der Haustür. Thies wartete im Garten, während Hanna rasch reinging, um Wein und Gläser zu holen. Als sie Lena unten nicht finden konnte, sah sie oben nach und entdeckte ihre Tochter in Hannas Bett. Sie hatte sich mit Balus Decke zugedeckt und schlief. Arme Lena, dachte Hanna. Für sie war Balus Tod noch ganz frisch. Hanna selbst hatte immerhin schon eine gute Woche Zeit gehabt, sich an die Lücke, die Balu hinterlassen hatte, und an den Schmerz zu gewöhnen. Sie zog die Tür wieder zu und ging nach draußen.

Es war immer noch warm. Hanna schlug vor, den Absacker unter der Kastanie zu trinken. Thies gefiel die Idee, und sie setzten sich unter den alten Baum auf den Rasen. Hanna lehnte den Kopf an den Stamm und prostete Thies zu. Die Musik vom Dorffest wehte zu ihnen herüber, und Thies witzelte, dass es vor dem Schlachter-DJ kein Entkommen gab. «Aber jetzt erzähl mal: Was hat Ella gesagt?»

Hanna erzählte, dass Ella erst um das Thema herumgeredet und so komische Andeutungen gemacht hatte, wie die, dass sie Lena hier aus dem Taxi hatte steigen sehen und von Hanna wissen wollte, ob Sönke ihr begegnet war. «Ich habe ihr dann vom Fest erzählt und davon, dass Sönke sie Dörte genannt hat.»

«Das war echt ein merkwürdiger Moment», sagte Thies.

«Allerdings.» Hanna hatte einen trockenen Mund und trank noch einen Schluck. «Aber so konnte ich sie direkt mit dem Namen konfrontieren und mit meiner Vermutung, dass Dörte die Malerin war.»

«Klar», Thies fasste sich mit der Hand gegen die Stirn. «Die Signatur, D. H.»

«Genau … sie steht für Dörte Hinrichsen, Josts Schwester.»

«Ach, aber wieso ist dir das denn nicht gleich eingefallen?»

«Na, weil ich gar nicht wusste, dass mein Vater überhaupt eine Schwester hatte. Das ist ja das Unglaubliche.»

«Oh», sagte Thies und wirkte ziemlich überrascht. «Und Sönke war damals offensichtlich in Dörte verliebt.»

Hanna nickte, dann wandte sie nachdenklich den Blick von Thies ab und schaute aufs Haus, über dem nun ein halber Mond aufgegangen war und unzählige Sterne glitzerten. Sie betrachtete die Fledermausgauben und musste daran denken, dass das Haus auf sie immer irgendwie traurig und kühl gewirkt hatte. Vielleicht hatte das ja auch mit den Bewohnern zu tun, die nach Dörtes Tod so voller Trauer gewesen waren und zusehen mussten, wie sie mit dem Schmerz und dem Verlust klarkamen.

«Was ist mit Dörte passiert?», fragte Thies und riss Hanna aus ihren Gedanken.

«Sie ist mit 16 an einer Lungenentzündung gestorben. Das hat Ella zumindest erzählt.»

«Du sagst das so komisch, glaubst du ihr nicht?»

Hanna atmete tief durch und fragte sich selbst in dem

Moment, ob ihre Fantasie mit ihr durchging. «Es ist doch wirklich merkwürdig», sagte sie, «dass nie über Dörte gesprochen wurde. Mein Vater hat nie etwas erzählt, wahrscheinlich nicht einmal meiner Mutter.» Sie blickte Thies wieder an. «Ella meinte, es wäre sonst für alle zu schmerzhaft gewesen. Das kann ich ja auch verstehen, gleichzeitig aber auch nicht. Jost hat über all die Jahrzehnte ja wohl mindestens eine Kiste voller Erinnerungen besessen, es wäre doch bestimmt schön gewesen, die mit uns zu teilen. Und dann Lena, sie muss ihn doch jeden Tag an Dörte erinnert haben.» Hanna hielt einen Moment inne, ehe sie weitersprach. «Und dass sich selbst Anke heute Morgen so gewunden hat. Sie ist doch viel jünger, war noch ein Kind, als Dörte gestorben ist. Sie wird sich kaum an sie erinnern können.» Sie trank noch einen Schluck. «Weißt du, was komisch ist?»

«Na?» Thies zog die Augenbrauen hoch.

«Als ich hierhergekommen bin, hatte ich ein ziemlich klares Bild von meinem Vater. Dann hast du mir das Boot gezeigt, und ich habe mich gewundert. Trotzdem habe ich mich entschlossen, es an seiner Stelle aufs Wasser zu bringen. Ich dachte, so würde ich mich ihm noch einmal richtig nahe fühlen. Aber jetzt erfahre ich auch noch, dass er eine Schwester hatte.» Hanna spürte, dass ihr die Tränen kamen. Sie konnte das alles einfach nicht verstehen. «Je länger ich hier bin», sagte sie und atmete tief durch, «desto fremder wird er mir.»

Vorsichtig wischte Thies Hanna eine Träne von der Wange. «Meike und Konstantin haben vorhin von Meikes geplanter Ausstellung erzählt», sagte er, «in der es darum gehen soll, wie viele Ichs einen Menschen ausmachen.

Ich musste sofort an dieses Buch denken: *Wer bin ich – und wenn ja, wie viele?*»

Hanna nickte. «Stimmt.»

«Wir sind uns doch oft selbst das größte Rätsel», fuhr Thies fort. «Und dann ist da auch immer die Frage, was von uns geben wir preis, mit wem teilen wir was? Für deine Tochter bist du die Mutter, für Meike die Freundin. Beide kennen sicher Seiten von dir, die die andere nicht kennt.»

«Aber das ist doch ganz normal», sagte Hanna.

«Genau, aber den eigenen Eltern sprechen wir, auch wenn wir längst erwachsen sind, so ein Eigenleben oft ab. Jost war eben auch ein Sohn, genauso ein Freund und, wie du jetzt weißt, auch ein Bruder. Aber er war auch dein Vater, und das wird er immer bleiben. Einmal hatte er mir übrigens von dir erzählt.»

Hanna guckte Thies überrascht an.

«Es war in der Werft. Wir kannten uns noch nicht lange, und ich weiß auch gar nicht mehr, wie wir darauf kamen, aber irgendwie hatten wir das Thema Familie am Wickel. Ich glaube, ich hab ihn gefragt, ob seine Frau auch in Klanxholm ist. Da erzählte er, dass sie verstorben sei. Ich weiß noch, wie er für einen kurzen Moment nachdenklich wirkte. Dann aber war er gleich wieder fröhlich und erzählte, dass er eine Tochter habe, die er sehr liebe und auf die er unheimlich stolz sei.»

Hanna schluckte eine Ladung Tränen runter. «Ich vermisse ihn, ich würde ihn gern so viel fragen.» Sie guckte einen Moment in die Sterne, dann blickte sie Thies wieder an und zwang sich zu einem Lächeln. «Ich glaub, ich geh jetzt schlafen. Danke für dein Ohr.»

«Gern geschehen.» Thies stand auf und hielt Hanna seine Hand hin. Sie nahm sie, und er zog sie vom Rasen hoch. Einen Moment lang blickten sie sich in die Augen, dann ließ Hanna seine warme Hand los und sammelte die beiden Weingläser ein.

«Meike hat für morgen übrigens einen Strandtag an der Ostsee vorgeschlagen», sagte Thies. «Sie meinte, sie braucht eine Pause und wollte nach Eckernförde oder Kronsgaard fahren.»

Hanna musste kurz überlegen, welchen Wochentag sie überhaupt hatten. Morgen war Samstag, da würde es an den Stränden sicher voll werden, aber egal. «Das ist eine super Idee», sagte sie. «Dann bis morgen.»

«Schlaf gut, Hanna.»

Hanna war zu müde, um das Bett im Gästezimmer zu beziehen, und legte sich neben ihre Tochter. Es war lange her, dass die beiden in einem Bett geschlafen hatten. Umso mehr genoss sie Lenas Nähe. Ihre Tochter lag mit dem Rücken zu ihr. Hanna kuschelte sich an sie heran und schloss die Augen. Sie musste an Dörte denken und daran, dass sie so alt war wie Lena jetzt, als sie gestorben war. Hanna mochte sich gar nicht vorstellen, was das mit ihren Großeltern gemacht hatte, die das Schlimmste erleben mussten, was Eltern überhaupt passieren konnte. Sie legte den Arm um Lena, zog sie ein wenig dichter an sich heran und hoffte von ganzem Herzen, dass es das Leben immer gut mit ihr meinen würde.

Als Hanna am nächsten Morgen aufwachte, war Lenas Seite leer. Verschlafen setzte sie sich auf die Bettkante und gähnte. Sie fühlte sich irgendwie mitgenommen, hatte wirr geträumt von Balu und Ella. Und Steffi, ihre Lektorin, war auch immer wieder aufgetaucht. Wie spät es wohl war? Hanna musste unbedingt ihr Handy finden. Sicher lag es irgendwo unten in der Küche. Dort jedenfalls hatte sie es beim Abhotten zuletzt benutzt.

Sie taperte auf den Flur. Die Tür zum Gästezimmer stand offen. Lena saß im Schneidersitz auf dem Bett und blätterte in einem der Alben.

«Guten Morgen», Hanna lehnte sich gegen den Türrahmen. «Wie kommt es, dass du schon wach bist?»

«Keine Ahnung. Ich konnte einfach nicht mehr schlafen.»

«Wie spät ist es?»

Lena griff nach ihrem Handy, das neben ihr auf dem Bett lag. «Kurz nach acht.»

«Hast du Hunger?»

Lena schüttelte den Kopf. «Ich bin noch satt von meiner Grillplatte gestern. Nun reicht's auch erst mal wieder mit Fleisch.»

«Was guckst du dir da an?» Hanna ging zum Bett, stellte einen der Kartons beiseite und setzte sich zu ihrer Tochter.

«Alte Bilder mit uns und Opi. Guck mal, das ist hier im Garten, Balu ist auch dabei.» Lena schob das Album in die Mitte und zeigte auf ein Bild, das sie als Kleinkind in Klanxholm auf der Terrasse zeigte. Jost machte Faxen, und Lena, die vier oder fünf war, lachte sich kaputt. «Opi fehlt mir.»

«Mir auch, mein Engel.» Hanna streichelte Lena zärtlich übers Haar. Auf einem der anderen Bilder waren

Hanna, Ben und Lena dick eingemummelt an der Schlei zu sehen. «Du warst so süß in dem Alter», sagte Hanna. «Wenn du auf mich zugerannt kamst und deine kleinen Arme um meinen Hals geschlungen hast, war ich der glücklichste Mensch der Welt.» Ein warmes Gefühl durchströmte sie. Gleichzeitig war es merkwürdig, diese heile Familie zu sehen, die es so nun nicht mehr gab. «Weißt du eigentlich, dass du früher immer anstatt *flüstern …*»

«… ich weiß, ich habe *schleichen* gesagt», beendete Lena Hannas Satz. «Ich muss dir was ins Ohr schleichen. Das hast du mir schon ungefähr fünftausendmal erzählt. Auch dass du meine Wortschöpfung für einen deiner Romane geklaut hast.»

«Stimmt.» Hanna lächelte. Dann wurde sie wieder nachdenklich. «Damals habe ich mich so sicher und aufgehoben in meinem Leben gefühlt.»

«Tust du das jetzt nicht mehr?», fragte Lena und guckte ihre Mutter überrascht an.

«Na ja», Hanna überlegte einen Moment, ehe sie weitersprach. «Du wirst immer selbstständiger, daran muss ich mich erst noch gewöhnen.»

«Aber das ist doch gut», sagte Lena. «Nun hast du mehr Zeit für dich und deine Arbeit.»

Hanna blies die Backen auf und ließ die Luft geräuschvoll ausströmen. «Schon, aber es ist eben auch seltsam. Ich glaube, du weißt einfach schon viel besser, wer du ohne mich bist, aber ich muss noch ein bisschen üben, wer ich ohne dich bin.»

«Ach, Mama», Lena lehnte für einen Moment ihren Kopf gegen Hannas. «Das wird schon.»

«Klar wird das!» Hanna wollte gar nicht so sentimental werden und wechselte rasch das Thema. «Jetzt erzähl mal von deinem Urlaub. Anton ist also Geschichte?»

«Erwähne den Namen bitte nie wieder!» Lena deutete mit dem Kinn auf ihr Handy. «Hab gestern Abend seine Nummer blockiert.»

Interessant, dachte Hanna, so machten die Digital Natives das also: aus dem Handy, aus dem Sinn. Ob das funktionierte … «Und sag mal», wechselte sie nun das Thema, «wie geht's dir damit, dass Papa und Kristin ein Kind bekommen?»

«Boa, das finde ich voll peinlich!»

«Warum?»

«Ehrlich, das Kind, also das wird dann ja mein Bruder oder meine Schwester sein, tut mir total leid», ereiferte sich Lena. «Erinnerst du dich noch an Franzi? Wir waren in der Mittelstufe in einer Klasse.»

Hanna nickte.

«Ihr Vater war damals schon über 60. Wenn der sie von der Schule abgeholt hat oder irgendwo auftauchte, haben alle immer gedacht, das wäre ihr Opa, und haben dann so Sprüche gebracht: ‹Was will denn der alte Gebissträger hier?!› Das war echt scheiße für sie!»

«Aber ansonsten», fragte Hanna, «macht es dir nichts aus?»

«Nö, ist doch Papas Sache. Und wie findest du es?»

Hanna war kurz überrascht. Die Frage hatte sie von Lena nicht erwartet. Auf der anderen Seite wirkte sie an diesem Morgen schon die ganze Zeit so erwachsen und zugewandt. Hanna konnte sich nicht erinnern, wann sie zum letzten Mal so ausführlich miteinander geredet hatten. «Alles okay», sagte sie schließlich. «Ich habe inzwischen akzeptiert, dass er ein neues Leben hat und ich eben auch.» Sie begann zu schmunzeln. «Aber keine Sorge, ein Kind bekomme ich garantiert nicht mehr.»

«Apropos neues Leben», Lena klappte das Album zu und grinste ihre Mutter an. «In deinem Zimmer liegt ein ziemlich großer Pulli. Ich würde mal sagen, ein Herrenpulli.»

Hanna überlegte einen Moment. Sie hatte keinen Schimmer, wovon ihre Tochter da redete.

Prompt half Lena ihr auf die Sprünge: «Er ist blau und aus Wolle.»

«Ach, du meinst den Troyer von Thies. Wir waren segeln, und ich hatte nichts Warmes dabei.» Hanna hatte den Pulli total vergessen.

«Ach ja?», säuselte Lena und blinzelte ihre Mutter an.

«Du brauchst gar nicht so zu gucken, Lenalein. Wenn du denkst, dass da was läuft, täuschst du dich.»

«Wie auch immer. Ich würde es dir auf jeden Fall gönnen.»

«Ach, würdest du also.» Sie lächelte Lena an. «Das ist aber wirklich nett von dir.»

«Aber apropos segeln, seit wann hatte Opi eigentlich ein Boot? Paul hat mir gestern erzählt, dass du eins geerbt hast und ihr das bei Thies restauriert.»

«Tja», sagte Hanna. «Davon habe ich auch erst hier erfahren.» Sie erzählte Lena, wie überrascht sie gewesen war, als Thies es ihr gezeigt hatte, sie aber dann beschlossen hatte, es wieder auf Vordermann zu bringen. «Das ist aber nicht das Einzige, was wir von Jost nicht gewusst haben.»

Lena guckte fragend, und Hanna überlegte kurz, ob es richtig war, das jetzt anzusprechen. Aber wieso eigentlich nicht. «Sönke, also Pauls Opa, hat dich doch gestern Dörte genannt.»

«Allerdings, auch als du weg warst, den ganzen Abend. Erst fand ich den Alten ja 'n bisschen creepy, aber dann irgendwie ganz niedlich mit seinen Gummistiefeln und überhaupt seine ganze Art. Ich hab sogar noch mit ihm getanzt, also eher geschunkelt, der ist ja nicht mehr so fit. Aber warum er mich Dörte genannt hat, konnten Paul und Meike mir auch nicht sagen.»

«Um genau das herauszufinden, bin ich gestern zu einer alten Freundin von Opi gegangen.» Dann erzählte Hanna alles, was sie von Ella erfahren hatte.

«Krass», kommentierte Lena die Neuigkeiten und schwieg für einen Moment. Offenbar sortierte sie in ihrem Kopf all das, was sie gerade gehört hatte. «Dann sind die Aquarelle hier und die unten in der Küche von Dörte?»

Hanna nickte.

«Hast du das Foto hier, von dem du gerade erzählt hast? Das Mädchen, das so aussehen soll wie ich, möchte ich ja gern mal sehen.»

Hanna überlegte, wo ihre Tasche mit dem Foto war, doch dann fiel ihr ein, dass es von dem Strandfoto eine ganze Serie gab, und sie begann in dem Karton zu wühlen, in dem sie es gefunden hatte. Schließlich zog sie eines heraus, auf dem die Gruppe Jugendlicher am Strand stand und in die Kamera lachte. Lena rückte näher.

«Das hier ist Opi.» Sie zeigte mit dem kleinen Finger auf ihren Vater. «Der daneben ist Sönke, und die hier, das ist Dörte. Und bei der hier bin ich gestern Abend gewesen, das ist Ella.»

«Gib mal bitte.» Lena sah sich das Foto genau an. «Sie hat echt Ähnlichkeit mit mir.» Sie legte den Kopf ein wenig schief und blickte weiter auf das Bild.

Hanna wurde das Gefühl nicht los, dass ihre Tochter irgendetwas beschäftigte. «Woran denkst du?»

Lena griff nach ihrem Handy und wischte darauf herum. «Guck mal.» Sie drehte es so, dass Hanna das Display sehen konnte. Es zeigte auch ein Foto, eine Gruppe Jugendlicher am Strand: Lena, Sanna, Anton und noch ein paar andere bekannte Gesichter und auch einige, die Hanna nicht kannte. Einige der jungen Leute hatten Handys in der Hand, machten Selfies.

«Das ist aus deinem Urlaub, oder?»

Lena nickte und betrachtete es. «Ich kann mir gar nicht richtig vorstellen, dass Opi auch mal so jung war wie ich. Und dann Dörte, die einfach gestorben ist, in einem Alter, in dem es doch gerade anfängt, spannend zu werden, sie verliebt war und bestimmt ganz viele Träume und Pläne hatte. Das ist echt tragisch. Es kann sich alles so schnell ändern.» Lena legte das Handy neben das Foto. «Voll gleich, die Bilder, auch wenn fast 60 Jahre dazwischenliegen, schon irgendwie verrückt. Zwar haben Dörte und die anderen keine TikTok-Videos gedreht, aber dafür andere Sachen gemacht, Aquarelle gemalt und so.»

Nachdenklich sah Hanna sich die beiden Bilder noch einmal an. Lena hatte recht. Bis auf die Handys gab es auf den Fotos eigentlich keine Unterschiede. Beide zeigten junge Leute in ausgelassener Sommerstimmung, noch nichts ahnend von den Stürmen des Lebens und der Brutalität, mit der das Schicksal zuschlagen konnte. Ein bisschen beneidete Hanna ihre Tochter um diesen Zauber der Jugend, um die Freiheit und die Leichtigkeit. «Ich mach uns mal Frühstück», sagte sie und schüttelte die Gedanken ab. «Hast du Lust, zum Kaufmann zu radeln und Brötchen zu holen?»

«Klar.» Lena nahm ihr Handy und stand vom Bett auf.

«Hol gleich ein paar mehr. Meike hat einen Strandtag vorgeschlagen. Was hältst du davon?»

«Cool», sagte Lena. «Weißt du, ob Paul auch mitkommt?»

«Keine Ahnung.» Als Hanna die Treppe runterging, lächelte sie und fragte sich, ob Pauls Nummer wohl schon in Lenas Handy gespeichert war.

23.

Nach dem Sternenhimmel ist das Größte
und Schönste,
was Gott erschaffen hat, das Meer.

ADALBERT STIFTER

Sie hatten Glück. Genau vorm Hotel Seelust wurde ein Parkplatz frei, den sich Thies sofort schnappte. Er hatte Hanna und Lena mit seinem Auto abgeholt, und nun waren sie die schmale Straße vorm Eckernförder Strand schon zweimal auf und ab gefahren. Natürlich war es an der Ostsee rappelvoll, was bei dem Wetter auch nicht anders zu erwarten gewesen war. Dennoch hatte Meike es geschafft, zwei Strandkörbe im 6er-Bereich zu mieten. «Da sind die Einheimischen», hatte sie am Telefon gesagt. «Die Touris tummeln sich weiter vorn.»

Tatsächlich war Hanna angenehm überrascht. Auf dem Abschnitt lagen die Leute nicht dicht an dicht. Und auch überrascht war sie davon, dass nicht nur Sönke mit Gummistiefeln im Strandkorb thronte, sondern neben ihm auch Konstantin von Steinhusen saß. Meike war gerade dabei, einen Sonnenschirm in den Boden zu rammen, und Paul stellte ein paar Campingstühle auf. Ihre Freundin war wirklich perfekt ausgestattet, dachte Hanna anerkennend. Sie und Lena hatten nur ein paar große Handtücher und ein altes Beachball-Spiel dabei, das Hanna noch im Schuppen gefunden hatte.

«Dörte», säuselte Sönke immer wieder und strahlte übers ganze Gesicht, als sich die drei den Strandkörben näherten. Lena spielte mit und rief Meikes Vater ein fröhliches «Moin, Sönke!» entgegen. Dann allerdings verabschiedete sie sich auch gleich wieder. Sie und Paul wollten sich SUPs mieten und die Bucht auf dem Bord erkunden.

Nach der Begrüßung und nachdem Hanna sich ihren Badeanzug angezogen hatte, klappte sie die Lehne des freien Strandkorbs zurück und ließ sich hineinsinken. Sie genoss die Sonne und atmete tief ein. Die Luft war doch eine andere als an der Schlei, salziger, und es war ein bisschen windiger.

«Rutsch mal», sagte Meike und setzte sich neben sie. «Ist das nicht herrlich, einfach mal nichts tun.»

Hanna richtete sich auf. Sie warf einen Blick aus dem Strandkorb und sah, dass Thies und Konstantin Richtung Wasser gingen. Dann lehnte sie sich wieder zurück und schloss die Augen. «Sag mal, Meike, möchtest du mir eigentlich irgendetwas über Konstantin erzählen?»

«Nö, wieso?»

Hanna öffnete ein Auge und blinzelte zu ihrer Freundin hinüber. Meike saß mit geschlossenen Augen lächelnd da und wirkte ziemlich zufrieden.

«Komm schon», sagte Hanna. «Obwohl ich es mir natürlich sowieso denken kann.»

«Ach ja?» Meike drehte den Kopf und blickte Hanna an, die inzwischen auch das zweite Auge geöffnet hatte und nun mit der Hand vor der Stirn die Sonne abschirmte.

«Alles rein beruflich, denn der gute Konstantin, obwohl er wirklich ziemlich attraktiv ist, dürfte dir doch viel zu alt sein.»

«Haha.» Meike lugte aus dem Strandkorb.

«Er ist mit Thies im Wasser», beruhigte Hanna sie. «Du kannst ganz frei sprechen.»

«Okay, also, um ehrlich zu sein, weiß ich selbst nicht so genau, was los ist. Ich hab so etwas noch nie erlebt. Da war gleich bei unserem ersten Treffen, bei ihm in der Galerie, so eine ganz besondere Energie zwischen uns, das war echt magisch.»

«Ach guck.» Hanna grinste.

«Auf der Rückfahrt nach Klanxholm hatte ich dann so krasses Herzklopfen. Weißt du, was ich zu Hause als Erstes gemacht habe?»

«Einen Beruhigungstee getrunken?»

«Nee, ich hab erst mal Herzrasen und Wechseljahre gegoogelt.»

«Du spinnst!» Hanna prustete los.

«Nein wirklich, das kann durchaus in Zusammenhang stehen. Als ich Konstantin allerdings ein paar Tage später wiedergesehen habe und mein Herz erneut Kapriolen schlug, hab ich mir dann auch gedacht, dass das wohl andere Gründe hat. Na ja, was soll ich sagen …», druckste Meike herum, «als du letzte Woche noch in Hamburg warst, ist er dann mal über Nacht geblieben, und wir haben gemerkt, dass wir sehr gern Zeit miteinander verbringen.» Sie grinste.

«Du wirst dich ja wohl nicht ernsthaft verliebt haben?!», sagte Hanna mit gespielter Empörung.

«Meike!», bölkte Sönke aus dem Nachbarstrandkorb. «Ik hebb döst!»

«Ja, Vaddern.» Sie berührte kurz Hannas Arm. «Bin gleich wieder da.»

Hanna lehnte sich lächelnd zurück. Was für spannende Neuigkeiten, dachte sie. Sie tastete nach ihrer Sonnenbrille, die sie neben sich gelegt hatte, setzte sie auf und beobachtete ein bisschen die Umgebung. Eine Möwe stolzierte über den Sand. Sie war wohl auf der Suche nach etwas Essbarem, und Hanna überlegte kurz, ob ihre Brötchentüte in Sicherheit war. Ein paar Strandkörbe weiter entdeckte sie ein älteres Paar, sicher über 80. Der Mann hielt ein Handtuch um seine Frau, hinter dem sie sich umzog. Als sie fertig war, richtete er liebevoll einen ihrer Badeanzugträger, der sich verdreht hatte. Dann nahmen die beiden sich an die Hände und tippelten in kleinen Schritten zum Wasser. Hanna rührte der Anblick. Das Paar strahlte so viel Nähe und Verbundenheit aus, und Hanna dachte darüber nach, ob sie im Alter wohl jemanden an ihrer Seite haben würde, der ihr auch das Handtuch hielt und die Träger richtete, jetzt, da ihr Meike untreu wurde …

«Das tat gut.» Thies stand vor ihr und riss Hanna aus ihren Gedanken. Er lachte sie an und rubbelte sich mit einem Handtuch das Haar ab.

«Und keine einzige Qualle», sagte Konstantin und setzte sich in einen der Campingstühle.

Meike ging lächelnd auf ihn zu und gab ihm einen Kuss. «Mmh, du schmeckst nach Sommer.» Dann setzte sie sich wieder zu Hanna und raunte ihr leise zu, dass sie später weitererzählen würde.

Auch Thies holte sich einen Stuhl, und die beiden Männer saßen nun vor dem Strandkorb.

«So, Hanna», sagte Meike, während sie sich mit Sonnencreme besprühte, «jetzt bin ich ehrlich gesagt ziemlich gespannt, ob du gestern noch etwas über das Mädchen auf dem Foto rausbekommen hast, nennen wir sie Dörte.» Sie blickte in Richtung ihres Vaters, der nebenan im Strandkorb saß und mit einer Trinkflasche in der Hand versunken aufs Wasser guckte.

«Allerdings», sagte Hanna und begann zu erzählen. Meike hörte gespannt zu. Auch Thies, obwohl er die Geschichte schon kannte, und Konstantin hörten zu.

«Und du hast wirklich nichts von einer Schwester gewusst?», fragte Meike fassungslos, als Hanna am Ende der Geschichte angekommen war.

Hanna schüttelte den Kopf, und Meike guckte einen Moment ins Leere. «Dann war Dörte Sönkes Backfischliebe …», sagte sie nachdenklich und wandte ihren Blick wieder Hanna zu. «Das könnte erklären, wieso er in letzter Zeit so oft zu eurem Haus gestreunert ist. In seiner Welt sind vielleicht noch alle da … Oh Gott, das ist alles irgendwie furchtbar traurig.»

«Ja, und es erklärt auch, wieso unsere Väter Aquarelle von derselben Malerin besitzen», sagte Hanna.

«Moin, Leude, hier ist ja halb Klanxholm!»

Hanna brauchte einen Moment, ehe sie den Typen in der knappen Tiger-Badehose erkannt hatte, der plötzlich aufgetaucht war und nun in die Runde grinste.

«Moin, Sheriff», sagte Thies, der auch etwas überrascht wirkte. «Was machst du denn hier? Musst du gar nicht aufräumen?»

«Nee, genau wie du hab ich ja aufgebaut. Nu sind mal die anderen dran.»

«Bist du überhaupt schon wieder nüchtern?», fragte Meike lachend. Sie war nun wieder die Alte, hatte ihre Nachdenklichkeit von eben abgestreift.

«Eben nich! Deshalb muss ich meinen Kopp ja nu ganz schnell ins Salzwasser halten. Das ist doch immer noch das beste Mittel gegen Kater, wa, Sönke?!», rief er lachend in Sönkes Richtung. Meikes Vater wandte seinen Blick vom Meer ab und guckte in die Runde. «Ik bring dat Boot sicher in den Hafen!» Seine Stimme klang dabei ganz ruhig. Dann wiederholte Sönke den Satz und blickte wieder aufs Meer.

«Jo, mook dat, Sönke», sagte der Sheriff und wandte sich Hanna zu. «Mensch, dass wir beiden Hübschen gestern gar nich mehr getanzt haben …»

Aus dem Augenwinkel sah Hanna, wie Meike sich ein Lachen verbiss. «Ich hatte leider noch was vor», sagte Hanna mit gespieltem Bedauern.

«Schade», der Sheriff schüttelte den Kopf. «Hast echt was verpasst.»

«Da bin ich mir sicher», sagte sie trocken.

«Sacht ma, kennt ihr eigentlich meinen Lieblings-Strandwitz?», fragte der Sheriff.

«Oh, jetzt bin ich aber gespannt», sagte Konstantin.

«Kannst du auch sein, also passt auf: Was macht sieben mal sieben?» Der Sheriff guckte erwartungsvoll in die Runde. «Na, was meint ihr?»

«49?», sagte Hanna ein wenig zögerlich.

«Falsch!» Der Sheriff prustete los und beugte sich vornüber vor Lachen. «Hat noch jemand ’ne Idee?»

«Komm, mach’s nicht spannend», sagte Thies.

«Also, sieben mal sieben macht … na, was wohl? Natürlich feinen Sand. Versteht ihr? Sieben …!» Jetzt kamen dem Sheriff vor Lachen die Tränen. «Ich find den einfach herrlich!»

Konstantin zog eine Augenbraue hoch, und alle vier wechselten irritierte Blicke. Dann mussten alle lachen, nicht wegen des Witzes, sondern weil der Lachkrampf vom Sheriff einfach so ansteckend wirkte.

«Echt ein Brüller», sagte Meike, «muss ich nachher unbedingt Paul erzählen!»

«Wirklich», stimmte Thies zu und wischte sich die Lachtränen aus den Augen. «Feiner Sand … Da wäre ich nie drauf gekommen.»

«So», sagte der Sheriff, als er sich wieder eingekriegt hatte. «Ich wünsch euch was. Ich muss jetzt erst mal ins Wasser und meinen Kopp kühlen. Ich lieg übrigens weiter da drüben.» Er zeigte nach rechts Richtung DLRG-Station. «War hier nur ’n büschen spazieren. Wenn ihr wollt, kommt ma längs. Mein Strandkorb hat die Nummer 513.» Er nickte in die Runde.

«Machen wir», sagte Meike und stieß Hanna mit dem Ellenbogen an.

«Ganz bestimmt.» Hanna nickte kräftig, winkte und blickte ihm hinterher. Sie atmete tief durch, musste sich erst einmal von dem Lachanfall erholen. «Vor dem ist man auch nirgends sicher», sagte sie, als er außer Hörweite war.

«Ich finde den irgendwie ganz lustig», warf Konstantin ein.

«Er ist, wie er ist», sagte Meike. «Aber ich lass nichts auf ihn kommen, Piet hat ein riesengroßes Herz.»

«Das stimmt», sagte Hanna und dachte an die Fahrzeugkontrolle, mit der er Ben so richtig auf die Palme gebracht und ihr einen kurzen Moment der Genugtuung beschert hatte. Eine gute Woche war das erst her, aber es kam ihr viel länger vor.

Den Rest des Tages verbrachten alle herrlich entspannt in der Sonne. Lena und Paul ließen sich nur ab und zu blicken und waren ansonsten mit ihren SUPs unterwegs. Die anderen spielten Backgammon und lieferten sich ein paar lustige Beachball-Matches. Am frühen Nachmittag spendierte Thies dann für alle eine Runde Pommes, weil Strandluft einfach hungrig machte, und er fand, dass zu einem richtigen Strandtag sowieso immer Pommes gehörten. Zwischendurch gingen alle immer wieder schwimmen. Das Meer war ganz ruhig. Hanna genoss es, in das erfrischende, klare Salzwasser einzutauchen, dem Horizont ein Stück entgegenzuschwimmen, sich dann auf den Rücken zu drehen, sich treiben zu lassen und in das endlose Blau über ihr zu blicken. Mehr Feriengefühl ging nicht.

Sönke döste den ganzen Tag im Strandkorb. Er war sehr in seiner Welt, wirkte dabei aber nicht unzufrieden. Wenn Lena vorbeikam, lebte er für einen Moment auf und hatte, wie Meike es ausdrückte, Herzchen in den Augen.

Als sich der Strand gegen 18 Uhr allmählich leerte, fingen auch Hanna und die anderen an, zusammenzupacken. Den Sheriff hatten sie nicht noch einmal getroffen. Meike und Hanna waren sich einig, dass er im Strandkorb seinen Rausch ausschlief, und sie hofften, dass er sich gut eingecremt hatte.

Die Klanxholmer-Gruppe hatte sich auf jeden Fall immer wieder eingecremt. Trotzdem hatten am Abend alle leicht gerötete Gesichter. Sogar Sönke, obwohl er nur im Schatten gesessen hatte. Besonders Lena und Paul, die fast den ganzen Tag auf dem Wasser unterwegs gewesen waren, hatten frische Farbe bekommen.

Hanna schüttelte ihr Handtuch aus und gähnte dabei herzhaft. Sie verspürte die typisch wohlige Erschöpfung, die so ein Tag in der Sonne und der salzigen Luft mit sich brachte.

«Habt ihr auch schon wieder Hunger?», fragte Thies in die Runde, während er Meikes Campingstühle zusammenklappte.

«Und wie!», sagte Konstantin.

Auch Hanna und Meike nickten.

«Ich könnte schnell im *Seestern* anrufen und fragen, ob die für uns noch einen Tisch haben», schlug Thies vor.

«Super Idee!», sagte Meike. «Ich habe sowieso keine Lust, noch was zu kochen.»

«Wir sind raus», sagte Paul.

Hanna guckte Lena und ihn überrascht an.

«Wir wollen auf den … Paul, wie heißt das noch mal?», fragte Lena.

«Brarup-Markt.»

«Ach», sagte Hanna. «Da waren Meike und ich auch, als wir so alt waren wie ihr.»

«Stimmt», sagte Meike begeistert. «Wir sind Riesenrad gefahren und Wilde Maus. Boa, ich glaube, da würde mir heute so was von schlecht werden.»

«Wie kommt ihr da denn hin, wenn wir jetzt direkt nach Nordernby fahren?», fragte Hanna.

«Ein Freund wollte uns in Klanxholm abholen», sagte

Paul. «Der würde uns sicher auch am *Seestern* einsammeln. Ich rufe ihn an, sobald klar ist, ob ihr noch einen Platz bekommt.»

Thies drehte sich mit dem Handy am Ohr in Pauls Richtung und hielt den Daumen hoch. «Alles klar, Momme, danke dir. Bis gleich.»

«Na dann», sagte Meike und hakte Sönke unter. «Komm, Vaddern, wir gehen noch mal nach Tante Meier, bevor wir losfahren.»

Hanna sah Meike verwundert an. «Wo wollt ihr hin?»

«Auf Toilette, meine Oma hat dazu immer ‹nach Tante Meier› gesagt.»

Hanna lächelte und legte die Handtücher zusammen. Sie hatte wieder eine Redewendung gelernt, die sie gleich in ihre Sammlung aufnehmen wollte.

Vorm *Seestern* verabschiedeten sich Lena und Paul, und der Rest ging in den gut gefüllten Biergarten. Einige Gäste guckten irritiert, als Sönke bei dem Wetter in seinen Gummistiefeln an ihnen vorbeischlurfte. Er bekam das gar nicht mit, Hanna und Meike aber schon. Sie verständigten sich mit einem kurzen Blick, nahmen ihn dann stolz in ihre Mitte und lenkten ihn zu ihrem Tisch.

Thies orderte bei Momme gleich mal zwei große Flaschen Wasser und eine Flasche Grauburgunder. Und Hanna fand, dass das nun der perfekte Ausklang für einen richtig tollen Ferientag war.

Einen Moment lang herrschte Ruhe an ihrem Tisch. Alle blickten in die Speisekarten und überlegten, was sie essen wollten. Hanna merkte erst jetzt, wie hungrig sie wirklich war, und konnte sich zwischen all den leckeren

Sachen gar nicht entscheiden. Schließlich fiel ihre Wahl auf das Roastbeef mit hausgemachter Remouladensoße und Bratkartoffeln.

«Oh ja, das ist lecker», sagte Meike, «das nehme ich auch. Und du, Vaddern, auch 'n schönes Roastbeef?»

Sönke nickte lächelnd und nestelte an der Serviette herum.

Hanna entging nicht, dass Meike ihren Vater nachdenklich ansah. «Was ist?», fragte sie leise.

«Ich mach mir ein bisschen Sorgen um ihn. Am Strand war er ja ganz entspannt und hat den Tag, glaube ich, auch sehr genossen, aber die letzte Nacht war er ziemlich unruhig. Das wollte ich dir vorhin schon erzählen, aber dann kam auf einmal der Sheriff dazwischen, und danach hatte ich es vergessen.»

«Meinst du, Dörte, also Lena, und das Aquarell waren ein bisschen viel Vergangenheit?»

Meike zuckte mit den Schultern. «Könnte sein. Nach dem Dorffest hat er auf jeden Fall wild geträumt. Er hat immer wieder Dörte gerufen und ist wimmernd und schweißgebadet aufgewacht.» Sie streichelte Sönkes Hand. Er reagierte nicht, spielte weiter mit seiner Serviette. «Jetzt kann ich das Ganze ja wenigstens einordnen. Heute Nacht habe ich mich total hilflos gefühlt, ich hatte ja keinen Schimmer, wer Dörte überhaupt war und was es mit ihr auf sich hat. Das macht es jetzt schon ein bisschen leichter.»

«Meine Damen, kurze Unterbrechung», Konstantin und Thies hatten ihre Weingläser erhoben. «Lasst uns anstoßen», sagte Konstantin. «Auf diesen ganz besonderen Sommer.» Er zwinkerte Meike zu, deren Miene sich augenblicklich veränderte. Sie strahlte in die Runde, und bis auf Sönke stießen alle fröhlich miteinander an.

Hanna trank einen Schluck. Konstantin hatte recht, dachte sie. Es war ein besonderer Sommer, auch wenn sie ein bisschen gebraucht hatte, um das zu erkennen. Sie lehnte sich zurück und ließ ihren Blick schweifen. Nach diesem herrlichen Strandtag war sie einfach nur voller Dankbarkeit: Ihr Kind war heil aus dem Urlaub zurück, sie selbst fühlte sich entspannt und wohl in ihrer Haut wie lange nicht mehr, und sie saß mit tollen Menschen, die längst Freunde geworden waren, an einem Tisch und genoss leckeres Essen und guten Wein. Klar, Balu fehlte ihr und natürlich ihr Vater, dennoch durchströmte sie in diesem Moment ein warmes Gefühl, und sie wollte gerade nirgendwo anders sein als genau hier.

Nach dem Essen dämmerte es bereits, und Hanna fiel auf, dass es inzwischen viel früher dunkel wurde als zu Beginn der Ferien. Sie war satt und hätte auf der Stelle einschlafen können. Doch bevor es nach Hause ging, wollte Momme der Runde unbedingt noch einen Schnaps spendieren. «Ich möchte auf jeden Fall einen, der nicht schmeckt wie Knüppel auf'n Kopp», sagte Hanna lachend.

«Dann, min Deern, bestellst du dir am besten 'n schönen Kirschlikör.» Neben Momme stand auf einmal eine kleine, ältere Frau mit einem Rollator an ihrem Tisch und lachte Hanna freundlich an. «Steht nicht auf der Karte, gibt's aber. Das weiß ich aus zuverlässiger Quelle.»

«Moin, Meta», begrüßten Thies und Meike die kleine Frau, und Hanna erinnerte sich, dass sie sie schon neulich kurz gesehen hatte, als sie mit Thies hier gewesen war.

«Komm, setz dich zu uns», sagte Meike. «Momme, bring deiner Mutter auch ein Likörchen, und ich nehme auch einen. Und für Vaddern einen Köm.» Sie rückte Meta einen Stuhl zurecht. Doch bevor Meta sich setzte, legte sie Sönke eine Hand auf die Schulter und ihren Kopf an seinen. «Na, min Sönke. Wie geiht di dat? Gut siehst du ut. Hast die Sonne genossen, wa?!»

Als er nicht reagierte, beugte Meike sich zu ihrem Vater hinüber. «Kiek mal, Vaddern, Meta ist da.»

Meta hatte inzwischen Platz genommen, und Sönke hob langsam den Kopf. Er sah sie an, ohne eine Miene zu verziehen. «Ik hebb Dörte sehn», sagte er tonlos und mit wässrigen Augen. Meta guckte erst ihn mitfühlend an, dann Meike. Alle schwiegen einen Moment.

«Kannten Sie Dörte?», durchbrach Hanna schließlich die Stille.

«Ach, min Deern, nu mal nicht so förmlich. Wir duzen uns hier. Und zu deiner Frage: Natürlich kannte ich sie. Nordernby und Klanxholm liegen ja dicht bei.»

«Dann kanntest du sicher auch meinen Vater, Jost Hinrichsen.»

Meta riss die Augen auf. «Du bist die Lütte von Jost?» Dann fiel sie ein bisschen in sich zusammen und schüttelte den Kopf. «Dass er einfach dootbleven ist, das ist wirklich traurig. Tut mir leid, min Deern.»

«Dootbleven?» Hanna sah Meta fragend an.

«Gestorben», sagte Meike rasch.

Momme war mit den Schnäpsen zurück, verteilte sie und räumte die Teller ab. «Noch jemand einen Nachtisch?» Für ihren Vater bestellte Meike Mädchenröte. Thies und Konstantin schlossen sich an. Dann prosteten sich alle am Tisch zu, diesmal auch Sönke, und kippten den Inhalt der kleinen Gläser runter.

Hanna spürte, dass sie auf einmal wieder Energie hatte. Sie tastete nach ihrer Handtasche, die sie an die Lehne ihres Stuhls gehängt hatte, öffnete sie und zog schließlich das alte Gruppenfoto am Strand heraus.

«Ach nee», sagte Meta, nachdem Hanna es vor sie gelegt hatte. Sie sah es sich genau an. «Da sind ja wirklich alle drauf. Wo hast du das her?», fragte sie, ohne aufzublicken.

«Bei uns im Haus habe ich ein paar Fotokisten entdeckt.»

Meta lächelte, dann veränderte sich ihre Miene, und sie wurde nachdenklich. «Sind nicht mehr viele übrig von uns.» Sie schob das Foto ein klein wenig weiter in die Mitte des Tisches und zeigte auf ein junges Mädchen mit Locken. «Hier, das bin ich … Und die Große da hinter mir ist meine beste Freundin Luise.»

«Die habe ich auch noch kennengelernt», sagte Thies. «Ihre Bratkartoffeln waren die besten, die ich jemals gegessen habe.»

Meike nickte lächelnd, und Hanna und Konstantin guckten fragend.

«Luise war jahrzehntelang die Wirtin hier», erklärte Meike ihren Freunden.

«Sie ist letztes Jahr dootbleven», sagte Meta. «Aber wenigstens hat sie den Löffel in ihrer Küche abgegeben, so wie sie es sich immer gewünscht hatte.» Sie prostete mit ihrem leeren Schnapsglas gen Himmel. «Ihre beiden

Deerns haben den *Seestern* übernommen. Lass die bloß nicht hören, Thies, dass Luises Bratkartoffeln die besten sind. Das gibt nur wieder Gezanke.» Sie lachte, und auch die anderen schmunzelten.

«Die ich heute hatte, waren auch sehr gut», sagte Thies versöhnlich.

Meta zog das Bild erneut zu sich heran. «War schon schön früher. Was wir alles erlebt haben. Die Feste in Klanxholm in Asmussens Scheune und hier im *Seestern* …»

«Is hüt wedder Dans op de Deel?»

«Nee, Vaddern», sagte Meike. «Du isst jetzt noch deinen Nachtisch, und dann geht das zu Bett.» Sie gähnte und streckte sich auf ihrem Stuhl. «Es gibt doch keine schönere Müdigkeit als die nach einem Strandtag.»

Meta studierte immer noch das Foto. «Wie geht's denn eigentlich Ella?», fragte sie und blickte auf. «Hab sie lange nicht gesehen.»

«So weit ganz gut», sagte Thies. «Sie hat ihren Garten und …»

«Von ihr habe ich erst gestern erfahren, dass mein Vater eine Schwester hatte», fiel Hanna Thies plötzlich ins Wort. Sie hatte schon die ganze Zeit überlegt, Meta davon zu erzählen, war sich aber nicht sicher gewesen, ob das hier und jetzt der richtige Rahmen war. Und dann vor Sönke, man wusste nie, was er mitbekam, und Hanna wollte ihn nicht aufregen. Doch nun platzte es aus ihr heraus. «Ich … ich habe das nicht gewusst.»

«Ach», sagte Meta und sah Hanna lange an. «Du hast ihre Augen.» Sie atmete tief durch. «Dann hat Jost die Last also all die Jahre mit sich allein herumgeschleppt und nicht mal mit seiner Familie geteilt. Das ist nicht gut, glaubt mir. Ich hab das bei meiner Freundin Luise gesehen. Am Ende macht einen das krank, hier drinnen.» Sie zeigte auf ihr Herz.

Hanna schluckte. Tatsächlich war ihr Vater an plötzlichem Herzversagen gestorben. «Welche Last hat Jost denn mit sich herumgeschleppt?» Sie war selbst überrascht, wie laut ihre Stimme plötzlich geworden war.

«Was hat Ella dir erzählt?» Meta sah sich suchend um. «Machst du uns noch mal ’ne Runde Schnaps?», rief sie Momme zu, der gerade dabei war, das Geschirr an einem der Nachbartische abzuräumen.

«Sie hat erzählt, dass Dörte eine leidenschaftliche Malerin war. Und dass sie mit 16 an einer Lungenentzündung gestorben ist und Ella und Jost sich dann vorgenommen haben, nicht mehr über Dörte zu sprechen, damit die Wunde nicht immer wieder aufplatzt.»

«So, das hat sie also gesagt.» Am Tisch war es jetzt ganz still. Nur Sönkes gelegentliches Löffeln war zu hören. Thies und Konstantin hatten ihre Mädchenröte bereits aufgegessen und blickten genau wie Hanna und Meike Meta gespannt an. «Das war schlimm damals, ganz schlimm», sagte sie und trank einen Schluck Likör, den Momme inzwischen serviert hatte. «Niemals werde ich die schlaffe Hand von Dörtes und Josts Mudder beim Kondolieren auf dem Friedhof vergessen. Man wusste gar nicht, was man sagen sollte. Das ganze Dorf war wie betäubt. Und Jost ... er war nicht wiederzuerkennen. Nach Dörtes Tod war nichts mehr wie vorher, alles hatte sich verändert, alles.» Meta sah zu Sönke, der zusammengesunken auf seinem Stuhl saß und nun ganz klein und schutzlos wirkte, wie ein Vögelchen. «Verdrängter Schmerz», sagte Meta, «ist wie ein unsichtbarer Feind. Man weiß nie, wann und wie doll er zuschlägt.»

Hanna war Metas Blick gefolgt. Sie war sich erst nicht sicher, aber dann sah sie, dass Sönke Tränen übers Gesicht liefen. Auch Meike musste es aufgefallen sein. Sie hatte ihre Hand auf seine gelegt und sprach leise auf ihn ein.

Meta kippte den letzten Schluck Kirschlikör runter und stellte das Glas ab. Dann stand sie langsam auf. «Richtet Ella einen schönen Gruß von mir aus. Es wurde lange genug geschwiegen. Und ich weiß, dass Jost damit aufhören wollte! Er wollte endlich seinen Frieden machen. Hat er mir selbst erzählt, letzten Herbst, hier im *Seestern.*»

Hanna und Meike wechselten einen schnellen Blick.

«Was meinst du damit?», fragte Hanna.

«Sprich mit Ella und sag ihr, wenn sie dir nicht die Wahrheit erzählt über das, was damals passiert ist, tue ich es.»

24.

Eines Morgens riechst du den Herbst.
Es ist noch nicht kalt; es ist nicht windig;
es hat sich eigentlich gar nichts geändert –
und doch alles.

KURT TUCHOLSKY

Soll ich dich bei Ella absetzen?», fragte Thies, als sie auf die Schleifähre fuhren. Seit sie im *Seestern* aufgebrochen waren, hatte Hanna kaum etwas gesagt. Sie hing ihren Gedanken nach, fragte sich immer wieder, was Meta bloß gemeint hatte: Was war damals passiert? Womit hatte ihr Vater seinen Frieden machen wollen?

Natürlich wollte sie jetzt sofort zu Ella und ihr tausend Fragen stellen. Und sie hoffte so sehr, dass sie Antworten bekommen würde. Gern hätte sie Meike an ihrer Seite gehabt, denn was immer in jenem Sommer mit Dörte passiert war, auch Sönke kannte die Wahrheit, das war für Hanna und Meike inzwischen klar, und so war Meike genauso erpicht darauf, mit Ella zu reden, wie Hanna es war. Doch sie hatte erst einmal abgewinkt. Sie musste sich um Sönke kümmern, ihn ins Bett bringen und abwarten, ob diese Nacht ruhiger verlaufen würde.

Hanna suchte in ihrer Tasche nach ihrem Handy, das sie heute Morgen in der Küche hinter der Box wiedergefunden hatte. Es war jetzt halb zehn, noch nicht zu spät für einen Besuch. Rasch schrieb sie Lena, dass sie noch unterwegs war. Falls sie demnächst zurückkommen würde und den Schlüssel bräuchte, sollte sie sich melden.

«Würdest du mitkommen?» Hanna steckte das Handy zurück in die Tasche und sah Thies an. «Ich hab irgendwie ein bisschen Schiss vor der Wahrheit und auch davor, dass es so weit gar nicht erst kommen könnte und Ella sich in Schweigen hüllt. Ich glaube, ich kann jetzt gut einen Freund gebrauchen.»

«Klar, wenn du das möchtest, bin ich dabei.» Sie legten an der anderen Uferseite an. Die Schranke öffnete sich, und Thies startete den Motor.

«Ich hätte nie gedacht, dass der Tag so eine Wendung nehmen würde», sagte Hanna nachdenklich. «Wie schnell das manchmal geht.» Sie schnipste einmal mit den Fingern. «Am Strand war es so schön und auch so lustig. Ich meine, den Sheriff in Tiger-Badehose bekommt man auch nicht jeden Tag zu sehen. Und unsere Beachball-Matches. Das war alles so … so unbeschwert.»

Thies nickte lächelnd. «Nicht zu vergessen den grandiosen Witz vom Sheriff.»

«Oh Gott, ja.» Hanna kicherte. «Den hatte ich schon verdrängt.» Dann wurde sie wieder ernst. «Jedenfalls bin ich eigentlich davon ausgegangen, dass ich nach dem Essen müde und beseelt nach Hause fahren würde. Stattdessen sitze ich nun hier und habe Herzklopfen und Bauchgrummeln, weil ich keine Ahnung habe, was mich erwartet.» Sie fuhr sich mit den Händen übers Gesicht. Ihre Haut fühlte sich von der Sonne warm an und spannte ein wenig.

Thies beugte sich ein Stück zu ihr herüber. Er öffnete das Handschuhfach und zog eine CD heraus. In seinem alten Landrover hörte man noch analog Musik. Er drückte auf Play, und aus den kleinen Boxen, die über den Vordersitzen hingen, erklang *Beautiful Day* von U2. Thies grinste in sich hinein und begann laut mitzusingen. Hanna musste lachen und stimmte ebenfalls mit ein.

Sie entdeckten Ella hinten in ihrem Garten. Sie nutzte das letzte bisschen Tageslicht, um den verblühten Lavendel zurückzuschneiden. Die späten Gäste hatte sie offenbar nicht kommen hören. Erst als Hanna «Hallo» rief, blickte sie auf. «Habt ihr mich erschreckt», sagte sie und strich sich eine Haarsträhne aus dem Gesicht. Sie sah müde aus, fand Hanna. Der gestrige Abend und die Erinnerungen an Dörte hatten wohl nicht nur Sönke zugesetzt, auch Ella schien mitgenommen.

«Was kann ich für euch tun?», fragte sie.

«Wir …», begann Hanna zögerlich, «wir kommen gerade aus dem *Seestern.*»

«Ach, wie schön, habt ihr gut gegessen?» Jetzt lächelte Ella und klang so warmherzig wie an dem Tag, als Hanna sie kennengelernt hatte und Ella sie gerade noch davon abhalten konnte, ein Rosen-Massaker anzurichten.

«Ja, das haben wir», sagte Thies. «Wollen wir uns vielleicht setzen?»

«Natürlich, kommt mit.» Ein paar Schritte von dem Beet entfernt stand ein kleiner Gartentisch mit vier Stühlen drum herum. Auf dem Tisch stand ein Weckglas, dessen Boden mit kleinen Muscheln bedeckt war und in dem eine blaue Stumpenkerze brannte. «Möchtet ihr etwas trinken?», fragte Ella.

«Nein danke», sagte Hanna und nahm gegenüber von

Ella Platz. Sie wollte jetzt gleich zur Sache kommen. Was sollte das Drumherumgerede. «Im *Seestern* haben wir Meta getroffen.» Sie bemühte sich, ihre Stimme ruhig klingen zu lassen.

«Und, was schnackt sie?», fragte Ella, und Hanna hatte das Gefühl, Ella war nun ebenso bemüht, ruhig zu wirken und ihre Frage beiläufig klingen zu lassen.

«Wir haben über Dörte gesprochen und auch über Jost», erklärte Hanna. «Meta hat erzählt, dass meinen Vater etwas belastet hat, mit dem er endlich seinen Frieden machen wollte.» Sie sah Ella eindringlich an, doch die zeigte keinerlei Regung. «Meta hat auch noch gesagt», fuhr Hanna fort, «dass es Zeit ist für die Wahrheit und dass … wenn du sie nicht erzählst, sie es tun würde.» Hanna beugte sich ein wenig vor und schob das Glas mit der Kerze zur Seite, das zwischen ihr und Ella stand. «Was für eine Wahrheit meint Meta?»

Ellas Haltung veränderte sich. Ihr ganzer Körper schien nun unter einer fast bedrohlichen Anspannung zu stehen. «Ich weiß nicht, wovon sie redet.»

Hanna blickte Hilfe suchend zu Thies und fühlte sich dabei gleich ein wenig schuldig. Zwei gegen einen, das war nicht fair. Aber die Sache war ihr einfach zu wichtig.

«Ella», sagte Thies, «hat der alte Jollenkreuzer was damit zu tun? Das Boot war Jost offenbar wichtig, gleichzeitig war er aber mit seinen Plänen auch sehr zögerlich. Und deine Reaktion neulich in der Werft …»

Hanna sah ihn für einen Moment überrascht an. Mit dem Thema hatte sie gar nicht gerechnet.

«Warum könnt ihr die alten Geschichten nicht ruhen

lassen?» Ellas Stimme war nun kaum mehr als ein Flüstern.

«Ella, Jost war mein Vater. Was für eine Last hat er mit sich herumgeschleppt? Was ist damals mit seiner Schwester passiert? Und warum fällt es dir so schwer, darüber zu sprechen? Es ist doch so lange her.»

Ella drehte den Kopf zur Seite. Im Schein der Kerze bekam ihr Ausdruck etwas Mädchenhaftes. Plötzlich hatte sie wieder Ähnlichkeit mit der Ella auf dem Strandfoto. «Ich habe es dir gestern erklärt!» Jetzt blickte sie Hanna wieder an. «Ich habe dir gesagt, dass es Wunden gibt, die nicht heilen, die ...»

«Aber vielleicht könnten sie es ja», fiel Hanna ihr harsch ins Wort, «wenn du aufhören würdest, deinen Schmerz wegzudrücken, und anfängst, über ihn zu reden und dich mit ihm auseinanderzusetzen!» Sie spürte, dass ihr warm wurde und ihre Wangen zu glühen begannen. «Genau das hat mein Vater ja offenbar vorgehabt, aber er ist gestorben, vielleicht einfach so, vielleicht aber auch, weil ihn *die Wahrheit* zu doll belastet hat und er sie mit niemandem geteilt hat.» Sie schnaufte erschöpft. «Warum hilfst du mir nicht, alles zu verstehen? Denkst du nicht, dass es dir auch guttun könnte?»

Ella starrte Hanna an. Sie saß ganz aufrecht. «Du bist wie er! Er konnte auch keine Ruhe geben, hat die letzten Jahre immer wieder in der Vergangenheit gewühlt. Dabei hatten wir es uns doch versprochen. Wir wollten nicht mehr zurückblicken, nie mehr!» Ihre Stimme zitterte. «Aber als Sönke anfing, seinen Verstand zu verlieren, und nachts immer öfter vor Josts Tür stand und nach Dörte rief, da hat Jost auf einmal gemeint, wir müssten uns unserem Schicksal stellen und versuchen, die Wunden zu heilen. Er wollte alles immer wieder bereden. Aber ich konnte das nicht …»

«Was wollte er bereden?», fragte Hanna mitfühlend.

Ella rannen Tränen übers Gesicht. Hanna griff in ihre Tasche, kramte nach einer Packung Taschentücher und reichte sie ihr.

Sie nahm sich eins und wischte sich über die Augen. Dann lehnte sie sich zurück. Ihr Gesicht lag nun fast im Dunkeln. Es kam Hanna vor, als wollte Ella sich verstecken. Und dann begann sie plötzlich, leise und langsam zu erzählen.

«Manchmal, wenn ich die Augen schließe, kann ich uns vier noch sehen: Dörte mit ihren farbverschmierten Fingern, Sönke, der immer lacht und fröhlich ist, und Jost mit der Zigarette hinterm Ohr.

Es ist ein wunderschöner Sommertag, so einer von denen, wie sie Dörte gern malt.

Dörte und Sönke laufen Händchen haltend durch Klanxholm. Über der Hauptstraße sind Girlanden gespannt mit bunten Fähnchen, die müde in der leichten Sommerbrise schaukeln. Sönke zieht den Bollerwagen mit dem Proviant. Jost und ich überholen die beiden auf dem Fahrrad. Ich sitze auf dem Gepäckträger, drehe mich nach ihnen um. ‹Beeilt euch, ihr Schnecken›, rufe ich lachend. ‹Wir wollen vor dem Fest auch noch das Gepäck holen.›

Josts Boot liegt in dem kleinen Hafen vor der Werft. Sein Vater hat es ihm letztes Jahr geschenkt. Dörte hat er es genannt, nicht Ella. Erst war ich ein bisschen beleidigt, dann habe ich mich für Dörte gefreut.

Jost ist ein guter Segler, genau wie Sönke. Zwei Wochen liegen vor uns. Dänische Südsee, die Inseln erkunden, vielleicht auch noch weiter. Dörte und ich dürfen mit, zum ersten Mal, die Jungs haben versprochen, auf uns aufzupassen.

Zusammen wollen wir erst die Ostsee erobern und dann das Leben.

Abends zum Fest ziehe ich mein neues Kleid an, das gelbe mit den roten Blüten. Ganz Klanxholm ist auf den Beinen. Ich hole Dörte und Jost ab, dann radeln wir zu Sönke. Seine Mutter macht ein Foto von uns und lächelt stolz.

Wir tanzen. Josts Haut riecht nach Tabak und Sonne. Und ich bin der glücklichste Mensch der Welt.

Dörte und ich trinken Bowle und Schlehenlikör. Nach dem Fest gehen wir schwimmen. Trotz der Abkühlung finde ich keinen Schlaf. Die Aufregung kribbelt in meinem Bauch wie Brausepulver.

Gegen Mittag segeln wir los. Es ist sonnig, beste Bedingungen. Alles geht so schnell. Plötzlich frischt der Wind auf. Und da ist Regen, überall, dicke Tropfen, die uns die Sicht nehmen. Wir sind noch in deutschen Gewässern, Jost peilt den nächsten Hafen an. Die Jungs schicken Dörte und mich in die Kajüte. Die Wellen werden immer höher. Wir werden durchgeschüttelt, stoßen uns die Köpfe an den Wänden. Ich ziehe meine Schwimmweste an, werfe Dörte ihre zu. Aber sie zieht sie nicht an. Sie sagt etwas, doch ich kann sie nicht verstehen. Sie geht an Deck. Ich rufe sie. Der Wind pustet so laut. Und dann …»

Ella stoppte abrupt. Sie hielt sich die Ohren zu, kniff

die Augen zusammen und stand auf. Einen Moment lang stand sie ganz still da. Dann glitten ihre Hände von den Ohren. Sie ließ die Schultern hängen und blickte zu Hanna und Thies. «Sie ist nicht mehr da, einfach nicht mehr da!»

Hanna stand auch auf. Sie ging um den Tisch herum zu Ella und nahm sie schweigend in den Arm.

Nach einer Weile setzten sich beide zurück an den Tisch.

«Das Boot ist umgekippt», sagte Ella. Ihre Stimme klang nun ein wenig fester.

Thies nickte nachdenklich. «Das habe ich mir gedacht. Das kann bei dem Bootstyp schon mal passieren.»

«Jost und Sönke hatten sich an der Großschot festgehalten. Wir haben Dörte gerufen, immer wieder gerufen. Dann ist Sönke in der Dunkelheit durch die Wellen geschwommen, und Jost hat Leuchtraketen abgefeuert. Funk hatten wir nicht. Als die Küstenwache kam, hat sie mit den Seenotrettern die ganze Nacht und den ganzen nächsten Tag nach ihr gesucht. Man hat sie nie gefunden.»

Hanna atmete laut aus. Sie griff nach den Taschentüchern und schnäuzte sich.

«Es ist so schwer, wenn man sich nicht verabschieden kann», sagte Ella. «Der leere Sarg bei der Beerdigung … Ich starrte in die Grube und fragte mich: Wieso darf ich leben und Dörte nicht?» Sie hielt einen Moment inne. «Deine Großeltern haben Jost die Schuld an Dörtes Tod gegeben. Anders als dein Großvater hat deine Oma es zwar nie ausgesprochen. Aber der stumme Vorwurf in ihrem Blick hat immer zwischen ihnen gestanden. Das war schlimm für Jost. Er hat im Grunde nicht nur seine Schwester verloren, sondern auch seine Eltern.»

Hanna trafen Ellas Worte mitten ins Herz. Ihr Vater tat ihr so unendlich leid. Er war damals doch fast selbst noch ein Kind gewesen. Wie allein muss er sich gefühlt haben. «Aber ihr hattet euch», sagte Hanna. «Du und Papa und Sönke, konntet ihr euch nicht stützen?»

«Es heißt immer, der Schmerz wird leichter, wenn man ihn teilt. Aber das stimmt nicht.» Ella spielte mit der Streichholzschachtel, die auf dem Tisch lag. «Trauer ist etwas sehr Einsames. Da muss jeder für sich durch. Und über das Unglück konnten wir gar nicht reden. Uns fehlten schlicht die Worte. Wir drei haben uns dabei verloren. Sönke musste schnell wieder funktionieren. Sein Vater starb kurze Zeit später, und als Ältester musste er den Hof übernehmen. Er hat dann auch bald Karin, Meikes Mutter, kennengelernt und einfach weitergelebt. Es gab Zeiten, da habe ich ihn beneidet.»

«Gibt es Dörtes Grab noch?»

Ella schüttelte den Kopf. «Jost hat es nach den üblichen 25 Jahren auflösen lassen.»

«Und du und Jost? Ihr wart ein Paar, oder?», fragte Hanna vorsichtig.

Ella nickte. «Ich habe alles an ihm geliebt. Seine Stimme, seinen Verstand, sein Lachen und seine Kraft. Wir hatten Pläne. Nach dem Sommer sollte er bei meinem Vater in die Werft einsteigen. Irgendwann hätten wir sie dann zusammen übernehmen wollen. Aber nach dem, was geschehen war, konnte Jost nicht hierbleiben. Solange seine Eltern lebten, kam er nur selten zu Besuch, dabei hat er Klanxholm geliebt, trotz allem.» Ella räusperte sich. «Thies, würdest du uns jetzt doch was zu trinken holen? Im Gartenhaus stehen Wasser und Gläser.»

«Natürlich.»

«Ich habe in jenem Sommer nicht nur meine beste Freundin verloren, sondern auch meine große Liebe.» Ella lächelte erschöpft. «Das Leben ist manchmal schonungslos.»

Einen Moment schwiegen die beiden Frauen. Für Hanna fühlte es sich kurz ein bisschen komisch an, zu wissen, dass ihr Vater nicht nur ihre Mutter geliebt hatte. Dann schob sie das Gefühl beiseite. «Warum bist du nicht mit ihm nach Hamburg gegangen?»

Thies war zurück und schenkte allen Wasser ein.

«Nein.» Ella machte eine wegwischende Handbewegung. «Ich musste hierbleiben und aufs Wasser gucken.» Sie trank einen Schluck. «Kennt ihr die Legende von der Schwarzen Grete?»

Hanna und Thies schüttelten die Köpfe.

«Mein Vater hat sie mir immer erzählt, als ich noch ein Kind war: Einst fischten in der Schlei bei Schleswig zwei arme Fischer. Die ganze Nacht warfen sie ihre Netze aus. Doch sie blieben leer. Als sie müde und hungrig nach Hause ruderten, erschien ihnen die Schwarze Grete und forderte sie auf, noch einmal ihr Glück zu versuchen. Sie versprach ihnen einen guten Fang, allerdings unter einer Bedingung: Den wertvollsten Fisch sollten sie zurück ins Wasser werfen. Doch wie die Menschen so sind, versuchte einer der Fischer den kostbarsten Fisch mit Schuppen aus Gold unter dem übrigen Fang zu verstecken. Das ging für ihn natürlich nicht gut aus. Dörte war so ein lieber, großherziger Mensch, das würde Grete gefallen, habe ich gedacht und mir immer vorgestellt, dass sie sie mir eines Tages zurückbringt.» In Ellas Augen schimmerten Tränen. Hanna schluckte und legte ihre Hand auf Ellas.

«Und dass das Schiff all die Jahre über in der Werft eingeschlossen stand, hast du nicht gewusst?», fragte Thies.

Ella schüttelte den Kopf. «Nein. Ich habe mich da nie wieder um irgendetwas gekümmert, und Schiffe haben mich sowieso nicht mehr interessiert. Ich habe das erst durch dich erfahren, Hanna. Und als Anke dann erzählt hat, dass ihr ein Schiff restauriert, habe ich es mit der Angst bekommen. Gleichzeitig musste ich wissen, ob es wirklich Josts altes Boot war. Es dann zu sehen, war schlimm, genau wie Dörtes Bilder bei dir in der Küche. Ich wollte immer, dass alles da bleibt, wo es für mich hingehörte: in der Vergangenheit. Dabei hätte ich es wohl besser wissen müssen. Schließlich hatte ich schon einmal erlebt, dass sich das Leben nicht an Pläne hält und es sich einem in den Weg stellt, wenn man am wenigsten damit rechnet.»

25.

Es gibt auch im Meere des Lebens
keine ewigen Felsen.

RICARDA HUCH

Hanna schreckte hoch. Sie war schweißnass. Die Sonne schien in ihr Zimmer, und vor dem gekippten Fenster zwitscherten Vögel. Wie spät mochte es sein? Auf dem Nachttisch tastete sie nach ihrem Handy. Halb acht. Benommen ließ sie sich zurück ins Kissen fallen und musste sich erst einmal sortieren. Sie hatte geträumt, sie wäre ertrunken. Die Bilder hingen ihr noch nach: Sie war am Strand in Eckernförde gewesen, hatte im warmen Sand mit Thies Pommes gegessen und Kirschlikör getrunken. Auf einmal entdeckte sie in einem der Strandkörbe Ben mit Kristin. Ben drehte die ganze Zeit an Kristins Bikiniträgern herum. Als er Hanna sah, winkte er kurz. Kristin hielt ihr schreiendes Baby auf dem Schoß. Lena war auch plötzlich da. Sie nahm das Baby auf den Arm, und prompt beruhigte es sich. Dann erblickte Hanna auf der Promenade ihren Vater. Sie freute sich so, ihn zu sehen, doch er beachtete sie gar nicht. Er rief nach Lena, nannte sie aber Dörte. Hanna wurde das alles zu viel, und sie lief ins Wasser. Dort war außer ihr kein Mensch. Sie schwamm und schwamm, bis das Meer immer dunkler wurde und sie keine Kraft mehr hatte. Sie sank einfach in die Tiefe, konnte nichts dagegen tun. Ein goldener Fisch schwamm an ihr vorbei. Sie wollte nach Luft schnappen, aber es ging nicht. Sie bekam Panik. Dann war sie aufgewacht. Zum Glück.

Nun ließ die Enge in ihrem Brustkorb allmählich nach. Wie erleichternd es war, atmen zu können und hier in ihrem Bett zu liegen. Hanna setzte sich auf und versuchte, den Traum und das schwere Gefühl, das noch in ihrem Bauch hockte, so gut es ging, abzuschütteln.

Sie starrte einen Moment vor sich hin, dachte an die Stunden gestern bei Ella im Garten und daran, was für ein tragisches Schicksal Ella, Sönke und Jost miteinander verband und gleichzeitig voneinander getrennt hatte. Was wäre gewesen, wenn das Unglück nicht passiert wäre? Sie und Lena würde es vermutlich gar nicht geben. Apropos, wo war ihre Tochter eigentlich? Als Hanna gestern spät nach Hause gekommen war, hatte sie für Lena extra die Terrassentür offen gelassen. Sie schälte sich aus dem Bett und sah in den anderen Zimmern nach. Aber alle Betten waren unberührt. Zurück in ihrem Zimmer schnappte Hanna sich ihr Handy. Sie hatte tatsächlich eine Nachricht von ihrer Tochter bekommen, und zwar schon gestern:

Du bist nicht zu Hause, und ich erreiche dich nicht. Übernachte bei Paul. Bis morgen

Merkwürdig, dachte Hanna, sie hatte die WhatsApp gar nicht gesehen. Na ja, was soll's, immerhin wusste sie nun, wo Lena war. Und sie musste zugeben, was immer das mit Paul sein mochte, es fühlte sich besser an als die Liaison mit diesem Anton.

Hanna trat ans Fenster. Sie öffnete den Vorhang, und ein leuchtend heller Sommermorgen strahlte ihr entgegen. Der Anblick tat gut. Erst der Traum, und eben, als sie Lena gesucht hatte und deshalb auch ins Schlafzimmer ihres Vaters gegangen war, hatte sie auf einmal einen Stich in ihrem Herzen gespürt. Sie war eigentlich auch hierhergekommen, um seine Kleidung zu sortieren. Was noch gut war, wollte sie in Hamburg einem Nachbarn geben, der von seiner kleinen Rente lebte und seit der letzten Mieterhöhung kaum noch wusste, wie er über die Runden kommen sollte. Aber an die Sachen hatte Hanna sich bisher nicht rangetraut. Sie nahm das Haargummi vom Nachttisch, machte sich einen Dutt und ging noch einmal in Josts Zimmer. Ein wenig unentschlossen stand sie vor dem alten, dunklen Kleiderschrank. Als sie ihn schließlich öffnete, war sie überrascht, wie voll er war. Ihr Vater hatte hier offensichtlich auch eine ganze Weile nicht mehr ausgemistet. Sie glitt mit den Fingern an den Bügeln entlang, an Jacken, Hosen, Hemden. Bei einem dunkelblauen Leinenhemd stoppte sie und erinnerte sich, dass ihr Vater es früher bei der Gartenarbeit oft getragen hatte mit aufgekrempelten Ärmeln und dazu seinen Strohhut. Hanna nahm es heraus und hielt es sich vor die Nase. Sie konnte den Geruch ihres Vaters noch erahnen, aber es roch inzwischen mehr nach Schrank als nach ihm. Merkwürdig, dachte Hanna dann, Ella hatte gestern erzählt, Jost habe als junger Mann nach Tabak gerochen. Hanna kannte ihren Vater gar nicht rauchend. Ein anderer Jost, ein anderes Leben. Sie hängte das Hemd zurück, schloss den Schrank und ging auf den Flur. Sie sehnte sich nach einer Dusche. Oder noch besser: Sie wollte diesen sonnigen Sonntagmorgen an der Schlei begrüßen. Obwohl sie gerade fast ertrunken wäre, hatte sie jetzt Lust, einmal kurz abzutauchen. Duschen konnte sie auch später noch.

Hanna erkannte Ella schon von Weitem. Sie freute sich, sie zu sehen, und hoffte, dass es andersherum genauso war und sie ihr verzeihen konnte, dass Hanna gestern so auf die Wahrheit gedrängt hatte. Aber schließlich war es um ihre Familie gegangen. Beim Abschied gestern Nacht hatte Ella Hanna zwar fest in den Arm genommen, war dabei aber ziemlich still und angespannt gewesen.

Als sich die beiden nun im Wasser begegneten, lächelte Ella warm und wirkte überraschend frisch, was Hanna durchaus erleichterte. «Guten Morgen», rief sie zwischen zwei Schwimmzügen.

«Guten Morgen, Hanna.» Ella blickte sie ein wenig nachdenklich an. «Die Frage, ob du gut geschlafen hast, spare ich mir, du siehst müde aus.» Sie schwamm ihr entgegen, und nun waren die beiden gleichauf. «Für dich ist die ganze Geschichte sicher auch nicht einfach.»

«Stimmt», sagte Hanna, atmete einmal tief ein und tauchte kurz unter. «Aber jetzt geht es schon besser.» Sie strich sich das Haar aus dem Gesicht und schwamm ein Stück mit Ella.

«Das ändert zwar nichts, aber ich bin mir sicher, Jost hatte vor, dir von Dörte und dem Unglück zu erzählen. Spätestens, wenn das Boot fertig gewesen wäre, hätte er wohl alles offenbart.» Ella drehte sich auf den Rücken. «Dieses Blau», sagte sie ergriffen und guckte in den Himmel. Dann kam sie zurück zum Thema. «Meta hat ja recht, Jost wollte seinen Frieden machen. Und ein Stück weit war ihm das auch schon gelungen. Allein dass er mit ihr darüber gesprochen hatte.» Sie drehte sich wieder in Bauchlage. «Wollen wir gleich ein Stück spazieren gehen? Ich bin mit meiner Morgenrunde durch und würde vorne am Strand auf dich warten.»

«Sehr gern», sagte Hanna und schwamm noch ein Stück weiter raus. Sie dachte darüber nach, wie sie zu Beginn ihrer Ferien einfach nicht verstehen konnte, dass ihr Vater ihr nie etwas von dem Boot erzählt hatte. Jetzt wusste sie, warum, und sie war ihm natürlich nicht böse. Wenn es überhaupt irgendetwas gab, das sie ihm vorwarf, dann nur, dass er gestorben war. Aber das tat sie seit Monaten. Denn damit hätte er wirklich noch warten können.

Nachdem auch Hanna wieder an Land war, sich abgetrocknet und ihr Kleid übergezogen hatte, gingen die beiden Frauen am Ufer entlang. Es war herrlich still, und Hanna wunderte sich mal wieder, wie ruhig es hier war im Vergleich zu den Ostseestränden wie gestern in Eckernförde. Sie wollte Ella gerade fragen, wie es ihr ging, als die ihr zuvorkam. «Ich muss sagen, es war ganz gut, einmal alles zu erzählen. Das hätte ich wirklich nicht für möglich gehalten.»

Sie kamen an einer alten Eiche vorbei. An einem der Äste hing ein dickes Seil mit einem großen Knoten am unteren Ende.

«Wollen wir uns da vorn auf die Bank setzen?», fragte Ella.

Hanna nickte.

Von der Bank aus deutete Ella auf das Seil. «Da hing früher schon immer eins, an das wir uns geklammert haben, einer hat Schwung gegeben, und überm Wasser haben wir uns dann losgelassen. Das war ein Spaß.» Sie lächelte. Dann ließ sie ihren Blick schweifen und wurde ein wenig ernster. «Trotz allem, was passiert ist, habe ich hier ein schönes Leben gehabt. Die Menschen, die Landschaft.»

«Und deine Rosen», sagte Hanna.

«Und meine Rosen.» Ella nickte und schwieg einen Moment, ehe sie weitersprach. «Die Trauer um Dörte und der Schmerz, ohne Jost zu sein, waren manchmal so schlimm, dass ich dachte, ich sterbe auch. Als ich dann aber ein paar Jahre nach dem Unglück meine ersten Rosen gepflanzt und gesehen habe, dass sie immer wieder blühen und dass sie viel robuster sind, als man meint, da habe ich zum ersten Mal geahnt, dass ich es schaffen kann, dass ich auch wieder glücklich sein kann, wenn ich die Vergangenheit hinter mir lasse. Ich habe dann angefangen, meine Gärtnerei aufzubauen. Das war die beste Entscheidung meines Lebens.»

«Und die Liebe?», fragte Hanna. «Wie ging es damit in deinem Leben weiter?»

«Die Liebe ... tja, ich hatte einige längere Beziehungen, zwei von den Männern wollten mich unbedingt heiraten.» Ella schmunzelte in sich hinein. «Aber das war nichts für mich. Einer war der Geschäftsführer eines Großhandels, bei dem ich eine Zeit lang meine Blumenerde bezog. Ein schmucker Typ, sehr wohlhabend. Aber irgendwann wurde er mir zu forsch. Wenn wir essen gingen, hat er einfach immer für mich mitbestellt. Stell dir das mal vor, ohne mich zu fragen. Überhaupt hat er mir gern die Welt erklärt.» Ella lachte und schüttelte den Kopf. «Was denken sich manche Männer bloß.»

«Aber Jost hättest du geheiratet?»

«Wir waren noch so jung. Aber ja, wir hatten Pläne mit uns und mit der Werft. Aber wer weiß, ob das alles so gekommen wäre.»

«Erzähl mir von ihm. Wie war er als junger Mann?»

«Er war witzig und klug und absolut verlässlich. Und schön war er. Stell dir den jungen Rock Hudson vor.» Ella kicherte. «Im Grunde kannte ich ihn, seit ich denken konnte. Jahrelang war er für mich einfach nur der große Bruder meiner besten Freundin, der uns bei den Mathehausaufgaben geholfen hat und uns vor den Jungs, drüben von der anderen Seite der Schlei, beschützte, wenn die uns dumm kamen. Irgendwann allerdings bekam ich in seiner Nähe immer Herzklopfen, und meine Hände fingen an zu schwitzen. Ich versuchte ihn zu ignorieren, doch je mehr ich es tat, desto mehr verliebte ich mich in ihn. Na ja, ihm ging es genauso. Und dann wurden wir ein Paar. Erst dachte ich, Dörte könnte das doof finden, aber sie hat sich einfach nur gefreut und mir dann lachend gestanden, dass sie mit Sönke zusammen war. Ich hatte natürlich gewusst, dass sie für ihn schwärmte, aber den ersten Kuss hat sie mir ein paar Wochen lang verheimlicht.»

Beide schwiegen einen Moment, und Hanna war sich nicht sicher, ob sie die nächste Frage stellen sollte. Sie hatte ein bisschen Angst vor der Antwort, aber sie konnte nicht anders. «Es gibt da eine Sache», sagte sie zögerlich, «die lässt mir keine Ruhe.»

Ella drehte ihren Oberkörper ein wenig mehr in Hannas Richtung und sah sie fragend an.

«Waren meine Mutter und das Leben in Hamburg nur seine zweite Wahl?»

«Oh nein, Hanna. Das darfst du nicht denken.» Ella legte ihre Hand auf Hannas Arm. «Gut möglich, dass er ohne das Unglück nie nach Hamburg gegangen wäre. Aber so war es nun mal. Mit seinem Umzug haben wir uns getrennt. Ich wollte hier nicht sitzen und warten, und er wusste, dass er nicht so schnell zurückkehren würde. Aber wir sind immer Freunde geblieben. Deine Mutter hat er mehr als alles andere auf der Welt geliebt. Allein schon dafür, dass sie ihn nicht an seine Vergangenheit erinnerte. Als er sie kennenlernte, sagte er zu mir, dass sie Licht in seine Dunkelheit bringe und ihm das Gefühl gebe, wieder ein richtiger Mensch zu sein. Da habe ich mich für ihn gefreut, auch wenn ich gleichzeitig eifersüchtig war. Aber nur am Anfang. Nachdem deine Großeltern gestorben waren und er mit euch wieder häufiger hier war, habe ich deine Eltern zusammen erlebt. Ich kenne wirklich wenige Paare, die so glücklich waren wie sie. Und du und später auch Lena, ihr wart sowieso seine *hellsten Glückssterne*, so hat er euch immer genannt, wenn er von euch gesprochen hat.»

Hanna schluckte und wischte sich über die Augen. «Heute Nacht habe ich von ihm geträumt. Ich glaube, es war das erste Mal seit seinem Tod. Ich war an der Ostsee. Jost stand auf der Promenade, aber er hat mich nicht beachtet, na ja, vielleicht konnte er mich auch gar nicht sehen», fügte sie ein wenig kleinlaut hinzu. «Ben und Lena waren auch da, aber für die war ich auch Luft. Ben war mit Kristins Bikini beschäftigt und Lena mit deren Baby. Ich habe mich ziemlich verlassen gefühlt, und dann bin ich schwimmen gegangen und einfach ertrunken.»

Ella tätschelte Hannas Hand. «Weißt du, was ein weitverbreiteter Irrtum ist?»

Hanna guckte überrascht. «Was denn?»

«Dass wir immer denken, die anderen seien für unser Glück zuständig. Aber glaub mir, min Deern, wenn ich in meinem Leben etwas gelernt habe, dann dass wir dafür schon selbst etwas tun müssen.»

Das Haus war angenehm kühl und ziemlich still. Lena war offensichtlich immer noch bei Paul. In der Küche suchte Hanna nach etwas Essbarem und steckte sich ein paar Cherrytomaten und ein Stück Parmesan in den Mund. Sie wollte jetzt erst einmal duschen und dann Meike anrufen und ihr von den Ereignissen der letzten Nacht erzählen. Als sie noch einmal in die Schale mit den Cherrytomaten griff, fiel ihr Blick auf ihren Laptop, der auf dem Tisch lag. Plötzlich regte sich in Hannas Bauch ein überraschendes Gefühl. Es war, als würde ein Tier aus dem Winterschlaf erwachen und nun langsam zu sich kommen. Sie spürte auf einmal wieder den Drang, eine Geschichte zu erzählen, nein, nicht eine, sondern die von ihrem Vater und von Ella, Dörte und Sönke. Und von einem Dorf an der Schlei, in dem viel geredet, aber noch mehr geschwiegen wird.

Sie setzte sich an den Küchentisch, klappte den Laptop auf und öffnete eine neue Datei. *Sommerstürme, Roman von Hanna Bruns* schrieb sie auf die erste Seite.

26.

Leben allein genügt nicht, sagte der Schmetterling, Sonnenschein, Freiheit und eine kleine Blume muss man auch haben.

HANS CHRISTIAN ANDERSEN

Hanna lächelte vergnügt, als sie beim Hünengrab mit ihrem Fahrrad in Richtung Meikes Hof einbog. Sie hatte beim Schreiben total die Zeit vergessen, hatte gar nicht so schnell tippen können, wie die Worte aus ihr herausflossen. Sie konnte sich nicht erinnern, wann sie einen derartigen Flow zuletzt erlebt hatte. Hätte ihr Handy nicht geklingelt, würde sie vermutlich immer noch in der Küche sitzen und arbeiten. Am Telefon war Meike gewesen. Sie wollte nun endlich hören, was Ella erzählt hatte. Außerdem hatte sie zusammen mit Lena eine Quiche vorbereitet und Hanna zum Essen eingeladen. Gott sei Dank. Hanna hatte nämlich vor lauter Schreiberei das Essen komplett vergessen und war inzwischen völlig ausgehungert.

Auf der Treppe vor der Haustür saßen Lena und Sönke und beobachteten die Hühner. «Moin», rief Hanna und stieg von ihrem Fahrrad ab.

«Hi, Mama.»

Sönke lächelte selig, sagte aber nichts.

«Lange nicht gesehen.» Hanna beugte sich zu ihrer

Tochter hinunter und drückte sie fest. «Wie war's im Riesenrad?»

«Damit sind wir gar nicht gefahren. Die Schlange davor war endlos.»

«Aber hattet ihr einen schönen Abend?»

«Absolut!», sagte Paul, der gerade um die Ecke gebogen kam, und Hanna hatte das Gefühl, dass Lena unter ihren gebräunten Wangen ein wenig errötete.

«Kommt», sagte Paul, «wir können essen.»

Meike trug eine große Schüssel Salat zum Gartentisch und begrüßte Hanna mit einem strahlenden Lächeln und einem Kuss auf die Wange. «Lena, Paul, setzt euch und nehmt euch schon mal Salat. Hanna, du kannst mir helfen, die Quiche zu holen.»

In der Küche guckte Meike Hanna verschwörerisch an und sprach mit gedämpfter Stimme. «Kann deine Tochter bitte bei uns einziehen? Die tut hier allen so gut. Sönke ist total entspannt, na ja, und Paul sowieso.» Sie zwinkerte Hanna zu, schnappte sich die Topflappen und öffnete den Ofen.

«Nach ihrem Abi können wir darüber gern noch mal sprechen», sagte Hanna mit aufgesetzter Strenge. «Aber sie scheint sich bei euch wirklich ziemlich wohlzufühlen. Hat mich gewundert, dass sie dir bei der Quiche geholfen hat, mit Kochen hat sie es eigentlich nicht so.»

Meike deutete mit dem Kinn auf die Küchenzeile, auf der neben der Spüle ein großes Messer und ein Tortenheber lagen. «Kannst du die beiden Sachen nehmen?»

Draußen war nur für vier gedeckt, was Hanna wunderte. Meike erzählte daraufhin, dass Konstantin zurück nach Lübeck musste und Sönke vorhin schon Bratkartoffeln gegessen hatte, weil er keine Quiche mochte. Sie hatte ihn trotzdem ein paarmal gerufen, aber er wollte jetzt offensichtlich lieber bei den Hühnern bleiben.

«Lasst es euch schmecken», sagte Meike und schenkte allen noch schnell Wasser ein, bevor sie sich setzte. «So, Hanna, jetzt erzähl, was hat Ella gesagt. Meta hat es gestern ja ordentlich spannend gemacht. Lena und Paul habe ich davon vorhin schon erzählt.»

Hanna steckte sich schnell ein großes Stück Quiche in den Mund und konnte kaum fassen, wie lecker die war mit Ziegenkäse, Feigen und Walnüssen. «Gleich», sagte sie kauend und stopfte rasch noch eins hinterher. «Entschuldigt, aber ich habe bisher so gut wie nichts gegessen. Ich habe einen neuen Roman angefangen, da bin ich einfach nicht dazu gekommen.»

«Spannend», sagte Meike.

Hanna nickte, während sie einen Schluck Wasser trank. «Ich erzähle später mehr drüber. Jetzt erst einmal zu Ella. Also, die Geschichte ist wirklich dramatisch und auch todtraurig.» Hanna erzählte alles, was sie wusste: von dem Sommerfest, davon, dass Ella und Jost ein Paar gewesen waren, dem Segeltörn, dem furchtbaren Unglück und von Josts Eltern, die ihm für alles die Schuld gegeben hatten. Bei dem Part musste Hanna eine Pause machen, weil sie das Verhalten ihrer Großeltern einfach unfassbar traurig machte. Es brach ihr schier das Herz. Wie einsam und verloren ihr Vater sich gefühlt haben musste. Als Hanna von der Schwarzen Grete berichtete und Ellas kindlicher Hoffnung, dass die ihr eines Tages die beste Freundin zurückbringen würde, wischten sich alle vier Tränen aus den Augen. «Und als Sönke dann krank wurde», fuhr Hanna fort, «und immer mehr in seine eigene Welt abdriftete oder, besser gesagt, in die unbewältigte Vergangenheit, hat mein Vater angefangen, sich den alten Verletzungen zu stellen. Deshalb auch die vielen Fotos und Dörtes Bilder bei uns im Gästezimmer. Und das Unglücksboot bei Thies wollte er ja auch fit machen und sich damit dann wohl, nach über 50 Jahren Segelpause, wieder aufs Wasser trauen.»

Meike schnäuzte sich. «Deshalb also bringt Vaddern das Boot sicher in den Hafen. Ich hatte keine Ahnung, dass er segeln kann. Aber jetzt ergibt das alles einen Sinn.» Sie starrte einen Moment vor sich hin. «Dann hat Vaddern als junger Mann einfach alles Erlebte weggepackt, Deckel drauf und weitergemacht. Und jetzt ist der Deckel hochgekocht, und die ganzen Erinnerungen sind wieder da. Aber wieso wurde über das Unglück bloß nie gesprochen? Ich meine, ich bin hier aufgewachsen und hab nie etwas davon gehört.»

«Erinnerst du dich», sagte Hanna, «wie Meta gestern im *Seestern* von Dörtes Beerdigung erzählt hat, dass alle sprachlos und völlig geschockt waren und dass nach dem Unglück nichts mehr wie vorher war? Ich glaube, alle hier in der Gegend haben da ganz schnell einen Deckel draufgemacht, vielleicht auch aus Rücksicht auf meine Großeltern. Selbst Anke verliert darüber kein Wort.»

«Man hat Opi nie angemerkt, dass er so etwas Schlimmes erlebt hat», sagte Lena.

Hanna nickte. Alle saßen eine Weile schweigend da. Schließlich stand Meike auf und nahm die Quiche vom Tisch. «Ich mach das Essen noch mal warm.»

Später gingen Hanna und Meike in Meikes Atelier. Sie saßen an dem großen Tisch, und Hanna bewunderte einige der bereits fertigen Collagen. Dabei erzählte sie, dass sie die Geschichte ihrer Väter nun als Vorlage für einen Roman nutzen wollte.

«Das ist eine super Idee», sagte Meike. «Vielleicht kannst du ja sogar ein paar von Dörtes Aquarellen mitabbilden.»

«Oder eines als Cover verwenden», sagte Hanna. «Das würde sicher total gut passen.» Sie konnte kaum glauben, dass sie auf einmal wieder Spaß an der Arbeit hatte und ihr die ersten Seiten heute ziemlich leicht von der Hand gegangen waren. Das erste Kapitel hatte sie so gut wie fertig. Morgen wollte sie sich aber erst einmal an ein Exposé machen und die genaue Handlung entwickeln. Und in die Werft und ein bisschen am Boot arbeiten wollte sie auch mal wieder.

«Und du?», fragte sie. «Kommst du gut voran?»

Meike nickte. «Konstantin ist für so eine zarte Künstlerseele wie mich der perfekte Galerist. Ständig lobt er meine Arbeit und sagt, wie begeistert er von dem Thema und der Umsetzung ist.»

«Dass er dir guttut, ist nicht zu übersehen. Ich hoffe, du hast dein Herzklopfen inzwischen wieder einigermaßen in den Griff gekriegt.» Hanna grinste. «Nicht dass du noch den Notarzt rufen musst.»

«Ich habe überhaupt nichts im Griff, bin total lost, wie Paul immer sagt. Oder wie ich es sagen würde: Ich bin so was von verliebt!» Meike riss die Augen auf und wackelte aufgeregt mit dem Kopf hin und her. «Eigentlich halte ich die Männer ja auf Abstand. Aber bei Konstantin klappte das von Anfang an nicht. Am liebsten würde ich jede Minute mit ihm zusammen sein. Bei ihm habe ich das Gefühl, ich kann alles von mir zeigen und einfach so sein, wie ich bin. Wir spielen beide keine Spielchen.»

«Das klingt richtig gut, Meike. Ich freu mich für dich.»

«Wenn ich ehrlich bin», sagte Meike ein wenig kleinlaut, «habe ich mir genau so eine Beziehung schon lange gewünscht. Aber irgendwie dachte ich immer, ich wäre dafür nicht gemacht, und bin dann lieber weitergezogen, bevor es ernst wurde.» Sie machte eine Pause.

«Was ist los?», fragte Hanna. «Du siehst so nachdenklich aus.»

«Soll ich dir verraten, was ich neulich bei unserem Feuerritual auf eines der Zettelchen geschrieben habe, um es loslassen zu können?»

«Unbedingt.» Hanna guckte sie gespannt an.

«*Angst vor Nähe*. Und prompt trat Konstantin in mein Leben und hat all die Mauern um mich herum zum Einstürzen gebracht. Na ja, fast alle.» Meike stand auf und holte aus einer Ecke eine Wasserflasche und zwei Gläser. «Und die Sache mit meinem Vater und Dörte hat mich auch darin bestärkt, mich nun wirklich mal auf jemanden einzulassen.»

«Wie meinst du das?», fragte Hanna.

Meike füllte die Gläser und setzte sich wieder. «Sönke vergisst sein Leben. Er wurde in diesem Haus geboren, weiß aber nicht mehr, wo die Tassen stehen oder wie man eine Kaffeemaschine bedient. Er kann keinen Knopf mehr zumachen und weiß inzwischen an manchen Tagen nicht, wer ich bin. Aber den Namen seiner Jugendliebe, den vergisst er nicht. Gut, nun kenne ich die ganze

Geschichte, weiß um das traumatische Erlebnis. Aber ich glaube eben auch, er vergisst Dörtes Namen nicht, weil er sie so geliebt hat und das auch zugelassen hat. Mich haben Sönke und Dörte jedenfalls darin bestärkt, jetzt auch in Sachen Liebe mal ein großes Mädchen zu sein, das nicht immer vor seinen Gefühlen wegrennt!»

«Wow.» Hanna war richtig gerührt von Meikes Worten.

«Wie geht's dir, wenn du mit Thies zusammen bist?» Meike legte den Kopf schief und lächelte Hanna an. «Keine Sorge, ich will dich nicht verkuppeln oder so was. Das wäre ja auch ein bisschen kindisch. Ich finde nur, dass ihr zusammen total entspannt wirkt.»

Hanna nickte nachdenklich. «Ich bin gern mit ihm zusammen. Er ist gestern Abend auch mit zu Ella gekommen, was gut war. Nicht nur, weil er derjenige war, der Ella noch einmal auf Josts Boot in der Werft angesprochen hat, auch weil es sich gut angefühlt hat, da nicht allein zu sein. Ich glaube, auch für Ella war das gut.» Hanna trank einen Schluck Wasser. «Aber mehr als Freundschaft? Ich habe gerade diesen tollen Romanstoff für mich entdeckt und will mich da jetzt voll reinhängen. Eine Beziehung passt gerade einfach nicht in mein Leben.»

«Wer redet denn gleich von einer Beziehung?» Meike grinste. «Nein, im Erst, ich verstehe, was du meinst.»

«Und weißt du», fuhr Hanna fort. «Ich habe in den letzten 12 Monaten wirklich zur Genüge erfahren, wie weh es tut, wenn alles ins Wanken gerät. Ich kann mir gar nicht vorstellen, mein Herz zu öffnen.»

Meike nickte langsam. «Ich weiß zu gut, wie es dir geht. Wir wollen uns ja immer alle vor Schmerzen schützen.

Aber ich lerne gerade, dass es nichts bringt, in Schonhaltung durchs Leben zu gehen. Die Schmerzen kommen trotzdem, nur an einer anderen Stelle. Glücklich zu sein, bedeutet am Ende eben auch immer, dass man etwas zu verlieren hat. Nur so läuft das Spiel. Ich bin jedenfalls froh, dass ich mein Herz jetzt mal aufgemacht und die Angst beiseitegeschoben habe.»

27.

Gott schenkt uns Erinnerungen,
damit wir Rosen haben im Dezember.

J. M. BARRIE

In der Werft war es voll geworden. Nicht nur Hanna kam wieder regelmäßig vorbei, immer nachmittags für zwei, drei Stunden, wenn sie am Laptop ihr Tagespensum erledigt hatte, auch Lena half nun mit, das alte Boot wieder fit zu machen. Hanna hatte bisher allerdings nicht herausbekommen können, ob es ihr wirklich Freude bereitete, am Rumpf die schmalen Leisten mit Leim zu bepinseln und in die Fugen zu kleben, oder ob sie das Ganze nur Paul zuliebe tat.

Und auch Sönke gehörte inzwischen zur Schiffscrew. Meike hatte ihn eines Nachmittags vorbeigebracht, da sie einen Termin hatte und Sönke nicht allein zu Hause lassen wollte. Als er die Halle betreten hatte, warfen Meike und Hanna sich besorgte Blicke zu. Beide hatten ein wenig Angst davor, wie Sönke reagieren würde, wenn er den alten Jollenkreuzer sah. Aber er war ganz gelassen geblieben, war ein paarmal um das Boot herumgeschlichen, hatte das Holz berührt und war mit den Fingerspitzen die abgeblätterten Buchstaben entlanggefahren. Dabei hatte er immer wieder zu Lena geguckt, gelächelt und seinen Satz vor sich hin gemurmelt: «Ik bring dat Boot sicher in den Hafen.» Und wie zur Bestätigung hatte er jedes Mal ein deutliches «Jo!» hinterhergeschoben. Thies hatte ihm dann einen Besen in die Hand gedrückt und ihm gesagt, dass er seine Hilfe brauchte. Und dann hatte Sönke angefangen, ganz langsam, aber sehr gründlich die Halle zu fegen. Und das tat er jetzt immer, wenn Paul ihn mitbrachte.

An diesem Nachmittag kniete Hanna auf dem Deck, während die anderen am Rumpf arbeiteten. Mit einem Cutter versuchte sie die alte Klebemasse aus den Fugen zu kratzen, was ziemlich mühselig war.

«Viele Hände, schnelles Ende», hörte sie auf einmal Thies hinter sich sagen. Sie drehte sich um und sah, wie er grinsend ebenfalls einen Cutter bereithielt und sich nun zu ihr kniete.

«An dir ist wirklich ein Poet verloren gegangen.» Hanna wischte sich mit dem Handrücken über die Stirn.

«Ich weiß», sagte Thies. «Das habe ich schon öfter gehört.»

«Aber ehrlich», Hanna streckte den Rücken und ließ die Schultern kreisen. «Ein schnelles Ende sehe ich hier überhaupt nicht.»

«So was dauert eben. Allein den Rumpf wieder in Schuss zu kriegen, wird noch Wochen dauern. Ich gehe auch nicht wirklich davon aus, dass wir das Schiff diese Saison noch fahrtüchtig kriegen.»

Hanna musste zugeben, sie hatte sich das irgendwie leichter vorgestellt. Aber gut, nun hatten sie mit der Restaurierung angefangen, nun wollte sie das auch zu Ende bringen. Außerdem würde es bestimmt herrlich sein, mit der *Dörte* über die Schlei zu gleiten. «Vielleicht», schlug sie deshalb vor, «sollten wir mal so etwas wie einen Arbeitsplan erstellen und besprechen, wie es am Boot weitergehen soll. In 14 Tagen beginnt in Hamburg wieder die Schule. Dann sind Lena und ich zurück in unserem Alltag und müssen gucken, wie wir unsere Zeit einteilen.»

Thies sah Hanna lächelnd an, und seine Augen blitzten verschwörerisch. «Wollen wir uns nicht einfach mein Boot schnappen, den ganzen Alltagskram hinter uns lassen und zusammen durchbrennen?»

Hanna musste lachen. «Ich dachte schon, du fragst nie! Aber weißt du was, bevor wir durchbrennen, genießen wir noch die Sommerferien. Ella hat mir gestern Brombeeren gebracht. Daraus habe ich Eis gemacht. Das gibt's heute zum Nachtisch, ich koche für alle. Lena und Paul wissen schon Bescheid. Hast du Lust?»

«Brombeereis? Klar hab ich Lust.»

«Schön. Ich frage noch Ella und Meike, ob sie es auch schaffen.» Hanna fuhr am Cutter die Klinge ein und legte ihn ab. «Aber dann muss ich jetzt leider Feierabend machen und für unser Essen einkaufen.»

Als Hanna den Laden betrat, war Anke allein und gerade dabei, die Stehtische abzuwischen.

«Mensch, Hanna!» Sie strahlte übers ganze Gesicht. «Wir haben uns ja lange nicht gesehen.»

Hanna überlegte kurz, aber es stimmte. Ihren letzten Großeinkauf hatte sie in Süderbrarup erledigt.

Dann verschwand plötzlich Ankes Strahlen, und sie wurde ernst. «Wegen neulich, als du mit den Bildern hier warst, da wollte ich mich noch entschuldigen.»

Hanna war überrascht. «Alles okay, Anke. Ich habe mit Ella geredet und kenne nun die ganze Geschichte.»

«Dann ist ja gut. Ich kann mich auch nur dunkel an alles erinnern, weiß aber von meinen Eltern, dass alle hier die Sache schnell vergessen wollten und kaum jemand darüber je wieder ein Wort verloren hat. Tja, so ist das eben. Jedes Dorf hat wohl seine Geheimnisse.»

Die du sicher alle kennst, dachte Hanna.

Dann hellte Ankes Miene sich gleich wieder auf. «Komm, ich mach uns erst mal einen schönen Kaffee.»

«Das ist nett, aber ich will eigentlich nur schnell …»

«Ihr wart letztes Wochenende also alle Mann am Strand?», fiel Anke Hanna ins Wort und stellte ihr einen Pott Kaffee vor die Nase.

Hanna stutzte. Ach ja, der Sheriff.

«Wer ist denn eigentlich dieser schmucke Typ, mit dem Meike nun immer zugange ist? Und sach mal, auf dem Dorffest, das hübsche Mädchen, war das deine Tochter? Mann, ist die groß geworden. Ich hab sie hier neulich mit Meikes Sohn durchs Dorf laufen sehen. Junges Glück, wa? Und dich sehe ich ja nachmittags immer, wenn du zu Thies radelst …»

In Hannas Ohren begann es zu rauschen, und ihr wurde ganz schwindelig von dem Wortschwall, der auf sie einprasselte. Als ihr Handy klingelte, schickte sie spontan ein Dankesgebet gen Himmel. Rasch zog sie ihr Telefon aus der Tasche und hielt es kurz hoch, damit Anke es wahrnahm. «Bin mal eben draußen.» Sie ging vor die Tür, wunderte sich einen Moment lang über die unbekannte Nummer und nahm dann ab.

Nach nicht einmal einer Minute stand Hanna wieder bei Anke.

«Was ist denn passiert, min Deern, du bist ganz blass?»

«Balu ist fertig», sagte Hanna tonlos.

Anke zog die Augenbrauen hoch. «Wat?!»

«Ich meine, seine Asche. Das war gerade der Tierbestatter.»

«Oha», sagte Anke, «und nu?»

«Nun muss ich sie abholen.»

Die Urne war eine schlichte quadratische Kiste aus hellem Holz, das, wie Hanna fand, farblich gut zu Balus Fell passte. Sie hatte die Kiste erst einmal auf den Küchentisch gestellt und schielte nun von der Arbeitszeile, wo sie das Gemüse schnibbelte, immer wieder rüber. Auf dem Deckel waren Balus Name, sein Geburts- und sein Sterbetag eingraviert. Man konnte ihn relativ leicht aufschieben, was der Mitarbeiter vor Ort noch kurz demonstriert hatte. «Wenn Sie mal schauen möchten», hatte er gesagt und den Deckel hin und her bewegt. Hanna war bei dem Blick auf Balus Asche kurz zurückgewichen. Sie hatte vorher noch nie die Asche eines Lebewesens gesehen und war überrascht gewesen, dass sogar noch kleine Teile der Knochen zu erkennen waren. Irgendwie hatte sie sich das viel feiner vorgestellt. Dann hatte der Mitarbeiter Hanna noch einen Umschlag in die Hand gedrückt und darauf hingewiesen, dass die Rechnung binnen 14 Tagen zu begleichen sei. Hanna hatte leicht überfordert genickt und sich dann mit Balu auf dem Beifahrersitz auf den Rückweg gemacht.

Beim Kochen nun war es Hanna ziemlich schwer ums Herz. Sie musste viel an ihren alten Freund denken. Und auch an Lena, die gleich kommen und dann auch noch einmal mit Balus Tod konfrontiert werden würde. Zum

Trost kochte Hanna eines von Lenas Lieblingsgerichten: Kokos-Gemüse-Curry.

«Moin, min Deern.» Ella stand plötzlich in der Küche.

«Ich hab dich gar nicht kommen hören», sagte Hanna und wischte sich die Hände ab.

«Die Terrassentür stand offen.»

«Schön, dass du da bist.» Sie drückten einander kurz.

«Kann ich dir helfen?», fragte Ella.

«Nein, setz dich. Möchtest du was trinken?»

Doch Ella blieb stehen und reagierte gar nicht auf die Frage. Sie blickte nachdenklich auf die Bilder, die über der Hexe hingen. «Gerade habe ich wieder einen kleinen Schreck bekommen. Es ist immer noch ungewohnt, Dörtes Aquarelle zu sehen.» Dann drehte sie sich zu Hanna um. «Ihr Traum war es, Lehrerin zu werden, Kunst und Deutsch. Sie konnte gut mit Kindern.»

Hanna hatte das Messer aus der Hand gelegt und sich gegen die Küchenzeile gelehnt. Sie wollte gerade etwas sagen, als sie Stimmen auf der Terrasse hörte. «Die anderen sind da.» Sie ging zu Ella und legte ihr eine Hand auf die Schulter. «Alles okay?»

Ella nicke, und in dem Moment kamen Lena, Paul, Thies und Sönke herein.

«Hallo, zusammen», begrüßte Hanna die Runde.

«Ich habe Megahunger.» Lena inspizierte neugierig die Zutaten. «Mmh, gibt es Curry?» Dann blieb ihr Blick an der Kiste hängen, die in der Mitte des Küchentisches stand. Sie ging hin und sah sie sich näher an. «Ist das …» Sie schluckte.

«Der Tierbestatter hat vorhin angerufen», sagte Hanna.

Nun versammelten sich auch die anderen um den

Tisch und blickten schweigend auf die Kiste. Nur Sönke blieb etwas abseits und betrachtete lächelnd Dörtes Bilder.

Lena sank auf einen Stuhl. «Was machen wir denn jetzt mit Balu?»

«Ich würde sagen, ihr nehmt ihn erst einmal mit auf die Terrasse, und ich bereite das Essen zu Ende vor.»

Inzwischen waren auch Meike und Konstantin gekommen und hatten auf der Terrasse den Tisch gedeckt. Balu hatte Lena auf einen Beistelltisch platziert, den sie nun zusammen mit Meike und Ella mit Rosen- und Hortensienblüten schmückte. Ein paar Teelichter hatte sie auch schon bereitgestellt.

Während des Essens erzählten Hanna und Lena einige Balu-Anekdoten. Es wurde gelacht und manchmal auch für einen kurzen Moment geschwiegen. Auch Thies erzählte von seiner ersten Begegnung mit ihm auf der Landstraße und was für einen Schrecken er bekommen hatte, als der Hund auf einmal vor seinem Auto auftauchte.

«Aber es ist ja zum Glück nichts passiert», sagte Hanna, nachdem sie realisiert hatte, dass Lena ein wenig verstört guckte. «Er hat dich an diesem Tag sofort in sein Herz geschlossen», fügte sie zu Thies gewandt hinzu.

«Ich ihn auch», sagte Thies und sah mit einem Lächeln, in dem auch ein wenig Wehmut lag, zur Urne. «Ich mochte ihn in der Werft gern um mich haben. Und denk nur an unseren Segeltörn.» Jetzt blickte er Hanna wieder an, die sich eine Träne von der Wange wischte. «Ich glaube, Balu war der geborene Bordhund.»

«Er hat sich hier in Klanxholm so wohlgefühlt», sagte Hanna. «Und weil er sich diesen Platz zum Sterben ausgesucht hat, dachte ich, dass wir ihn hier auch begraben. Was hältst du davon, Lena? Vielleicht unter der Kastanie.»

«Finde ich 'ne gute Idee.»

«Wie wäre es denn mit einer Seebestattung?», warf Konstantin auf einmal ein. Alle guckten ihn überrascht an. «Na ja, wenn Balu so ein Bordhund war, wäre das doch genau das Richtige.»

«Das machen wir!», sagte Lena begeistert. «Er war auch in Hamburg so gern an der Elbe.»

«Aber das ist auf der Schlei doch sicher nicht erlaubt», sagte Hanna.

Thies zuckte mit den Schultern. «Wir müssen es ja niemandem erzählen. Und wenn wir Richtung Schleswig in die große Breite fahren, haben wir auch Platz.»

«Auf mich müsst ihr dann aber verzichten.» Nun blickten alle überrascht zu Ella. «Ich werde kein Boot betreten. Das könnt ihr sicher verstehen.»

«Ella, wir werden nicht segeln», sagte Thies. «Nächste Woche habe ich das ziemlich komfortable Motorboot eines Freundes bei mir liegen. Damit können wir fahren.»

«Trotzdem», sagte Ella. «Aber macht ruhig, das wird sicher schön.»

28.

Es gibt überall Blumen,
für den, der sie sehen will.

HENRI MATISSE

Nach dem Essen hatte Lena beschlossen, mal wieder zu Hause zu übernachten, worüber Hanna sich sehr freute. Ihre Tochter war inzwischen wirklich so gut wie auf dem Hof eingezogen. Sogar ihre Wäsche hatte Meike schon mitgewaschen.

Nachdem alle gegangen waren, räumte Hanna noch die Küche zu Ende auf. Lena hatte sich die Kiste mit Balus Asche unter den Arm geklemmt und war nach oben gegangen, um das Bett im Gästezimmer zu beziehen. Als Hanna wenig später hinterherkam, hatte Lena mit dem Bettbeziehen noch gar nicht angefangen. Versunken blätterte sie wieder einmal in einem der Alben und sah sich alte Familienfotos mit Balu in Klanxholm an. Hanna setzte sich zu ihr, und sie guckten und erinnerten sich gemeinsam.

«Was soll jetzt eigentlich mit dem Haus passieren?»

Die Frage kam für Hanna überraschend. «Tja, was denkst du denn, was wir damit machen sollten?»

«Auf jeden Fall nicht verkaufen.»

«Du wolltest die letzten Jahre nie hierher, das war dir viel zu *boring*», sagte Hanna und lachte auf. «Sag bloß, du hast Gefallen am Landleben gefunden?»

«Na ja, es ist schon schön hier. Ich könnte mir auch total gut vorstellen, hier mal Weihnachten zu feiern.»

Hanna nickte. «Das ist bestimmt gemütlich. Mir ist heute Abend übrigens eine Idee gekommen, die ich noch mit dir besprechen wollte. Was hältst du davon, wenn wir nach Balus Seebestattung noch alle zu uns in den Garten zu einer Art Leichenschmaus einladen. Allerdings mag ich das Wort nicht sonderlich. Vielleicht nennen wir es einfach Gartenparty.»

«Super Idee.»

«Ich dachte, dass wir Balus Abschied ganz klein halten. Aber später könnten dann auch Anke und der Sheriff und wer uns sonst noch einfällt, dazukommen.» Hanna gähnte. «Komm, lass uns das Bett für dich freiräumen.»

Während Hanna die Alben auf den Fußboden legte, rollte Lena ein Aquarell auseinander, das lose herumlag und nicht wie die anderen im Karton steckte. Sie legte den Kopf schief und betrachtete es länger.

Mit dem Kissenbezug in der Hand guckte Hanna ihr über die Schulter. «Ach das, ehrlich gesagt hatte ich überlegt, es wegzuwerfen. Ich meine, so ein unfertiges Porträt würde ich mir eher nicht aufhängen. Ich muss mich demnächst eh mal ums Ausmisten kümmern.»

«Erkennst du den jungen Mann nicht?»

Hanna guckte noch mal genauer, schüttelte aber den Kopf.

«Ich bin mir ziemlich sicher», sagte Lena, «dass das Sönke ist.»

«Du hast recht … Oh Gott, ist das traurig. Vielleicht wollte Dörte es nach dem Segelurlaub zu Ende malen.»

Lena wirkte nachdenklich, als sie das Bild wieder zusammenrollte und neben Balu auf den Schreibtisch legte.

Das sommerliche Wetter hielt sich auch die nächsten Tage. Für Hanna gehörte inzwischen das morgendliche Schwimmen mit Ella zu ihrem festen Tagesablauf. Danach ging es mit einem Brombeermüsli und einem großen Kaffee an den Laptop und anschließend auch weiterhin zu den anderen in die Werft. Und zwischendurch plante Hanna die Gartenparty. So hatte sie was um die Ohren, und das tat ihr ziemlich gut, denn sie hatte gemerkt, dass Balus Abschied ihr doch ganz schön bevorstand.

Thies hatte inzwischen mit seinem Freund wegen des Motorboots alles geregelt, sodass nun auch ein Termin für Balus Trauerfeier feststand. Thies meinte, für ihr Vorhaben sei so ein Boot bequemer. Die Asche konnten sie von der Badeplattform verstreuen, und anders als beim Segelboot bestand auch keine Gefahr, dass jemand den Baum an den Kopf bekam. «Und …», Thies grinste, als er den letzten Punkt, der fürs Motorboot sprach, ausführte. «Wenn's drauf ankommt, sind wir damit wahnsinnig schnell. Denn was wir da tun, ist in einem Binnengewässer wie der Schlei wirklich absolut verboten!» Hanna dachte daraufhin an den Inhalt der Kiste und beruhigte sich damit, dass es ja gar nicht so viel Asche war. Die Kiste war gerade mal bis zur Hälfte gefüllt.

Am Tag vor der Trauerfeier brachte Thies einen großen Grill und Bierbänke zu Hanna. Meike steuerte jede Menge Lampions und Lichterketten bei, und alle halfen beim Aufbauen. Der Sheriff hatte sich außerdem als Grillmeister angeboten und karrte auch allerhand

Getränke und große Bottiche zum Kühlen der Flaschen heran. Während Hanna mit einer Drahtbürste den Grill abschrubbte, fragte sie sich, ob in diesem Garten wohl jemals eine Party stattgefunden hatte. Solange sie lebte, konnte sie sich jedenfalls an keine erinnern.

Als der Tag gekommen war, zog sich Hanna nach dem Schwimmen ihr weißes Sommerkleid an. Auch Lena entschied sich für ein Kleid, ein sonnengelbes mit blauer Stickerei.

Gemeinsam mit Meike und Thies hatten sie beschlossen, Balus Abschied auf den Vormittag zu legen. So hatten sie anschließend genug Zeit, durchzuatmen und das Gartenfest zu Ende vorzubereiten, was nach so einem Gang sicher eine gute Ablenkung sein würde.

Ehe sie zur Werft fuhren, pflückten Hanna und Lena noch ein paar Blumen. Dann holte Hanna Balu, nickte ihrer Tochter, die einen Rucksack mit Jacken und Mineralwasser bei sich trug und ein wenig verloren wirkte, aufmunternd zu, und sie stiegen ins Auto.

Am Bootssteg warteten bereits Thies, Meike, Sönke und Paul, der seine Gitarre dabeihatte. Konstantin hatte keine Zeit, er wollte aber später in Hannas Garten kommen.

«So», sagte Hanna und umklammerte die Kiste mit beiden Händen. «Dann wollen wir mal.»

«Stopp, Polizei!»

Hanna erstarrte. Ihr rutschte das Herz augenblicklich in die Hose, und sie traute sich nicht, sich umzudrehen.

«Ist nur Piet», sagte Thies leise, der so stand, dass er den ganzen Steg einsehen konnte.

«Trotzdem!», zischte Hanna.

Die Gruppe wechselte rasch einen Blick. Thies warf seine Jacke über die Kiste, und Meike stellte sich seitlich vor Hanna, sodass sie halb verdeckt war.

«Moin, Sheriff», rief Thies.

«Moin, zusammen.» Der Sheriff war in Uniform und machte ein wichtiges, leicht gestresstes Gesicht. «Mensch, Hanna, ich such dich überall.»

Hanna drückte die Kiste etwas dichter an ihren Körper.

«Sach mal, hast du für den Grill heute Abend eigentlich Kohle?»

«Ähm, gute Frage.» Hanna war erleichtert, musste jetzt aber, was die Kohle anging, tatsächlich erst einmal überlegen. «Ich glaube nicht.»

«Das hab ich mir gedacht!» Der Sheriff schüttelte den Kopf. «Gut, dass ich es gewohnt bin, Partys zu organisieren. Ich fahr dann noch mal los und besorg ein paar Säcke.»

«Super, danke dir.»

«Was habt ihr eigentlich vor?», wollte er nun wissen.

«Och», sagte Thies. «Ich wollte vor den anderen mal ein bisschen angeben und sie zu einer kleinen Spritztour mit dieser schicken Motorjacht einladen.»

Der Sheriff guckte auf das Boot und zuckte mit den Schultern. «Na ja, meins ist das ja nicht. Aber bidde, jeder, wie er meint. Tschüss dann», sagte er und machte kehrt.

Als Hanna und die anderen sich gerade entspannten, drehte er sich noch einmal um. «Was versteckt ihr da eigentlich unter der Jacke? Schmuggelware?» Er lachte laut auf und ging weiter.

«So», wiederholte Hanna ihren Satz von eben. «Dann wollen wir mal.»

«Ja bitte», sagte Meike, «nichts wie weg, bevor der noch mal kommt.»

Thies, Lena und Paul waren schon an Bord, als Hanna Meike ein Stück zur Seite zog und wissen wollte, was eigentlich mit Sönke sei. «Meinst du, er findet es gut auf dem Schiff?»

«Ja», flüsterte Meike. «Thies hat das vor ein paar Tagen schon mit ihm ausprobiert. Er findet's super.»

Hanna sah, wie Thies Sönke aufs Boot half und ihn gleich bei sich im Cockpit positionierte. «Hilfst mir hier ein bisschen, 'ne?»

Sönke umfasste das Steuer und nickte lächelnd.

Die anderen bewunderten derweil das Schiff. Es gab ein Sonnendeck mit Polstern, zwei Kajüten und vor dem Cockpit noch einen Platz, an dem zwei Bänke und ein Tisch standen, auf den Hanna nun Balu stellte, um Thies beim Ablegen helfen zu können. Von dort, fand sie, hatte ihr Freund auch eine gute Sicht übers Wasser.

Plötzlich vernahm Hanna ein leises «Hallo, Hanna». Ella stand auf einmal mit einem Strauß wunderschöner weißer Rosen im Arm vor dem Boot.

«Hi», sagte Hanna überrascht. Auch die anderen hatten Ella nun gesehen.

«Ich habe mir gedacht», sagte sie, «ich habe in den letzten Wochen so viel aufgearbeitet. Vielleicht schaffe ich das hier jetzt auch noch.»

Hanna und Meike gingen zum Bug. Ella sah blass aus, und Hanna bemerkte, dass ihre Hand und ihr Arm, in dem sie die Rosen hielt, ein wenig zitterten. Ella tat ihr leid, gleichzeitig bewunderte sie sie auch. «Du musst das nicht machen», sagte sie.

«Doch, Hanna.» Ihre Stimme klang nun viel fester. «Wenn wir wollen, dass sich Dinge verändern, müssen wir manchmal mutig sein und über unseren Schatten springen. Außerdem möchte ich mich von Balu verabschieden. Und das Gute ist ja wirklich, dass das hier kein Segelboot ist.»

Hanna nahm Ella die Blumen ab, und Meike streckte ihr beide Hände entgegen. Ella machte einen großen Schritt, und dann war sie an Bord. «Ui», sagte sie, als wäre sie von ihrer eigenen Courage überrascht, und ließ sich von Meike zur Bank führen.

«Schön, dass du da bist», rief Thies aus dem Cockpit. Ella lächelte, aber man sah ihr an, so richtig geheuer war ihr die Sache nicht. Aber sie wirkte nicht panisch, eher wie ein Kind, das nicht wusste, was als Nächstes passieren würde.

«Okay», rief Thies. «Wollen wir?» Er startete den Motor, Hanna löste die Leine und setzte sich anschließend zu Ella. Nachdem sie aus der Box herausgefahren waren, Thies ein wenig Gas gab und ihnen an diesem heißen Vormittag der Wind anfing, um die Nase zu wehen, nahm Ella Hannas Hand. Sie guckte weiter geradeaus. Von der Seite sah Hanna, dass sich ihr Mund zu einem Lächeln formte, während sie weinte.

«Alles in Ordnung?», fragte Hanna vorsichtig.

«Mir geht es gut», flüsterte Ella. «Es ist schön hier draußen.»

«Bist du heute wirklich zum ersten Mal wieder auf einem Schiff seit damals?», fragte Hanna.

«Einmal habe ich eine Tour mit dem Schleidampfer gemacht, weil Freunde darauf ihre Silberhochzeit gefeiert haben. Aber ansonsten, ja.»

Nach einer Weile wurde die Schlei immer breiter, und Thies drosselte das Tempo. Schließlich machte er den Motor ganz aus, und das Boot trieb glucksend vor sich hin. Inzwischen hatten sich auch Lena und Paul vom Sonnendeck zu den anderen auf die Bänke gesellt, und Paul fing an, auf seiner Gitarre *Tears In Heaven* zu spielen. Hanna war sich nicht sicher, ob sie das jetzt ganz schlimm kitschig fand oder schön.

«Gut, Leute.» Thies war aus dem Cockpit gekommen. «Um uns herum ist gerade nicht viel los. Wenn ihr so weit seid …» Er guckte Hanna mitfühlend an, und sie spürte, dass sein Blick ihr Halt gab.

Paul spielte voller Inbrunst weiter. Hanna wurde es dann doch ein bisschen viel. Und als sie auch noch sah, wie sehr Lena weinte, beugte sie sich rüber zu Paul und legte ihre Hand auf die Gitarre. «Ich glaube, es geht auch ohne Musik.»

Paul nickte und legte die Gitarre neben sich.

Hanna stand auf und wollte nach der Kiste greifen.

«Mama, ich mach das.»

«Okay.» Dann gingen sie und Lena auf die Badeplattform. In Hannas Kopf wirbelten tausend Erinnerungen umher: der kleine Balu, die kleine Lena, die so gern ihre Hände in seinen Wassernapf patschte und ihn in der Grundschule beim Thema Hunde stolz mit in den Sachkundeunterricht gebracht hatte. Jetzt hielt sie seine Urne, und Hanna fand, dass in ihrer Haltung immer noch etwas Kindliches lag. Vielleicht wollte sie das auch nur sehen, weil sie wusste, dass schon bald der nächste Abschied nahte.

«Liebster, bester, tollster Balu.» Lena konnte kaum sprechen, so sehr zitterte ihr Kinn, und ihre Stimme brach immer wieder weg. Doch sie redete unbeirrt weiter. Ihre Tapferkeit zerriss Hanna fast das Herz. «Du bleibst immer in meinem Herzen … Gute Reise … und grüß Opi von mir!» Lena schob den Deckel ab und hielt Hanna die Kiste hin. Zusammen hoben sie sie hoch. Hanna spürte den Wind in ihren Haaren und an ihrem Körper. «Gute Reise, Balu!», rief sie, wechselte mit Lena einen Blick, dann schleuderten sie gemeinsam die Asche in die Luft, die nun umherwirbelte wie Funkenregen. Hanna und Lena hielten sich im Arm und sahen dem Spektakel hinterher. Ein Teil landete im Wasser, den anderen trug der Wind davon.

Jetzt waren auch Meike, Thies und Paul auf die Plattform getreten. Meike hatte die Rosen von Ella dabei, die auf der Bank geblieben war. Nacheinander warfen sie die Blumen ins Wasser und hingen eine Weile ihren Gedanken nach.

Lena und Paul hatten sich inzwischen auf das Holzdeck gesetzt und ließen ihre Füße ins Wasser baumeln. Meike ging wieder zu Sönke und Ella, und Hanna, die immer noch die Kiste fest umklammerte und in den Himmel blickte, spürte, wie Thies den Arm um sie legte. Erschöpft lehnte sie ihren Kopf an seine Schulter und schloss für einen Moment die Augen.

29.

Wer einmal Schiffbruch erlitt,
erbebt auch vor ruhigem Meere.

OVID

Um Punkt 19 Uhr betrat Anke, eingehakt bei ihrem Willi, Hannas Garten. Außer ihr war bereits der Sheriff da, der sich hinter seinem Grill in Stellung gebracht hatte.

Nach dem Abschied von Balu waren alle am frühen Nachmittag mit zu Hanna gegangen, um das Ganze bei einem Glas Sekt erst einmal zu verdauen. Lena und Paul waren dann schwimmen gegangen, und Ella, die immer wieder betonte, wie froh sie war, sich das heute getraut zu haben, musste sich nach dem Sekt dringend hinlegen. «Ich habe das Gefühl, ich fahre noch Boot und schwanke», hatte sie gesagt und ein wenig gekichert. Thies und Meike hatten bei den letzten Vorbereitungen geholfen und wollten dann auch noch mal nach Hause.

«Danke für die Einladung, min Deern», sagte Anke und zog eine Flasche Wein aus ihrer Tasche.

«Danke schön, das ist aber nett.» Hanna zeigte den beiden das Buffet und die Bar, um die sich Lena kümmern wollte, die aber gerade noch unter der Dusche stand. Also versorgte Hanna sie mit Getränken. Und dann ging es auch schon Schlag auf Schlag: Meike und Konstantin kamen mit Sönke und Ella, Thies, der gleich damit begann, sich um die Musik zu kümmern, Biggi aus dem Bed & Breakfast, genau wie Meta, ihr Lebensgefährte Johan und auch Jette, die Köchin aus dem *Seestern*, die an diesem Abend freihatte. Die Jungs aus der Werft kamen und hatten für Hanna einen riesigen Blumenstrauß dabei und dann waren da noch ein paar Klanxholmer, von denen Hanna zugeben musste, dass sie die Namen nicht wusste und hoffte, dass es deshalb im Laufe des Abends nicht zu unangenehmen Situationen kommen würde.

Trotz des traurigen Vormittags war Hanna nun richtig gut drauf und freute sich, alle um sich zu haben. Sie unterhielt sich, brachte Drinks, stieß an, lachte und hoffte, dass ihre Gäste sich wohlfühlten. Sie musste an ihre erste Party beim Sheriff denken, kurz nachdem sie angekommen war und Meike wiedergetroffen hatte. Da hatte sich alles hier noch irgendwie komisch angefühlt, und Hanna war sich nicht sicher gewesen, ob sie wirklich die ganzen Ferien hierbleiben würde. Doch nun wurde ihr bei dem Gedanken, dass in knapp einer Woche die Ferien vorbei waren, richtig schwer ums Herz.

Meike schien die Gefühle der Freundin zu ahnen und brachte Hanna ein großes Glas Sekt auf Eis. «Hier, meine Süße: auf das Leben.» Als Thies *Girls Just Want To Have Fun* spielte, zog Meike sie auf die Terrasse, die sie soeben zur Tanzfläche erklärt hatte. Auch Lena kam dazu und Anke mit Willi, die eine ziemlich flotte Sohle aufs Parkett legten, was Hanna ehrlicherweise ein wenig überraschte, aber großartig fand.

«Sach mal, Hanna.» Anke war an sie herangetanzt. «Hast du Balu begraben?» Sie guckte mitfühlend.

Hanna wollte gerade von der Seebestattung erzählen,

als sie sich rasch auf die Zunge biss und sich noch einmal ins Gedächtnis rief, dass von der Aktion lieber niemand etwas erfahren sollte, schon gar nicht Anke. Also nickte sie schnell und tanzte wieder ein Stück näher an Meike und Lena heran.

«Na, meine Kleine.» Sie legte den Arm um ihre Tochter. «Abhotten ist nach dem Tag heute genau das Richtige, oder?!»

«Oh, Mama! Das ist voll der peinliche Ausdruck. Den benutzt heute kein Mensch mehr!»

Hanna und Meike lachten und nahmen sich fest in den Arm. «Wir sind so was von out», sagte Hanna.

«Macht nichts», entgegnete Meike. «Hauptsache, glücklich!»

Hanna nickte lachend. «Weißt du was?»

Meike guckte sie fragend an.

«Das sind mit die schönsten Sommerferien, die ich jemals hatte.»

«Ooohhh. Das freut mich aber.» Und die beiden drückten sich noch einmal ganz fest.

Hanna verspürte auf einmal das Bedürfnis, eine kleine Rede zu halten und sich bei den Klanxholmern zu bedanken. Sie gab Thies ein Zeichen, dass er die Musik ausmachen sollte. Dann schnappte sie sich einen Löffel und stellte sich so hin, dass alle sie sehen konnten. Als sie gegen das Glas schlug, wurde es still, und die Blicke richteten sich auf sie.

«Guten Abend, ihr Lieben. Ich will gar nicht lange schnacken. Ich möchte mich nur unbedingt bei euch allen bedanken, dass ihr mich und auch Lena so nett aufgenommen habt …»

«Dafür nicht, min Deern», rief Anke. Und auch der Sheriff krähte ein «Gern geschehen» hinterher.

Hanna lächelte die beiden an, dann fuhr sie fort: «Zwar kenne ich Klanxholm im Grunde, seit ich denken kann, aber in den letzten Jahren bin ich nicht oft hier gewesen. Und als ich diesen Sommer hier ankam, war ich nicht gerade in bester Verfassung: Mein Vater war gestorben, ich musste mich an den Gedanken gewöhnen, dass meine Tochter erwachsen wird, und die Trennung von meinem Mann musste ich auch verdauen.» Hanna hatte einen Kloß im Hals und holte einmal tief Luft, ehe sie weitersprach. «Das Letzte, was mir mein Vater einen Tag vor seinem überraschenden Tod mit auf den Weg gegeben hat, war der Satz: ‹Hanna, das wird ein gutes Jahr.› Es war Silvester, und wir überlegten, was die Zukunft wohl bringen möge. Auch wenn ich es mir erst überhaupt nicht vorstellen konnte, aber er hatte recht: Es ist ein gutes Jahr, weil ich euch alle getroffen habe. Ihr habt mein Leben bereichert, und ich bin froh, dass, auch wenn meine Ferien hier bald vorbei sind, ich euch alle wiedersehen werde.»

Einige Gäste schnäuzten sich.

«Ich habe in den letzten Wochen so viel übers Leben gelernt: Ich weiß jetzt, dass man unter Wasser nicht weinen kann, wie man zu eng gewordene Eheringe vom Finger bekommt, dass Feuerrituale beim Loslassen helfen, Schnaps wie Knüppel auf'n Kopp schmeckt, außer Kirschlikör, was ein Ponysekt ist, dass man Kappeln niemals Adieu sagen sollte, ohne einen Fisch von Föh, ich weiß auch, was sieben mal sieben ist und dass Rosen viel robuster sind, als man denken könnte. Aber vor allem habe ich gelernt, was es bedeutet, Menschen um sich zu haben, die sich umeinander kümmern.» Hanna erhob ihr Glas. «Auf euch! Und auf einen fantastischen Abend!»

Alle prosteten Hanna zu. Einige standen auf und umarmten sie. Meike wollte sie gar nicht mehr loslassen, aber der Sheriff klopfte schon ungeduldig auf ihre Schulter. «Mach hinne, ich muss wieder zum Grill!» Thies legte *Beautiful Day* auf und nickte Hanna lächelnd zu. Sie strahlte zurück und war einfach glücklich.

Es wurde eine lange Nacht, in der viel geredet, gelacht, getanzt und auch getrunken wurde. Irgendwann zur späten Stunde, als der harte Kern, wie der Sheriff sich, Hanna, Meike, Konstantin und Thies nannte, zusammensaß, kam plötzlich eine sehr blonde, sehr dünne Frau in den Garten. «Moin, Mäuschen», säuselte der Sheriff. «Leute, das ist Danni, meine neue Freundin.» Alle begrüßten Danni.

«Kommst du gerade von der Schicht?» Die junge Frau nickte. «Sie ist Krankenschwester, müsst ihr wissen.» Er zwinkerte Danni zu. «Na, dann wollen wir ma los, wa?» Bevor sich der Sheriff von der Bank erhob, lehnte er sich kurz zu Hanna hinüber, die neben ihm saß. «Musst nicht traurig sein.» Eine Schnapsfahne wehte ihr entgegen. «Das wäre mit uns beiden sowieso nicht gut gegangen. Ist besser so, glaub mir.» Dann stand er auf, schwankte kurz und klopfte mit der Hand auf den Tisch. «Bis die Tage.»

Hanna konnte nicht glauben, was der Sheriff gerade gesagt hatte. «Habt ihr das gehört?», fragte sie in die Runde.

«Allerdings.» Meike prustete los.

«Du kannst Männer haben», sagte Thies und lächelte.

Hanna schüttelte den Kopf. «Eben nicht! Er ist mir ja untreu geworden, wegen Danni. Ich hab einfach kein Glück in der Liebe!» Sie imitierte ein Schluchzen.

Als eine ganze Weile später die letzten Gäste gegangen waren, dämmerte es bereits, und die Vögel hatten angefangen zu singen. Thies war noch da und gerade dabei, seinen Laptop und ein paar Kabel in seinem Rucksack zu verstauen, während Hanna versuchte, möglichst viele Sektgläser auf ein Tablett zu bekommen. Doch sosehr sie sich auch bemühte, irgendeins fiel immer um. Thies guckte amüsiert zu ihr rüber. «Du machst mich ganz nervös», sagte Hanna, ohne aufzublicken.

«Echt? So wirkst du gar nicht.»

«Ach, weißt du was, ich mach das morgen, ich meine später.» Sie ließ sich auf die Bank sinken, gähnte einmal herzhaft und beobachtete Thies, wie er die Kabel zusammenrollte. «Thies?»

Er sah auf.

«Danke, dass du heute den Abschied von Balu auf der Schlei möglich gemacht hast. Und … überhaupt, danke, dass du dabei warst, das tat gut.»

«Hab ich gern gemacht.»

Hanna griff nach der Wasserflasche, die vor ihr auf dem Tisch stand, und schenkte sich etwas ein. «Möchtest du auch?»

Thies schüttelte den Kopf und setzte sich zu Hanna.

«Was macht dir eigentlich mehr Spaß», wollte sie wissen. «Motorboot fahren oder segeln?»

«Beides ist toll. Beim Segeln muss man sich mehr auf die Natur einstellen. Aber wenn man das kann, hat das ganz viel mit Freiheit zu tun.»

«Glaubst du eigentlich ...», fragte Hanna zögerlich, «dass mein Vater Schuld hat an Dörtes Tod?»

Thies sah sie überrascht an. «Nein! Wie kommst du denn darauf?»

Hanna zuckte mit den Schultern. «Ich frage mich, ob er das geglaubt hat und deshalb sein Leben lang Schuldgefühle mit sich herumgetragen hat.»

«Der plötzliche Wetterumschwung wird alle total überrascht haben. Und Jollenkreuzer haben keinen Kiel, dadurch können sie leichter kentern. Hanna», Thies griff nach ihren Händen und blickte ihr fest in die Augen. «Das war ein tragischer Unfall, an dem niemand schuld ist.»

Hanna nickte.

«Weißt du, was wir jetzt machen? Wir gehen schwimmen!»

Hanna zögerte einen Moment. Sie war müde, und das ganze Chaos hier ... Doch dann dachte sie: Warum nicht? Es waren schließlich Sommerferien. «Holst du das Fahrrad? Ich hole uns Handtücher.»

Wenige Minuten später fuhr Thies in leichten Schlangenlinien die Buchenallee entlang. Hanna saß seitlich auf dem Gepäckträger und wurde auf dem unebenen Waldboden ordentlich durchgeschüttelt.

«Kannst du mal vorsichtiger fahren», ermahnte sie Thies lachend.

«Ruhe auf den billigen Plätzen!»

Als sie an der Badestelle ankamen, lag Nebel über der Schlei, und der Horizont verfärbte sich allmählich golden. Fast schon kitschig, dachte Hanna und hätte am liebsten ein Foto gemacht. Aber sie hatte ihr Handy nicht dabei. Zum ersten Mal merkte sie, dass sich etwas verändert hatte. Der Altweibersommer hielt Einzug, und ein erster Hauch von Herbst lag in der Luft.

Hanna zog sich unter ihrem Kleid ein wenig umständlich ihren Badeanzug an. Thies ging in Unterhose ins Wasser.

«Warte», sagte er, als Hanna einen Schritt vor ihm in Richtung Wasser ging. «Dein Träger ist total verdreht.» Er richtete ihn, und Hanna sah ihn aufmerksam an. Ihre Blicke trafen sich, und in dem Moment begannen Thies' Augen zu lachen. «Wer zuerst im Wasser ist.» Er rannte los, und Hanna sprintete hinterher.

«Na warte!», rief sie, und als sie schließlich bis zu den Knien in der Schlei stand, fing sie an, Thies nass zu spritzen. Mit einem Hechtsprung tauchte er ab, schwamm unter Wasser zu ihr und versuchte ihr ein Bein wegzuziehen. Hanna kreischte und lag prompt auch lang. Lachend versuchte sie ihn unterzugluckern, während Thies die Melodie vom *Weißen Hai* summte. Dann hatte er wieder die Oberhand und versuchte nun Hanna unterzutauchen. Sie musste so lachen, dass sie sich verschluckte und die Hand hob, damit er aufhörte. «Ich kann nicht mehr», sagte sie hustend und außer Atem. Sie holte tief Luft. «Frieden?»

«Frieden.»

Sie schwammen ein Stück und sahen sich dann vom Strand aus, eingewickelt in die Handtücher, den Sonnenaufgang an.

«Ich kann mich nicht erinnern», sagte Hanna, «wann ich zuletzt eine Nacht durchgemacht habe. Wenn ich das

Lena erzähle.» Sie lehnte sich gegen Thies und gähnte. «Wollen wir los? Mir fallen die Augen zu.»

Er half ihr hoch, und schweigend zogen sie sich an.

Thies brachte das Fahrrad zurück in den Schuppen, und Hanna hängte noch schnell die nassen Handtücher auf.

«Gute Nacht, Hanna, äh, ich meine guten Morgen.»

Hanna lächelte. «Schlaf gut, Thies, und vielen Dank für alles!» Sie machte einen Schritt auf ihn zu, und sie nahmen sich fest in den Arm. «Sag mal, frierst du?», fragte sie und blickte auf Thies' Arme, über die sich eine Gänsehaut gelegt hatte. Er war immer noch im T-Shirt. Hanna hatte sich schon während der Party einen Pulli übergezogen.

«Ein bisschen. Ist wohl auch die Müdigkeit.»

«Komm mit», sagte Hanna. «Ich hab doch noch deinen Troyer.»

Thies guckte überrascht. «Stimmt, den habe ich ganz vergessen.»

Sie gingen nach oben, und Hanna griff in ihrem Zimmer nach dem Pullover, der über dem Stuhl hing. Als sie sich umdrehte, rempelte sie gegen Thies. Beide lachten, blickten sich in die Augen. Und dann hörte Hanna einfach auf zu denken. Sie schloss die Augen und küsste Thies, und er küsste sie. Doch nur einen Moment später sah sie ihn erschrocken an.

«Oh Gott, es tut mir leid», flüsterte sie. «Aber ich kann das nicht. Ich … Ich wünschte, ich könnte, aber …» Sie spürte, wie sich ihr Magen zusammenzog, ihr ganzer Körper sich verkrampfte und in Alarmbereitschaft ging. Augenblicklich fühlte sie sich in die schlimmste Trennungszeit mit Ben zurückkatapultiert, diese Verzweiflung und Ohnmacht dem Schmerz gegenüber, dieses dumpfe Gelähmtsein und die Angst, nie wieder auf die Füße zu kommen.

«Hanna», sagte Thies. «Ich habe auch eine Trennung hinter mir, habe die gleichen Verletzungen erlitten wie du. Klar kann in der Liebe viel schiefgehen, aber ich denke, ab einem gewissen Punkt sollte man einfach vertrauen.»

Hanna schüttelte eilig den Kopf. «Gute Nacht, Thies.»

30.

Der Mensch kann nicht zu neuen Ufern
aufbrechen,
wenn er nicht den Mut hat,
die alten zu verlassen.

ANDRÉ GIDE

Die letzten Tage der Sommerferien schlichen Hanna und Thies ziemlich schweigsam umeinander herum. Wenn Hanna nachmittags in der Werft war, ging Thies ihr aus dem Weg und erledigte andere Arbeiten. Hanna konnte ja verstehen, dass er gekränkt, vielleicht auch traurig war, aber was sollte sie denn machen? Sie konnte nun mal nicht aus ihrer Haut.

Als sie Meike am Tag nach der Party erzählt hatte, dass sie und Thies noch schwimmen gewesen waren und sich danach kurz geküsst hatten, hatte die das nur mit einem trockenen «Na endlich!» kommentiert. Nachdem Hanna dann aber sehr unglücklich geguckt hatte, nahm Meike sie in den Arm und streichelte ihr über den Kopf. «Ach Hannalein, wovor hast du nur solche Angst?»

Hanna zuckte bloß stumm mit den Schultern. Aber klar war, dass sie über 20 Jahre immer nur Ben geküsst hatte. Okay, einmal, als sie noch fest im Verlag gearbeitet hatte, hatte sie mit einem Kollegen geknutscht. Aber nur ganz kurz und auch nur, weil sie total betrunken gewesen war. Weder Kuss noch Kollege hatten ihr irgendetwas bedeutet. Thies bedeutete ihr etwas. Das wollte sie auch gar nicht leugnen, aber … ach, sie wusste doch auch nicht.

Es war für Hanna nicht zu übersehen, dass Lena überhaupt keine Lust hatte, zurück nach Hamburg zu fahren. Und schon gar keine Lust auf Schule. Aber immerhin hatten sie und Paul bereits Pläne fürs kommende Wochenende geschmiedet. Das hellte ihre Laune immerhin ein wenig auf. Gleich am Freitagmittag wollte sie sich in den Zug setzen und zurück an die Schlei fahren. Die beiden hatten vor, weiter am Boot zu arbeiten, und sie hatten Karten für ein Kulturfestival in Schleswig. Hanna plante, das Wochenende in Hamburg zu verbringen. Sie hatte sich mit Kolleginnen verabredet, um sich über aktuelle Projekte auszutauschen.

Am Tag vor der Abreise besorgte Hanna Kuchen. Sie wollte sich in der Werft vorerst von allen verabschieden. Als sie gerade dabei war, draußen den Tisch zu decken, kam Thies von einem Termin zurück. Er parkte und schien gleich in die Halle verschwinden zu wollen.

«Hi», sagte Hanna.

«Hi.»

«Es gibt Kuchen. Die anderen kommen auch gleich, sie wollten noch irgendetwas fertig machen und sich um den Kaffee kümmern.»

Thies stand etwas unschlüssig herum und betrachtete den Kuchen. «Sieht gut aus.» Schließlich setzte er sich an den Tisch und sah Hanna an. «Und? Freust du dich auf Hamburg?»

Hanna wiegte den Kopf hin und her. «Ich treffe Kolleginnen, das wird sicher schön.»

«Wie läuft's denn mit deinem Roman?»

«Ach, gerade hänge ich ein bisschen.»

Er zog die Augenbrauen hoch. «Wie kommt's?» Seine Frage klang ehrlich interessiert.

«In meiner Geschichte ist der Vater des Protagonisten, also praktisch Josts Vater, der Dorfpastor. Ich wollte ihm eine besondere Stellung im Ort geben, damit klarer wird, warum alle das Unglück totschweigen. Aber ich frage mich, ob es realistisch ist, dass ein Pastor so kaltherzig und unnachgiebig ist, wie es mein Großvater wohl war.»

Thies stützte seinen Kopf auf die Hand. «Ich finde einen Pastor ziemlich interessant, dieser innere Kampf zwischen dem, was er predigt, also Vergebung und Nächstenliebe, und dem, was er lebt. Vielleicht wünscht er sich auch, seinem Sohn vergeben zu können, aber schafft es einfach nicht.»

Hanna überlegte einen Moment. «Ja, du hast recht. Eigentlich steckt da total viel drin. Danke!» Sie lächelte ihn an. «In dir steckt offenbar nicht nur ein Poet.»

Jetzt lächelte auch Thies. Es war ein vorsichtiges Lächeln, aber immerhin ein Lächeln.

Auf einmal sah Hanna Meikes Auto kommen. Auf dem Beifahrersitz saß Ella. «Was macht ihr denn hier?»

«Ella und ich haben gehört, es gibt Kuchen. Da dachten wir, wir kommen mal vorbei.»

«Moin zusammen.» Ella sah fröhlich aus.

«Außerdem bin ich gekommen, weil Lena mich angerufen hat», sagte Meike. «Sie hat etwas bei uns vergessen, was sie heute gern haben wollte.»

«So? Was denn?», fragte Hanna.

«Etwas, woran wir zusammen gearbeitet haben.»

In dem Moment kamen die anderen aus der Halle. Torben und Micha hatten Kaffee und Milch dabei, Paul hatte sich einen Klappstuhl unter den Arm geklemmt, und Lena hatte Sönke untergehakt.

Nachdem sich alle um den Tisch verteilt hatten, zog Meike eine Rolle aus ihrer Tasche und gab sie Lena.

«Guck mal, Sönke», sagte Lena und rollte das Papier auseinander. «Kennst du den?» Sönke wirkte ganz fidel. Er hatte die Frage wahrgenommen und betrachtete das Bild neugierig.

«Dat bin ik.»

Jetzt konnte auch Hanna sehen, was auf dem Bild war. Es war das halb fertige Porträt aus der Kiste ihres Vaters, nur dass es jetzt fertig war.

«Oh min Dörte.» Sönke strahlte Lena an und streichelte ihr über die Wange. «Oh min Dörte.» Dann betrachtete er es erneut. «Wat is dat scheun.»

Lena nahm Sönke in den Arm. «Das können wir nachher in deinem Zimmer aufhängen.»

Sönke lächelte, dann verlangte er nach einem Stück Kuchen. Hanna sah, wie sich Meike kurz über die Augen wischte und auch Ella ganz gerührt war.

Für den nächsten Morgen hatte Hanna sich noch einmal mit Ella zum Schwimmen verabredet. Ihre Sachen waren bereits gepackt, und auch im Haus herrschte schon einigermaßen klar Schiff. Lena hatte bei Paul übernachtet und versprochen, spätestens gegen Mittag da zu sein, damit sie starten konnten. Von Meike und Thies hatte

Hanna sich gestern in der Werft verabschiedet. Während Thies und sie sich nur kurz umarmt hatten, hatte Meike ihre Freundin gar nicht mehr loslassen wollen, und die beiden verabredeten, dass sie sich spätestens zu Meikes Vernissage wiedersehen würden.

Hanna wickelte ihren Badeanzug ins Handtuch und ging mit ihrem Päckchen unterm Arm die Buchenallee entlang. An diesem Morgen roch die Waldluft herber, und das Licht schien ein wenig fahler durch die Bäume, und man konnte spüren, dass der Sommer ganz allmählich den Rückzug antrat. Als sie an der Badestelle ankam, sah sie, dass Ella schon im Wasser war. Hanna winkte und zog sich rasch um.

Ganz bewusst nahm sie die ersten Schritte in die Schlei wahr. Sie fühlte den weichen Boden unter den Füßen und genoss den Blick auf das Schilf und die dicken Eichen auf der gegenüberliegenden Uferseite. Sie watete durchs Wasser, bis es schließlich tief genug war, um unterzutauchen. Dann machte sie ein paar Schwimmzüge unter Wasser und tauchte auf Ellas Höhe wieder auf.

«Moin», sagte Ella. «Ist es nicht herrlich?»

«Und ob!» Hanna ließ sich treiben. «Unser morgendliches Abtauchen wird mir fehlen.»

«Mir auch, Hanna.»

Die beiden Frauen lächelten sich an. «Du hast bei deinem Fest so schön von deinem Sommer hier erzählt. Aber sei gewiss, nicht nur für dich waren es ereignisreiche Wochen», sagte Ella. «Es ist gut, dass jetzt alles ausgesprochen ist und die alten Wunden vielleicht doch noch heilen können.» Dann schwammen die beiden eine

Weile schweigend nebeneinander, und Hanna musste an die Gespräche in Ellas verwunschenem Garten denken.

«Kann ich dich was fragen?» Ellas Stimme holte Hanna zurück ins Hier und Jetzt.

«Klar.» Sie drehte sich noch einmal in Rückenlage.

«Was ist das mit dir und Thies? Ihr wirktet gestern angespannt, ganz anders als sonst.»

Hanna wusste nicht recht, was sie antworten sollte. «Ich mag ihn», sagte sie schließlich. «Er bringt mich zum Lachen und … nach meinem Fest, da haben wir uns geküsst. Aber ich bin noch gar nicht offen für was Neues.»

«Warum nicht?», fragte Ella.

«Na ja … ich war sehr lange mit Ben zusammen und bin dann sehr enttäuscht worden, und das letzte Jahr war ziemlich hart für mich.»

«Weißt du, Hanna, wenn ich etwas gelernt habe, dann dass wir immer nur den Moment haben. Man weiß nie, was im nächsten Augenblick passiert. Du darfst keine Angst vorm Leben haben. Das ist das ganze Geheimnis.»

Als Lena nach Hause kam, war Hanna gerade dabei, die Taschen ins Auto zu bringen. «Hi, meine Kleine, alles klar?» Sie konnte sehen, dass Lena geweint hatte. «Komm mal her.» Sie nahm ihr Kind fest in den Arm. «Ihr seht euch in ein paar Tagen doch schon wieder.»

Lena nickte und wischte sich Tränen von den Wangen. «Darauf freue ich mich auch schon.»

«Lass uns die letzten Sachen von drinnen holen.»

Schließlich schloss Hanna die Haustür zu, und sie waren abfahrbereit. Hanna stand an der Fahrertür und blickte aufs Haus. «Ich sehe lieber doch noch mal nach, ob wir auch nichts vergessen haben», sagte sie zu Lena, die bereits angeschnallt auf dem Beifahrersitz saß.

«Was sollen wir denn vergessen haben?!», rief Lena aus dem Auto. «Außerdem bin ich doch nächstes Wochenende sowieso wieder hier.»

Doch Hanna ließ sich nicht beirren. «Bin gleich wieder da.» Sie eilte zur Tür, schloss sie auf und ging noch einmal durch alle Räume. Über der Sofalehne lag zusammengefaltet Balus Decke. Hanna strich darüber. Sie hatte beschlossen, sie erst einmal hierzulassen, da, wo Balu auch gestorben war. In der Küche betrachtete sie einen Moment die Aquarelle an den Wänden. Aus dem Karton hatte Hanna sich gestern Abend vier Bilder für Hamburg eingepackt. Alle vier zeigten die Schlei. Mal mit weißen Segeln, die aus dem Blau auftauchten, mal ohne, dafür mit leuchtend gelber Rapsblüte oder hügeligen Wäldern.

Anschließend ging Hanna nach oben. In ihrem Zimmer musste sie an den Kuss mit Thies denken. Rasch zog sie die Tür wieder zu. Nebenan betrachtete sie den Kleiderschrank ihres Vaters und dachte darüber nach, dass sie es nicht mehr geschafft hatte, ihn auszuräumen. Das würde sie an einem grauen Herbsttag machen. Im Gästezimmer sah Hanna sich noch einmal die Buddelschiffe ihres Vaters an, die auf der Kommode standen. Spontan griff sie nach dem kleinsten und ging dann zurück zum Auto.

«Und?», fragte Lena. «Hatten wir was vergessen?»

«Ja.» Hanna stellte das kleine Buddelschiff in die Zwischenablage vom Armaturenbrett.

«Was willst du damit?»

«Ich weiß nicht», sagte Hanna. «Ich hatte einfach das

Gefühl, dass ich es mitnehmen sollte.» Sie blickte noch einmal zum Haus und fand irgendwie, dass es nicht mehr so traurig aussah. Dann startete sie den Motor und fuhr los.

Auf der Landstraße kurz hinter Klanxholm steckte Lena sich ihre Kopfhörer in die Ohren und begann auf ihrem Handy Musik zu hören. Na toll, dachte Hanna, sie hätte sich eigentlich gern ein wenig unterhalten. Sie machte das Radio an. Aus den Boxen erklang *Beautiful Day*. Prompt schaltete Hanna es wieder aus und atmete tief durch. Dann machte sie das Radio wieder an. Sie schielte auf das Buddelschiff und musste an das denken, was Ella heute beim Schwimmen gesagt hatte. *Du darfst keine Angst vorm Leben haben* … Hanna hatte Angst. Richtig Schiss hatte sie! Aber es nützte nichts, sie musste zurück!

Mit ordentlich Schwung, sodass sie und Lena einmal hin und her geschüttelt wurden, fuhr sie in die nächste Feldeinfahrt und kehrte um. Lena guckte entgeistert und zog sich einen Stöpsel aus dem Ohr.

«Was ist denn jetzt los? Wieso drehst du um?»

«Wir haben was vergessen!»

«Was denn?»

«Das erfährst du gleich.»

Vorm Kaufmann standen ein paar Autos. Auch Thies' Landrover war dabei. Hanna drosselte das Tempo.

«Willst du jetzt etwa einkaufen?», fragte Lena.

Doch Hanna reagierte gar nicht. Sie parkte, griff nach dem Buddelschiff, stieg aus und marschierte direkt in den Laden. Es roch nach Salami und Fleischsalat, und ein Sektkorken knallte. Auf den Stehtischen standen Sektgläser und Teller voller Schnittchen. Und drum herum hatten sich Anke, Willi, der Sheriff in Uniform, Biggi, Ella und Thies versammelt.

Hanna wurde heiß. Vielleicht war das doch nicht der richtige Moment. Sie machte einen Schritt zurück.

«Hanna!» Anke strahlte übers ganze Gesicht. «Das ist aber schön, dass du mit uns Willis Geburtstag feierst. Wir machen einen kleinen Frühschoppen.»

«Oh», sagte Hanna. «Ich meine, herzlichen Glückwunsch, Willi!»

Willi prostete mit seinem Sektglas in Hannas Richtung.

«Ich dachte, ihr wärt schon los», sagte Ella.

«Ja.» Zögerlich ging Hanna zu den Stehtischen. «Wir waren auch schon raus aus Klanxholm.» Sie stellte das Buddelschiff auf den Tisch. «Aber ich habe was vergessen.»

«Ach», sagten Anke und der Sheriff wie aus einem Mund.

«Ja, ich … Thies, ich muss dir was sagen.»

«Na dann, schieß los», sagte Anke und guckte Hanna gespannt an.

«Ähm. Hier?» Sie schluckte trocken.

Thies zuckte mit den Schultern. «Worum geht es denn?»

Jetzt war auch alles egal, dachte Hanna. «Ich hatte neulich einen Traum. Ich war am Strand, und Ben und mein Vater und Lena waren auch da. Niemand hat mich beachtet. Nur du. Du saßt mit mir im warmen Sand. Aber nicht nur das. Du hast mir auch Pommes und Kirschlikör spendiert.»

«Guck an», sagte der Sheriff anerkennend.

«Und hätte ich das begriffen, hätte ich begriffen, dass du mich siehst», fuhr Hanna fort, «wäre ich auch nicht ertrunken.»

Inzwischen hatte auch Lena den Laden betreten. «Wer ist ertrunken?», fragte sie und grüßte in die Runde.

Hanna wollte sich jetzt nicht aus dem Konzept bringen lassen und redete unbeirrt weiter: «Eben im Auto hast du mir so sehr gefehlt, dass es wehtat, überall: im Magen, an den Schultern und den Knien, aber am schlimmsten in meinem Herzen. Thies, ich ... Neulich hast du mich aus Spaß gefragt, ob wir nicht zusammen durchbrennen wollen. Ja, Thies, ich würde mit dir durchbrennen! Und weißt du auch, warum? Ich würde mit dir durchbrennen, weil du bei Regen deine Jacke mit mir teilst und weil du Balus Freund warst und auch weil du so ein grandioser Poet bist.»

Thies fuhr sich über den Fünftagebart. Anke, Ella und Biggi lächelten still und wirkten äußerst gerührt.

«Und ich würde auch mit dir durchbrennen, weil du lustig bist und dich für meine Arbeit interessierst und weil, wenn du mich ansiehst, du mich mit deinem Blick umarmst und mir das Gefühl gibst, dass alles gut wird. Und weil du morgens mit mir schwimmen gehst, wenn du merkst, dass ich traurig bin, und weil du meine verdrehten Badeanzugträger richtest.» Hanna schnaufte und überlegte, ob sie irgendetwas vergessen hatte. Währenddessen drängelte Thies sich lächelnd und kopfschüttelnd am Sheriff vorbei und ging um den Tisch herum. Die anderen klatschten Beifall und johlten, der Sheriff pfiff auf zwei Fingern. Anschließend raunte er Anke zu:

«Gut, dass sie über mich hinweg ist.» Und Lena machte mit ihrem Handy Fotos.

Nun musste auch Hanna lachen. Sie strahlte Thies an, als er ihr Gesicht in beide Hände nahm und seine Stirn zärtlich gegen ihre drückte.

«Hanna Bruns», sagte er. «Ich hab dich auch vermisst. Gut, dass du zurückgekommen bist!» Und dann hörte Hanna mal wieder auf zu denken. Aber diesmal länger als vor einigen Tagen.

EIN JAHR SPÄTER

Der große Reichtum unseres Lebens,
das sind die kleinen Sonnenstrahlen,
die jeden Tag auf unseren Weg fallen.

HANS CHRISTIAN ANDERSEN

Hanna zupfte ein paar trockene Blätter von der Rose auf dem Grab ihres Vaters. «Hallo, Papa. Ich kann gar nicht lange bleiben. Gleich geht's in die Buchhandlung nach Kappeln. Dort lese ich heute Abend das erste Mal aus meinem neuen Roman. Die erste Buchvorstellung, bei der du nicht dabei bist …

Ich werde dich vermissen. Ich erzähle dir dann, wenn ich wieder in Hamburg bin, wie es war. Auf jeden Fall werden viele Klanxholmer kommen. Anke hat schon seit Wochen kein anderes Thema mehr als die Frage, wie mein ganzer *Fanclub* zur Lesung kommt. Also haben sie und der Sheriff die Sache in die Hand genommen und einen Bus organisiert, der auch über die anderen Dörfer fährt und alle einsammelt. Wenn dann später alles vorbei ist, wollen wir noch bei uns im Garten feiern.

Habe ich dir eigentlich erzählt, dass ich dein Lebensmotto in den Roman eingebaut habe? *Wir können den Wind nicht ändern, aber die Segel anders setzen.* Ich muss echt sagen, dieser Satz hat mir inzwischen oft geholfen. Ganz doll natürlich letztes Jahr, als ich so einen Schiss hatte, mich nach der Enttäuschung mit Ben auf Thies einzulassen. Aber als ich damals im Auto die ganze Zeit das kleine Buddelschiff im Blick hatte, wusste ich auf einmal, was zu tun ist. Na ja, hab ich ja schon oft erzählt.

Apropos Segel. Morgen machen wir endlich die erste Fahrt mit deinem alten Jollenkreuzer. Mal gucken, ob mein Segelkurs schon Früchte trägt und ich ohne große Hilfe von Thies zurechtkomme. Die Arbeit am Boot hat ein paar Monate stillgestanden, weil keiner wirklich Zeit hatte. Aber nun ist alles fertig, und auch die Namen stehen dran. Ja, *die*. Wir sind das einzige Boot im Hafen mit vier Namen: *Dörte-Ella-Jost-Sönke*. Wir konnten uns einfach nicht entscheiden. Da gucken die Leute natürlich und haben was zu reden. Aber das ist ja auch besser, als zu schweigen. Ella findet den Schiffsnamen klasse, und das war mir das Wichtigste. Ihr habe ich auch die *Sommerstürme* gewidmet, da war sie neulich ganz gerührt, als ich ihr ein Vorabexemplar vorbeigebracht habe. Ich glaube, es tut ihr gut, dass nun so offen mit eurer Geschichte umgegangen wird. Nachher vor der Lesung geben Ella und ich der Schleipost dazu auch ein Interview.

Das mit Lena hat übrigens geklappt. Am 1. September beginnt sie in Arnis ihre Ausbildung zur Bootsbauerin. Sie ist jetzt mit Sack und Pack auf den Hof gezogen. Sönke freut sich. Und Paul natürlich auch.

Was gibt's sonst noch? Ach ja, Meike und Konstantin wollen bald heiraten. Meike hat den Antrag gemacht. Sie findet, es ist jetzt mal an der Zeit, kein Fräulein mehr zu sein. Wenn du nun denkst, das färbt ab und Thies und ich heiraten auch, dann muss ich dich enttäuschen. So wie es ist, ist es perfekt. Er hat gerade seine kleine Wohnung über der Werft aufgegeben und wohnt nun in unserem Haus. Und ich genieße es, zwischen Klanxholm und Hamburg hin- und herzupendeln. Gestern habe ich übrigens meine Lektorin getroffen. Wir haben über das nächste Buch gesprochen. Es gibt sogar schon ein Exposé. Es wird um einen Gasthof gehen und um drei Frauen, denen Kochen alles bedeutet. Meta hat mir viel von Luise aus dem *Seestern* erzählt, auch von ihrem Geheimnis. Was für eine Geschichte! Schon doll, was an der Schlei so los ist …»

REZEPTE

Beim Schreiben meines ersten Romans «Der kleine Gasthof an der Schlei» hatte ich einen bestimmten Dorfkrug vor Augen, nämlich den aus dem Dorf, in dem ich aufgewachsen bin, den *Koseler Hof* (koseler-hof.com). Seit letztem Jahr kümmert sich Mario Laabs dort um das kulinarische Wohl der Gäste. Die folgenden drei Rezepte stammen von ihm.

Aprikosen-Ketchup

Passt perfekt zu sommerlichen Grillabenden mit Burgern, Steaks, Tofu, aber auch als Marinade oder Dip.

200 g getrocknete Soft-Aprikosen
600 g Wasser
400 g gelbe Tomaten (ohne Strunk & geviertelt)
20 g frischer Ingwer (geraspelt/gehobelt)
125 g Zwiebeln (geschält & grob zerkleinert)
2 EL Rapsöl
1 St. Knoblauchzehe (geschält)

70 g Zucker
80 g Apfelessig
1 TL Senfsaat
1 St. Gewürznelke
2 St. Anis
je ein Zweig Rosmarin, Thymian
Salz, Cayennepfeffer

1. In einem flachen, breiten Topf die Zwiebeln im Öl glasig anschwitzen, den Zucker zugeben und ein helles, leicht braunes Karamell erzeugen. (Kleiner Trick: mit einem Tropfen Wasser vorweg karamellisiert der Zucker gleichmäßiger.)

2. Mit Wasser und Essig ablöschen, anschließend alle weiteren Zutaten, bis auf Salz, Cayennepfeffer, Rosmarin & Thymian beigeben.

3. Nun langsam einkochen, bis circa die Hälfte der Flüssigkeit verdampft ist, kurz vorher noch Rosmarin und Thymian auflegen.

4. Im Anschluss alles ein wenig abkühlen lassen, Anis, Nelke, Rosmarin & Thymian entfernen und in einem Küchenmixer fein pürieren.

5. Mit Salz und Cayennepfeffer abschmecken und in saubere, ausgespülte Gläser füllen, fest verschließen und kühl lagern.

Eingelegter Kürbis

Passt gut zu: Salaten, Snack-Platten oder einfach so zum Naschen.

- 2 St. Hokkaido-Kürbis
- 400 g Wasser
- 220 g Reisessig (klar)
- 24 g Salz
- 140 g Zucker
- 4 g Senfkörner

1. Kürbis vierteln und vom Kerngehäuse säubern, die Schale beim Hokkaido jedoch dran lassen.
2. Alle anderen Zutaten aufkochen.
3. Den Kürbis in gewünschte Form schneiden, jedoch gilt, je kleiner, desto schneller ist der Kürbis durchgezogen. Wer eine Aufschnitt-/Brotschneidemaschine besitzt, kann auch dünne Schlaufen schneiden.
4. Den Kürbis in Einmachgläser füllen, den Fond darübergeben und sofort verschließen. Mindestens fünf Tage ziehen lassen, je länger, desto besser werden die Kürbisse.

Gebeizte Lachsforelle

Als Vorspeise mit Salat, auf frischem Schwarzbrot oder mit Ofenkartoffel und Kräuterquark.

1 Seite Lachsforelle (mit Haut, entgrätet)
200 g Meersalz
200 g brauner Zucker
40 g Olivenöl
½ Zitrone Abrieb
½ Limette Abrieb
1 St. Knoblauchzehe (geschält)
je 3 Zweige Thymian, Petersilie, Dill
2 St. Lorbeerblätter
Je 1 TL Pfeffer, Fenchelsamen, Anis, Koriander, Wacholder und Senfsamen

1. Die Lachsforelle trocken tupfen und mit der Hautseite auf ein Backblech oder Auflaufform legen.

2. Alle weiteren Zutaten in einem Mörser fein mörsern, die Zutaten können auch in einem Mixer auf geringer Stufe zerkleinert werden.

3. Die Beize sollte leicht krümelig bis klebrig sein. Jetzt kann diese großzügig auf dem Fisch verteilt und das Ganze luftdicht mit Klarsichtfolie abgedeckt werden.

4. Der Fisch sollte kühl drei Tage lang ruhen, danach kann die Beize abgewaschen werden. Der Fisch sollte nun leicht ledrig, aber weich sein und kann dünn aufgeschnitten werden.

Hähnchen-Salat mit Miso-Dressing

Eignet sich als Vorspeise oder Hauptgericht.

FÜR 4 PERSONEN

Für den Salat:
600 g Süßkartoffeln
2 rote Zwiebeln (Spalten)
5 EL Olivenöl
1 TL getrockneten Thymian
1 EL flüssigen Honig
Salz, Pfeffer
4 Hähnchenfilets
1 – 2 TL Paprika
2 Bundmöhren
2 Avocados
2 Handvoll Pflücksalate-Mix
1 Granatapfel (Kerne)

FÜRS DRESSING:

2 EL Misopaste
1 EL flüssigen Honig
Saft von ca. 1 Limette
2 – 3 EL Sojasoße
2 EL Pflanzenöl

1. Süßkartoffeln schälen, in ca. 2,5 cm große Stücke schneiden, mit Zwiebeln, 3 EL Öl, Thymian, Honig, Salz und Pfeffer mischen. Auf einem Blech mit Backpapier im heißen Ofen (200 Grad, Mitte) ca. 10 Minuten backen. Filets waschen, trocken tupfen. Mit Salz, Pfeffer und Paprika würzen. Zu den Süßkartoffeln legen, mit Rest Olivenöl beträufeln und ca. 20 Minuten garen.

2. Möhren schälen, längs in dünne Scheiben hobeln. Avocados schälen, halbieren, entkernen und quer in Scheiben schneiden. Salat waschen, trocken schleudern.

3. Dressing-Zutaten verrühren. Filets in Scheiben schneiden, mit vorbereiteten Zutaten und Granatapfelkernen auf Tellern anrichten. Dressing darüberträufeln.

Gekochter Dorsch mit Senfsoße

Für mich ein absolutes Kindheitsessen. Inzwischen ist der Dorsch, auch Kabeljau genannt, allerdings selten geworden.

ZUTATEN FÜR 4 PERSONEN

- Gut 2 Kilo Dorsch (ganzer Fisch)

ZUTATEN FÜR DEN SUD:

- 3 große Zwiebeln (vierteln)
- 5 Lorbeerblätter
- Salz, Pfeffer
- 1 Schuss Essig
- 2 l Wasser

ZUTATEN FÜR DIE SOSSE:

- 2 EL Mehl
- 250 ml Milch
- 50 g Butter
- Senf
- Salz

1. Wasser, Essig, Gewürze und Zwiebeln in einen großen Topf geben und einmal aufkochen lassen. Anschließend den gesäuberten, in Portionen geschnittenen Fisch im Sud ziehen lassen. Darauf achten, dass der Fisch mit Wasser bedeckt ist.

2. Mehlschwitze anrühren, mit Milch aufgießen und zusammen mit etwas Fischsud zu einer glatten Soße verrühren. Senf dazugeben, mit Salz abschmecken. Mit Salzkartoffeln und evtl. Gurkensalat servieren.

Mädchenröte

Diese Nachspeise hatte ich bereits im ersten Buch dabei. Ich habe sie noch einmal aufgenommen, weil sie in dieser Geschichte vorkommt und weil die Mädchenröte so typisch für die Schlei-Region ist.

FÜR 6 PERSONEN

5 Eiweiß
200 g Zucker
¼ l ungesüßter roter Johannisbeersaft
8 Blatt rote Gelatine

Gelatine mit 5 EL Wasser 5 Minuten in einem Topf einweichen, anschließend ¼ des Saftes dazugeben und erwärmen (nicht kochen), bis sich die Gelatine aufgelöst hat. Abkühlen lassen. Eiweiß in einer Rührschüssel mit 4 EL kaltem Wasser steif schlagen. Weiterschlagen und den Zucker langsam einrieseln lassen. Den restlichen Saft während des Schlagens nach und nach einfließen lassen. Dann die aufgelöste Gelatine nach und nach dazugeben und dabei immer weiterschlagen. Mousse in eine Glasschüssel oder in Gläser füllen und circa 3 Stunden in den Kühlschrank stellen. Dazu passt Vanillesoße.

Rosengelee

300 g Rosenblüten (unbehandelt)
½ l Wasser oder Apfelsaft
1 kg Gelierzucker (1:1 oder 2:1)
2 gepresste Zitrone

Rosenblüten in der Flüssigkeit aufkochen lassen. Dann 24 Stunden ziehen lassen. Anschließend abseihen und den Rosensaft mit Gelierzucker und Zitronensaft aufkochen und danach heiß in Gläser füllen.

Brombeereis

250 g Brombeeren
40 g Butter
1 Dose gezuckerte Kondensmilch
1 Vanilleschote
500 ml Schlagsahne

Butter schmelzen. Brombeeren fein pürieren, die Zutaten dazugeben und mit einer Gabel oder einem Schneebesen verrühren. Zum Schluss die Sahne steif schlagen und unter die Brombeermasse haben. Alles in eine mit Klarsichtfolie ausgelegte Kastenform geben. Und dann ab in den Gefrierschrank.

Schlehenlikör

Schlehen pflückt man eigentlich, nachdem sie einmal Frost bekommen haben. Man kann sie aber auch im Oktober pflücken und dann einfrieren.

200 g Schlehen
150 g weißer Kandis
1 Vanillestange
1 Flasche Korn oder Wodka

Die Schlehen gut waschen und mit dem Kandis in eine Flasche geben, dann die Vanille hinzufügen und alles mit dem Alkohol aufgießen. Die Flasche dann verschließen und mindestens zwei Monate stehen lassen. Danach in eine Likörflasche filtern.

SO WAS VON DANKE

Auch die Entstehung meines zweiten Romans war wieder eine aufregende Reise, die ohne die Unterstützung vieler besonderer Menschen gar nicht möglich gewesen wäre.

Mein größter Dank geht an Ditta Friedrich vom Rowohlt Verlag: Jede (nervöse) Autorin kann sich eine Lektorin wie dich an ihrer Seite nur wünschen. Ich danke dir von Herzen für dein Vertrauen, für deine Freude an der Geschichte und den Figuren, für deinen Zuspruch und deine Ruhe. Ich freue mich schon sehr auf unser Ponysekt-Date!

Ein riesengroßes Dankeschön geht auch an Katharina Rottenbacher: für deinen genauen Blick. Dass du an den richtigen Stellen gelacht hast, hat mich sehr gefreut. Ich finde, wir sollten auch einen Ponysekt trinken.

Ebenso ein riesengroßes Dankeschön an Gwendolyn Simon: für deinen Einsatz, wie überhaupt an das gesamte Rowohlt-Team.

Außerdem möchte ich mich bei meiner Agentin Antje Hartmann von der Literarischen Agentur Kossack sowie dem ganzen Team bedanken.

Tausend Dank natürlich an alle Leserinnen und Leser! Eure netten Worte und eure Begeisterung für mein erstes Buch «Der kleine Gasthof an der Schlei» bedeuten mir unheimlich viel, und ich hoffe, dass euch auch der neue Roman viel Freude bereitet.

Herzlichen Dank an Bootsbaumeister Matthias Paulsen, der mich durch seine Werft in Arnis geführt und mir geduldig alle meine Fragen beantwortet hat.

Ebenso bedanken möchte ich mich bei Nadine und Derek Sorgenfrei für euer Segel-Know-how, bei Waltraud Freitag für das Rosengelee und den Schlehenlikör und bei Mario Laabs vom Koseler Hof für deinen tollen Beitrag.

Danke, Oma Käthe (1921–2011), für den Ponysekt, die Mädchenröte, meine Plattdeutsch-Kenntnisse und unendlich viele Lebensweisheiten. «Dat löppt sik allens wedder trecht!»

Ein großes Dankeschön geht an meine Familie für die Unterstützung (auch an meine tollen Cousinen!) und natürlich an meine Männer, denen ich dieses Buch von Herzen widme.

Ganz wichtig: danke, meine lieben Freundinnen. Jetzt habe ich wieder Zeit, und wir machen es uns schön.

Und dann möchte ich mich noch bei meiner lieben Romanfigur Meta bedanken, die im ersten Roman eine tragende Rolle spielte. In diesem Buch, liebe Meta, warst du eigentlich gar nicht eingeplant. Das hat dir aber nicht gepasst, und du hast dich auf deine unnachahmliche Weise mit deinem Rollator ins Bild gedrängelt und dir ungefragt einen Kirschlikör bestellt. Ich habe dich dann einfach machen lassen – und bin gespannt, was du als Nächstes vorhast …